FELIPE FAGUNDES

parala

Copyright © 2022 by Felipe Fagundes

A Editora Paralela é uma divisão da Editora Schwarcz S.A.

Grafia atualizada segundo o Acordo Ortográfico da Língua Portuguesa de 1990, que entrou em vigor no Brasil em 2009.

CAPA E ILUSTRAÇÃO Paula Cruz
PREPARAÇÃO Fernanda Belo
REVISÃO Marise Leal e Clara Diament

Dados Internacionais de Catalogação na Publicação (CIP)
(Câmara Brasileira do Livro, SP, Brasil)

Fagundes, Felipe
  Gay de família / Felipe Fagundes. — 1ª ed. — São
Paulo : Paralela, 2022.

  ISBN 978-85-8439-279-7

  1. Ficção brasileira I. Título.

22-120214   CDD-B869.3

Índice para catálogo sistemático:
1. Ficção : Literatura brasileira   B869.3

Eliete Marques da Silva – Bibliotecária – CRB-8/9380

[2022]
Todos os direitos desta edição reservados à
EDITORA SCHWARCZ S.A.
Rua Bandeira Paulista, 702, cj. 32
04532-002 — São Paulo — SP
Telefone: (11) 3707-3500
editoraparalela.com.br
atendimentoaoleitor@editoraparalela.com.br
facebook.com/editoraparalela
instagram.com/editoraparalela
twitter.com/editoraparalela

*Para todo mundo que decorou por osmose
todas as falas de um filme da Disney.*

Sumário

1. A melhor coisa que me aconteceu desde a invenção do Grindr 9
2. Lá vai o gay com seus sobrinhos 20
3. Você é meu tio *viado*? 34
4. Daí você pensa, meu Deus, que bicha burra 45
5. Os pais vão dizer que eduquei com o kit gay 56
6. Tio exemplar 70
7. Já vi esse filme e odiei o elenco 81
8. Uma almofada jamais faria isso 94
9. Nem sempre vale a pena trocar um parente por manteiga 106
10. O cara chegou na piscina de lingerie, porra 127
11. Um chamado à piranhagem 141
12. Queria que eu te deixasse lá toda cagada? 158
13. Só passa o cartão, querida 173
14. Brinquedo de boiola 188
15. Aqui jaz um passivo 200
16. Nem minha bunda causou tanta comoção 212

17. Se eu já não soubesse que Deus me abandonou
    por hoje e para sempre 223
18. Família de bem atropela homossexual 240
19. No meio da família, feito uma bomba............................ 253

Um pouco mais sobre Gay de família 265

1. A melhor coisa que me aconteceu desde a invenção do Grindr

No dia em que eu saí de casa, minha mãe me disse: "Filho, vem cá". Passou a mão em meus cabelos, olhou em meus olhos e começou a falar: "Mas que desgosto, Diego". Estragando a música e a nossa relação.

Meu pai mal olhou na minha cara.

Só disse que de jeito nenhum ia ter um filho boiola, então acho que deixei de ser filho dele naquele dia. Boiola eu continuo sendo.

Antes de eu parar na rua, meu irmão mais velho, Diogo, me garantiu que tudo ia ficar bem e que não perderíamos o contato. Cumpriu metade da promessa. Hoje tenho vinte e sete anos, um trabalho que paga minhas contas e um apartamento em Botafogo que divido com uma amiga. Também posso comentar com emojis safados a foto de qualquer homem de sunga no Instagram sem medo de que algum parente meu faça um escândalo. Tudo está mesmo muito bem, obrigado.

Mas, apesar de termos nome de dupla sertaneja, hoje em dia só falo com meu irmão duas vezes por ano — no Natal e quando ele precisa de um favor — e é por isso que torço o nariz quando vejo o nome dele na tela do meu celular. Dezembro ainda está bem longe.

— Não vai atender? — pergunta minha amiga Nádia, que mora comigo.

— Não, é só meu irmão.

— Meu Deus, já é Natal? — diz ela, alarmada.

Até Nádia sabe.

— Relaxa, gata, é agosto.

Continuo olhando minhas cutículas enquanto o celular vibra sobre a cama.

— Eu morro com essa relação de vocês — comenta ela.

— O que você acha que ele quer?

— Não sei, mas com certeza é furada.

Como da vez que fiquei gripado por dias e ele me ligou perguntando se não era aids. Ou quando um gay do trabalho dele virou chefe do departamento e ele quis me apresentar para mostrar que era um grande aliado da causa. Ou no ano passado quando ele apareceu para dizer que Jesus ama a todos igualmente, tanto os gays como os assassinos.

— Vai ver ele matou alguém e precisa de ajuda pra esconder o corpo — digo.

— A gente é melhor amigo, mas eu jamais pediria pra você esconder um corpo comigo. Nunca nem pegou numa pá — comenta Nádia.

Mas eu não iria nem se me chamasse, né, gata. O dia que eu tiver que pôr em risco meu réu primário será por mim mesmo.

— Querida, olha aqui esses braços — digo, e flexiono os músculos incríveis que ganho todos os dias puxando ferro na academia do prédio.

— Não servem nem pra matar barata quando eu preciso.

É verdade, morro de medo. Na última vez que ela gritou por ajuda, tranquei Nádia e a barata no banheiro e nunca fui perdoado.

Nádia faz força para fechar uma das três malas sobre a cama, sem muito sucesso. Estamos em seu quarto há mais de uma hora tentando organizar essas malas e parece que agora vai. Meu único trabalho, na verdade, foi ser o gay que faz comentários terríveis e ofensivos sobre as roupas da melhor amiga, mas Nádia complicou para mim. Minha amiga se veste muito bem. Ou isso ou ela é só mais uma mulher magra de cabelo liso, difícil dizer.

— Deixa eu tentar com os meus *brações*. — Fecho a mala quase sem esforço. — Prontinho.

Ajudo a colocá-las no chão, e minha amiga parece estar pronta para viajar por uns três anos.

— Diego, e as *suas* malas?

— Tão quase prontas, confia. Que horas eles ficaram de passar aqui mesmo?

Faço as contas de quanto tempo vou precisar. Pra que levar o armário inteiro pra ficar três dias? Não uso tanta roupa, e Nádia também é muito lerda. Uma horinha dá.

— Agora! Você que combinou esse horário! — responde ela.

Ai, porra.

— Tá levando alguma coisa que caiba em mim? — pergunto.

Nádia, eu e alguns amigos combinamos de viajar nesse fim de semana com nossa outra amiga, Agnes. Desbocada, safada, beberrona, uma delícia de pessoa. Alugamos uma casa de praia em Arraial do Cabo para viver a vida que a gente merece com o dinheiro que a gente não tem, mas vai valer super a pena! No carro alugado vamos eu, Nádia, Agnes no volante e meu amigo, Gustavo, que enfim deu um tempo de brincar de casinha com o macho novo dele e lembrou que a gente existe. No segundo carro vão minha amiga Barbie, a namorada dela e um monte de tralha que a gente precisa levar. Esse fim de semana vai ser tudo! Quero esquecer até meu próprio nome.

Mas para isso terei que fazer as malas que eu jurava que se fariam sozinhas se eu tivesse bastante força de vontade.

— *Você nem começou?*

É o que Nádia diz quando vê a mala aberta, completamente vazia, sobre a cama quando entramos no meu quarto.

— Bom, eu *abri* a mala. Eu estava lá ajudando você, lembra?

— Você não fez nada, só ficou falando mal do meu biquíni florido.

— Aquele troço horroroso, Nádia, joga aquilo no lixo.

— Diego, o que você fez desde que a gente chegou do trabalho? Vai, joga qualquer coisa aí dentro, daqui a pouco a Agnes chega e você sabe que ela odeia esperar.

Uma vez nós três estávamos tentando chamar um carro de aplicativo para ir para uma balada, mas todos cancelavam. Agnes se emputeceu e foi *a pé*. Chegou primeiro que a gente. Mas isso só foi viável porque ela é *crossfiteira*.

Quando nossos celulares recebem uma notificação ao mesmo tempo, sabemos que é o fim.

— Eles chegaram — diz Nádia, alarmada.

— Acha que dá pra eu passar sábado e domingo levando só os itens essenciais? — pergunto, sorrindo, segurando uma sunga preta justíssima e meu vibrador favorito.

Nádia arranca os dois das minhas mãos e joga na mala.

— Diego, é sério! — choraminga.

— Amiga, calma, posso ir no segundo carro. Eu peço pra Barbie passar aqui e me pegar.

— Mas Agnes já está aqui!

— Vai *você* com a Agnes. Eu vou no carro superespaçoso

da Barbie e da Marta, junto com os outros trambolhos que elas estão levando.

Barbie é nossa amiga estilista chiquérrima, e Marta é sua esposa lésbica recém-adquirida. É raro conseguirmos sair juntos, porque, enquanto a maior parte do grupo está indo em barzinhos e baladas, as duas estão frequentando festas em iates e viajando para Miami ou sei lá. Provavelmente vão ter uma intoxicação alimentar comendo macarrão com salsicha em Arraial do Cabo.

— Você tem certeza? Você nem gosta da Marta — diz Nádia.

Eu tinha bebido quando disse isso.

— Eu disse que ela não é bonita o suficiente pra nossa amiga Barbie, mas também quem é, né?

Porque Barbie é um acontecimento. Uma deusa de pele escura, cabelo black power e corpo que ninguém põe defeito. Todo mundo esquece da boneca loira depois que conhece minha amiga Bárbara.

— Não acredito que você se vendeu por uma carona — reclama Nádia.

Ela deve achar que é piada a vez que eu fiquei com um cara porque ele me pagou um açaí.

O celular dela toca, e sei que é Agnes já impaciente no portão do condomínio. Mais cinco minutos e ela sobe aqui pra nos buscar como se fôssemos dois pneus de caminhão.

— Relaxa, vai dar certo — garanto. — Eu te coloco no primeiro carro, volto correndo, arrumo minha mala e espero pelo segundo. Não tem erro. Hoje à noite vamos estar todos juntos em Arraial!

Minha amiga assente, mas sei que odeia a ideia de a gente se separar. Também não é minha ideia favorita, mas pelo menos eu vou no carro bom.

Arrasto as malas de Nádia pelo nosso apartamento de cem metros quadrados como se ela tivesse sido eliminada do *Big Brother Brasil*. Quando nos mudamos, eram apenas paredes cor de creme velho e chão de taco sem brilho, mas nós demos um jeito. Adoro as cortinas vermelhas. Colocamos vasinhos de plantas falsas na estante, no parapeito da janela, na mesinha de centro. Nádia entende de arte e pendurou quadros com cores abstratas nas paredes atrás da TV e no corredor para os quartos. Temos uma bancada linda e gigante na cozinha, uma varanda perfeita que enche nossa casa de luz natural e uma banheira incrível que, organizando direitinho, dá pra transar de duas a três pessoas.

No corredor, dois homens tiram um sofá do elevador.

— O que tá rolando? — pergunto para Nádia.

— Não tá sabendo? A Fudência foi embora.

— MENTIRA.

Tá aí alguém que *deu o nome*. Ou não deu, na verdade, porque até hoje Nádia e eu só a chamamos de Fudência, sem fazer ideia do seu nome de registro. Essa vizinha durou menos de um mês no nosso andar e, aparentemente, foi expulsa. Muitas reclamações, pelo que Nádia me conta enquanto esperamos o elevador. O motivo: sexo desenfreado noite adentro. Longe de mim julgar a liberdade sexual de uma pessoa adulta, Deus sabe o quanto dou quando me permitem, mas o problema de Fudência é que ela fazia questão de que o prédio inteiro soubesse de seus momentos de prazer. Não eram gemidos sexuais talvez um pouco ruidosos além da conta, eram *berros*, *gritos*, verdadeiros *urros* de uma besta-fera enjaulada que não transa há anos, sendo que acontecia todo santo dia. De madrugada. Nas primeiras vezes, eu e Nádia achamos aquilo hilário e ficamos "Que máximooooo! Precisamos fazer amizade com ela!". Uma semana depois, eu estava colocando meu nome num abaixo-assinado com as carolas do prédio para enjaular Fudência e o marido.

Mais dois carregadores aguardam com uma lamparina e um espelho bem grande no térreo. Já arrumaram novos inquilinos. Torcendo para ser, no mínimo, um casal bem frígido na cama. Eu preciso dormir.

Sabia que não ia demorar para ocupar o apartamento novamente. O Rio de Janeiro inteiro quer morar aqui, porque nosso condomínio é tudo de bom. Tirando os vizinhos extremamente cafonas, morar aqui foi a melhor coisa que me aconteceu desde a invenção do Grindr. Todo sábado de sol eu desço com Nádia para a piscina vestindo uma sunga indecente que já foi pauta de várias reuniões de moradores. Eu só lamento por eles, pois acho o máximo que falem de mim. Também adoro frequentar a academia, porque não preciso pagar por fora e vejo muito homem gostoso com local. Já conheci mais da metade dos apartamentos desse prédio e até o final do ano pretendo conhecer o restante.

É incrível ver tudo que eu e Nádia conseguimos conquistar com nosso trabalho duro, principalmente para meu eu adolescente saindo da casa dos meus pais com uma mão na frente e a outra atrás, sem saber aonde ir. Somos a minoria *resistindo*, sabe?

Mentira, somos dois encostados.

É a mãe de Nádia quem banca tudo. Eu *deveria* ter um emprego de gay, tipo publicitário ou *social media*, mas a única coisa que consegui foi me enfiar num escritório como assistente administrativo. Que nem paga bem. Conheci Nádia nesse mesmo lugar e lá estamos até hoje. Juro por tudo que é mais sagrado que não foi por interesse que deixei florescer essa amizade sincera com ela, até porque não tenho vergonha de assumir: *eu sou interesseiro*. Ô, gente, já nasci pobre, ainda querem que eu aja, sei lá, por *amor*? Pela bondade do meu coração? Além de fodida pela vida eu também tenho que ser *burra*? Mas, nesse caso, eu não sabia que Nádia era simplesmente *podre de rica*. Se soubesse, teria me aproximado muito mais rápido. Perdi umas três semanas querendo fazer networking com um fulano do financeiro que, além de não ser bonito, também não tinha um tostão furado no bolso.

Acontece que, assim como eu, minha amiga e a família não se entendem muito bem. A mãe dela só tem uma, hum, abordagem diferente. Enquanto meus pais literalmente me deixaram morar na rua para se livrar do problema de ter um filho gay debaixo do próprio teto, a mãe de Nádia alugou esse apartamento para ela. Já que vim morar aqui, no meu coração ela é minha mãe também.

Nádia *odeia* a mulher, e, sinceramente, nunca vi um ódio mais mal direcionado. *Ah, Diego, mas ela só me dá dinheiro, e todo o resto que uma mãe deveria dar?* Não sei, amiga, compre você mesma com a grana que você recebe. Eu compraria até uma segunda mãe com um cartão de crédito com o limite certo em mãos.

A verdade é que nem tudo são flores. A mãe de Nádia paga as contas, mas nenhum luxo a mais. Mês passado gastamos o dinheiro do mercado em vodca e tequila, e hoje na geladeira só tem água e ovo. Nossos perfis nas redes sociais são belíssimos: só fotão na piscina, na praia, eu na academia dizendo que tá pago, mas nossa despensa não renderia nenhum like, apenas comentários de pena. É por isso que ainda *damos nosso sangue* naquela empresa! Somos uma minoria esforçada num mar de preguiçosos fazendo corpo mole.

Mentira de novo.

Fazemos o mínimo do mínimo, só para não sermos demitidos: chegamos sempre catorze minutos atrasados porque a tolerância é quinze, só escovamos os dentes e usamos o banheiro em horário de expediente para não gastar nossa hora de almoço, bebemos café até sem vontade, só para ter uma desculpa para levantar da mesa e fofocar com os colegas. Dá até gosto de trabalhar.

Quando passamos pelo saguão do prédio, o porteiro olha para as malas em nossas mãos e pergunta:

— Estão se mudando também?

— Você adoraria, não é, Silvério? — respondo.

— Imagina, sr. Diego! Mas seria um imenso prazer poder ajudar na mudança de vocês. Quando precisarem, estou à disposição.

Cara de pau. Pilantra. Besouro rola-bosta.

Desde que vim morar aqui, venho tentando provar para Nádia que esse homem nos detesta. Aqui na portaria trabalha uma equipe de fato muito gentil e solícita, sempre pronta para ajudar os moradores em todas as situações, mas esse aí... É o *jeito* que ele fala. A forma como Silvério mexe os dedos finos e pálidos na nossa direção. A passivo-agressividade. O sorriso congelado no rosto magro. Nádia acha que tenho mania de perseguição, mas tenho certeza de que teria festa na casa dele se fosse a gente se mudando hoje.

— Foi ele quem tirou foto minha na piscina e mandou pra síndica — comento só para ela.

— Você não sabe, Diego.

Mais uma dupla de carregadores, dessa vez com um guarda-roupa muito bonito, passa pela gente.

— Não parece um casal frígido, afinal — digo.

— Quê? É um gay! — exclama Nádia, enquanto caminhamos para o portão. — E solteiro, tá? Gostosíssimo, aliás. Como você não sabe disso?

— Como *você* sabe disso?

— A gente tá a semana toda fofocando sobre isso no grupo do prédio.

— Ah, eu silenciei vocês, uma falação o tempo todo — respondo.

— Isso foi extremamente rude.

— Mas, vem cá, um gay gostoso no nosso andar, é? Sempre quis ter um contatinho de porta, para os dias de fogo no rabo em que eu não quero malhar perna.

— Parece que ele é atleta, gosta de pegar onda, mas não curte criança — explica Nádia, torcendo a cara ao terminar de falar.

— Por mim tudo bem, não sou pai. — Dou de ombros.

— Você acha normal uma pessoa não gostar de criança?

— Eu gosto de mamar, mas já passei dos dezoito.

Nádia gargalha, como eu sabia que faria. Abro o portão para ela passar com as malas.

— O nome dele é meio grego... — diz ela. — Aquele fulaninho que foi voar perto do sol com as asas de cera. Aquiles? — pergunta, mas ela mesma se responde: — Isso, Aquiles!

Puta merda, eu amo tanto a Nádia.

— Arrasou, amiga, é Aquiles mesmo — minto.

— Sabia! Tava na ponta da língua! — comemora.

Somos interrompidos pela buzina do carro. Todo mundo vai querer morrer quando souber que me atrasei.

— Será que você pode só entrar no carro e dar a notícia? — pergunto para Nádia.

— Mas nem morta.

Caminho para o carro me perguntando se ela me perdoaria se eu roubasse suas malas e dissesse que a atrasada é ela.

— Gente, olha só... — começo.

— Diego, é pra você subir e imediatamente começar a arrumar sua mala, ok? Larga esse celular. SAI DO GRINDR, PORRA. É pra você estar pronto quando a segunda carona vier! — grita Nádia da janela do carro.

— Amiga, eu *vou* estar pronto. Só um meteoro caindo nessa casa pode me impedir de ir pra essa viagem com vocês.

Mal termino de falar, e Agnes já arranca com o carro pulando e some de vista. Até hoje não sabemos como ela conseguiu uma carteira de motorista. Talvez meu atraso sem querer tenha sido um mecanismo de defesa do meu corpo para ir no carro de quem realmente saiba dirigir, instinto de sobrevivência.

Mas Nádia está certa, agora eu tenho uma *missão*.

Estou zonzo do tanto que me xingaram. Nem meus pais me ofenderam tanto assim e olha que meu pai uma vez me disse "Não sei por que sua mãe inventou de querer ter você se a gente já tinha seu irmão". O fato é que em outros momentos eu também já xinguei todos eles. Meus amigos e principalmente meus pais.

Meu celular vibra de novo e lá está o nome da desgraça, atraído pelas más lembranças: DIOGO. Ignoro e sigo a vida.

— Ai, que falta a dona Nádia vai fazer nesse final de semana... — diz Silvério quando passo por ele.

— Ah, vá tomar no cu — murmuro.

2. Lá vai o gay com seus sobrinhos

Meu celular não parou de berrar desde que entrei no apartamento.

Eu *quero* ignorar, mas sempre acho que é alguém no carro me lembrando de levar alguma coisa ou Nádia me ligando para avisar que capotaram na primeira curva. Olho para a tela para confirmar pela milésima vez: DIOGO. Que desgosto.

A notícia dos meus amigos sofrendo um acidente me traria mais alívio do que a ligação do meu irmão. Com certeza preciso levar isso pra terapia.

Volto minha atenção para a mala, ainda pela metade.

Nessa semana, enquanto deveria estar fazendo um relatório para o meu chefe, assisti a um vídeo no YouTube sobre a arte de fazer a mala perfeita. Eu nem viajo tanto assim, mas adoro me ocupar com tarefas pelas quais não sou pago para fazer. Uma coisa que aprendi com o adolescente de treze anos do vídeo, e que agora se prova verdade, é que não sei fazer malas. Também tenho raiva de quem sabe, pois abandonei o vídeo no meio. Simplesmente jogo meia dúzia de camisas e bermudas lá dentro, minha sunga indecente, camisinhas, lubrificante pra mim e pra quem mais quiser, porque eu sei que sempre tem uma coitada que acha que vai conseguir ir a seco... Cabe tudo na mala? Cabe. Tão arrumadinho quanto no vídeo? De forma alguma. Vai parecer que um boi mastigou, engoliu e cagou com raiva o conteúdo. E eu vou vestir tudo mesmo assim.

O celular insiste em chamar minha atenção.

Juro para vocês, eu já tive que explicar para ele que o HIV não é um vírus "exclusivo para homossexuais" (diferente de briga de fandom de diva pop, isso é uma praga nossa mesmo). Eu conheci o chefe dele, um gay chato pra caramba que diz que para a nossa comunidade ser respeitada temos que nos dar ao respeito (falar grosso e baixo e vestir roupas feias). Eu até menti sobre ter lido a Bíblia que Diogo me deu de presente e ter ouvido a voz de Deus me dizendo para amar mais (beijar homens).

É por isso que, caralho, o que mais Diogo quer de mim? Aprender a dar o cu? Eu *poderia* silenciar meu celular, sei disso. Poderia sumir com o aparelho, deixar no armário da cozinha, na gaveta do banheiro, tirar a bateria, mas, no fundo, ainda sou uma gazela frágil. Sempre acho que meu irmão vai me ligar pedindo perdão por todos os anos que me relegou ao abandono ou por só me incluir na vida dele quando convém, mas: não. Ele está constantemente pedindo favores.

Estar prestes a trocar palavras com Diogo é quase uma sessão de terapia: ressuscita todos os meus traumas.

Respiro fundo e atendo ao celular.

— Olha, não é um bom momento.

— É assim que você diz "alô"? — pergunta ele.

— Só pra você.

— Diego, você não pode falar assim com as pessoas.

O que mais me irrita nessa família é que eles estão sempre dizendo o que posso ou não fazer.

— O que você quer? — digo, cansado.

— Por que você acha que quero alguma coisa? Eu sou sua *família*.

Aí é que está o problema. Meu conceito de família é um lugar para onde não se volta. E eles nem pagam meu aluguel.

— Anjo, você que me ligou, quem liga precisa de um *motivo* — respondo.

— Ah... Nada demais... — desconversa ele. — Como você tá? Como vão as coisas? Um tempão que a gente não se fala, né?

— Você ligou só pra isso? — pergunto, desconfiado.

Nem acredito que estou tendo essa conversa quando tenho quinze segundos para fazer minha mala ou sei lá.

— Sim...

— Pra saber como eu estou?

Nem precisava ligar, estou sempre fodido.

— Será que a gente pode se ver? — pergunta ele.

Todas as minhas defesas se erguem nesse momento. Mesmo estando no celular, adoto uma postura de ataque. Até os pelinhos do meu cu estão eriçados. Sim, eu disse que aguardo ansiosamente pelo momento em que meu irmão me procuraria pedindo perdão, mas não disse que iria perdoar. Culpo meu pai por ser um boçal, minha mãe por não ser forte o suficiente e meu irmão por sumir. Eu procurei por eles, sabe? Várias vezes. Nádia diz que Diogo devia estar tão perdido quanto eu, que adolescentes são assim. Mas era eu quem estava por aí sem ninguém para chamar de pai e mãe.

— Bom... Ah, vamos marcar — respondo com a frase que todo mundo que não quer marcar nada também responde.

— Não, Diego, *hoje*.

— Hoje? — pergunto, meio besta com a urgência. O homem *implorando* perdão. — Hoje não dá. Tenho um compromisso.

Não faço questão de contar detalhes da minha vida para minha família. Ok, isso é um eufemismo. Eu estrategicamente omito *tudo que posso* para que não exista a possibilidade de eles estragarem qualquer mísero da felicidade da minha vida mais do que já estragaram. Nádia acha que é um exagero, mas não aceito conselhos familiares de alguém que odeia a mãe rica.

— Eu tô na frente do seu prédio — diz ele.

Ai, porra.

— Diogo, *por quê?*

— Posso subir? — pergunta ele.

Uma resposta negativa sai da minha boca mais rápido do que planejei.

— Por que não? Tem... alguém aí com você? — ele volta a perguntar.

— Tem, ele é grande, gostoso e atende por Jorge.

— Você tá de sacanagem comigo.

Infelizmente, o Jorge existe e mora no bloco C, mas nunca me deu bola. Não sei se é porque ele é casado ou homofóbico.

— Diogo, é sério, hoje simplesmente *não dá.*

— Mano, eu não viria aqui se não fosse *muito importante.* O porteiro já me conhece, vou pedir pra ele me deixar entrar.

— De jeito nenhum!

Jogo o celular no sofá esquecendo que ainda falta pagar sete das doze parcelas e corro para o interfone na cozinha para impedir uma catástrofe. Agarro o fone sabendo que minha vida depende disso e digito os números que mais odeio. Nádia sempre faz isso quando precisamos, mas agora não há outra opção. Trabalham uns dez funcionários naquela portaria. Se existe um Deus que me ama, vai cair no turno de outra pessoa.

— Portaria! Boa noite — atende a voz inconfundível do outro lado da linha.

O ateísmo é a única opção.

— Boa noite, Silvério, sou eu, o Diego.

— Sr. Diego! Você não sabe o *imenso* prazer que é ouvir sua voz.

Não posso dizer o mesmo.

— Tá bom, Silvério, é o seguinte.

— Engraçado que você nunca liga, né, bastante incomum. Geralmente ligam pra falar de você.

— É que eu sou muito querido aqui no prédio — respondo.

— Ah, eu percebo...

— Então. — Corto logo as gracinhas. — Agora eu estou *muito* ocupado e não posso receber visita de ninguém em hipótese nenhuma, ok? Não é pra deixar *ninguém* subir. Não importa quem seja. Entendeu?

— Entendi, sr. Diego. Pode deixar.

— Silvério, eu estou falando sério. Literalmente *ninguém*.

O que mais me dá ódio em ter essa conversa com esse homem é que eu tenho certeza de que se a Ana Maria Braga aparecer lá no portão me procurando ele irá barrá-la. Mas é um risco que terei que correr. Me perdoe, Ana, eu te amo.

Desligo sentindo que fiz um pacto com o diabo para me proteger de satanás.

Ainda não satisfeito, pego a chave no porta-chaves ao lado da geladeira, onde também deixo a reserva, e corro para a porta do apartamento. Já estava trancada, mas dou a volta na fechadura umas três vezes, só para garantir.

Por alguns instantes, fico esperando que meu corpo pegue fogo e minha alma seja arrastada para o inferno, mas, quando nada acontece e minha casa continua em silêncio, percebo que venci. Arrisco alguns passos de uma dança da vitória e, quando vejo, estou performando uma coreografia completa no tapete da sala. *Gente*, a mala. Acho que faz sentido eu ter me atrasado da primeira vez.

Inexplicavelmente, a campainha toca.

— Quem é??? — berro para a porta, completamente em choque.

A voz do próprio Belzebu me frustraria menos, mas é meu irmão mais velho quem responde.

— Abre a porta, Diego, precisamos conversar.

Eu juro pela minha mãe mortinha que... não, pesado. Juro pelo meu pai deitado na br-101... que exagero. Juro pelo próprio Diogo com o rabo pro alto que se me deixarem numa sala sozinho com Silvério eu não respondo por mim. Puta que pariu, gente. Mas não é *possível*. Se eu conto isso para Nádia ela vai ficar "Mas será que ele não é surdo de um ouvido?".

— Diego, você não pode fingir que não está em casa depois de perguntar quem é.

Abro a porta de uma vez, como quem arranca o curativo de uma ferida.

— *Como* você subiu? — questiono.

— Eu não te avisei?

— Você mamou o porteiro?

— Ele na verdade foi muito gentil e me chamou pra entrar. Eu já estava até indo embora. Muito gente boa o pessoal desse seu prédio.

Eu quero morrer.

— O que você está vestindo? — pergunta meu irmão.

Tinha me esquecido de que vestir um *cropped* na frente do meu irmão é um ato político. Esse aqui, inclusive, eu mesmo fiz. Peguei uma camisa velha e cortei. *Voilà*, uma roupa nova e gay.

Diogo continua me encarando de cima. Primeiro porque é uns dez centímetros mais alto que eu, segundo porque me acha menos homem. Eu discordo. Sou mais forte, mais bonito e mais gostoso do que ele, que é narigudo, entroncado e está ficando careca. Tenho quase certeza de que o venço numa briga mano a mano.

— O que *você* está vestindo? — rebato. — Tá saindo pra pescar?

Diogo usa camisa *bléh*, tênis *argh* e bermuda *urgh* cheia de bolsos.

— Cara, o que eu tenho pra falar é bem mais importante do que isso — diz ele, e em tom quase conspiratório completa: — Será que eu posso entrar?

É quase pior do que convidar um vampiro para dentro de casa, mas dou alguns passos para trás enquanto meu irmão entra e fecha a porta.

— Lugar bacana esse seu, hein?! — comenta. — Eu sempre soube que você iria longe.

Montado na mãe da Nádia.

— Diogo, o que é tão importante? — pergunto logo, porque quero que ele vá embora e tenho pressa, mas também porque sou fofoqueiro.

— Preciso de um favor seu — admite.

— Eu sabia que tinha um favor!

Minha família está sempre entregando o que promete: decepção. Não sei dizer se isso me deixa puto ou admirado do quão coerentes todos eles são.

— É sério, Diego, me ouve. Minha mulher e eu... Nós estamos indo para um retiro, mas a babá das crianças... Tipo, a gente precisa *muito* ir agora, já está tudo reservado e pago para o fim de semana.

— Retiro de igreja, é?

Lembro dos retiros de carnaval da igreja que meus pais me obrigavam a ir, me fazendo trocar quatro dias de folia por gente desafinada cantando hino na voz & violão. Eu venceria na força do ódio um jogo de perguntas e respostas sobre a discografia da Aline Barros.

— É um retiro... para casais — explica ele. — Por isso as crianças não podem ir.

— Vocês vão fazer o quê nesse retiro? Usar cocaína?

Meu irmão passa a mão no rosto, já exasperado. Eu posso ser insuportável nos meus piores momentos. Diogo puxa um folheto todo amassado de um dos dezesseis bolsos de sua bermuda e me entrega.

Gente.

É a coisa mais cafona para a qual já olhei em toda a minha vida, ao mesmo tempo que me deixa extremamente intrigado. No topo do folheto diz em fontes bregas e garrafais:

LIBERTE SUA REALEZA ORGÁSTICA:
SEJAM REIS E RAINHAS NA CAMA.

Continuo lendo porque é impossível parar, principalmente porque veio das mãos de Diogo.

UM FIM DE SEMANA DE EXPERIÊNCIAS ERÓTICAS, EXÓTICAS E INCRÍVEIS QUE TRANSFORMARÃO SEU CASAMENTO PARA SEMPRE.
GOZE HOJE, PAGUE EM 6×

— Vocês *marcaram* de sair para transar? — pergunto, perplexo.

Que horror, ser hétero e casado é ainda mais triste do que ser um gay padrão.

— Foi ideia da minha esposa! — diz ele, na defensiva.

— E a gente está mesmo precisando, cara. Vai ser bom pro nosso casamento.

— Me poupe dos detalhes. Não tenho nada a ver com isso.

— Na verdade... tem — responde olhando bem no fundo dos meus olhos.

Por um segundo pavoroso, acho que vou ser convidado para o pior ménage à trois da minha vida, mas então minha ficha cai: meu irmão dirigiu até minha casa por um motivo ainda mais delirante.

— Jura que você acha que *eu* vou tomar conta de *cinco* crianças? — pergunto, incrédulo.

Honestamente, me pedir para dar um cuecão no Drauzio Varella seria menos chocante.

— São só três! Você nem sabe quantos sobrinhos tem?

Ninguém me avisou quando a esposa de Diogo — Kátia ou Karla, sei lá — ficou grávida pela primeira vez. Nunca fiz questão de gravar o nome porque Diogo nunca fez questão de apresentá-la a mim. Tentei me importar com o nascimento da menininha quando descobri, mas aparentemente eu era gay demais para estar perto de uma criança. Não me chamaram para o chá de bebê, nem para o primeiro aniversário. Meu irmão inventava desculpas quando eu perguntava se podia conhecê-la. Aí veio o segundo filho e nada mudou. Fiquei sabendo pelo Facebook. Quando anunciaram o terceiro, desisti de acompanhar a fábrica. Jurava que já estavam no quinto. Não sei como meu irmão e a esposa sabem diferenciar quem é quem porque lembro que todos têm nomes genéricos, então na minha cabeça eles se chamam Diogo 1, Diogo 2 e Diogo 3.

— O que rolou com a coitada que ia ser mal paga pra cuidar do filho dos outros? — pergunto.

— Ela cancelou de última hora. Já tentamos todos os conhecidos, nossos amigos, e todo mundo está ocupado hoje à noite. São três crianças, Diego, ninguém de fora da família aceita ajudar assim do nada.

— De dentro da família também não.

Meus pais moram em São Gonçalo, e Diogo só está aqui porque não é dono de um helicóptero.

— Por favor! Eu imploro. Sei que não ando muito presente, sei que só apareço pra te pedir coisas, mas, cara, pelos velhos tempos. Eu juro que vai ser a última vez.

— Você já usou a cartada da última vez antes e, veja só, você está aqui.

Cruzo os braços. Ouvi falar que isso demonstra que estou fechado para propostas. Estou mais fechado que a porta da casa deles para mim.

— Diego, *eu preciso trepar*. Eu e minha mulher, a gente não consegue ficar sozinhos nem por um minuto! É criança gritando, vomitando, pintando a parede, cagando onde dorme, dormindo onde caga! Cara, a vida de pai de família é puxada. Agora a gente marcou e agendou tudo certo, mas a infeliz da babá...

— Você vai chorar?

— *Pensa*. É a sua chance de passar um tempo com eles! Você sempre quis! Eles também querem saber quem é o tio deles.

Não deixo de notar o golpe baixíssimo.

Toda semana algum gay das minhas redes sociais está postando foto com criança. É quase um meme: lá vai o gay com seus sobrinhos. Todos os meus amigos têm pelo menos uma para se escorar, seja para preencher o feed no dia das crianças, ganhando likes com a fofura alheia, seja para dar um presente, tirar a foto e depois devolver para os pais.

Essas oportunidades foram *arrancadas* de mim.

Mas se eu as agarrasse agora...

Acho que Diogo continua falando o quanto as crianças são empata-foda, mas me distraio olhando na direção do meu quarto e daqui consigo ver a ponta da minha mala aberta sobre a cama. Meu Deus, a mala. Minhas amigas devem estar quase chegando para me buscar. Um fim de semana maravilhoso em Arraial do Cabo pelo qual já paguei me espera. Por que estou ouvindo meu irmão falar sobre o pinto murcho dele? Eu preciso *sair daqui*.

— As crianças só não me conhecem — retomo de onde parei de ouvir — porque você e Karmen...

— *Keila* — corrige ele.

— Porque você e *Karmen* ficaram anos fingindo que eu não existia! É só por isso que esses pirralhos não sabem quem eu sou. Eu deixei de ser o tio gay depravado? O que vai para o inferno?

— Cara, eu nunca disse que você ia para o inferno!

Aperto ainda mais os braços porque me lembro dessa conversa muito bem.

— Tá, eu disse que você não vai *entrar no céu*, é bem diferente — admite ele.

Tomara que as crianças caguem e vomitem naquela casa inteira hoje à noite. Sem dizer mais nada, passo por Diogo, abro a porta do meu apartamento e o empurro para fora. Bato a porta na cara dele sem dó.

— Eu te pago quinhentos reais! — grita meu irmão no corredor.

Abro a porta no mesmo segundo, me sentindo *extremamente* insultado.

— Você acha que pode me comprar com *quinhentos* reais? — digo, bem alto dessa vez, torcendo para dar trabalho para Silvério lá embaixo com as ligações dos meus vizinhos de porta.

Diogo gagueja um pouco e coça a cabeça. O olhar perdido de um homem em desespero.

— Juro que não quis te ofender, mas é que...

— É de mil pra cima, lindão — digo.

— Você tá falando sério?

— Por criança.

— Eles são seus sobrinhos, Diego!

— Se ninguém quis ficar com eles, é porque devem ser um trio de pestes.

Diogo suspira, e consigo ver a incredulidade em seu rosto. Ele é dessas pessoas que acredita que família é *tudo*, mesmo quando essa família nunca te dá *nada*. Sei que posso cobrar até mais. Esse homem tem grana, gente, trabalha no setor de desvio de dinheiro da prefeitura ou sei lá, esses trabalhos de homem hétero.

— Ok... — diz ele depois de alguns segundos, checando o relógio de pulso. — Eu poderia pagar qualquer babá do mundo com esse dinheiro, vou te contar.

— Foi burro de ter vindo na mais interesseira — respondo. — Mas eu não disse que vou ficar com as crianças. Eu realmente *não posso*, Diogo.

— Olha...

Meu irmão saca alguma coisa do décimo sétimo bolso da bermuda dele, o bolso secreto pequenininho que vem escondido dentro do décimo sexto, e me entrega.

— Gente, quantos bolsos essa bermuda tem? — pergunto.

— Diego, esse é o cartão de crédito das crianças.

Fico em choque que três pivetinhos já tenham uma linha de crédito. Eu fui recusado em todos os bancos que tentei e só consegui meu cartão porque o gerente era amigo da Nádia (acho que ele quer comer ela, mas ela jura que não).

— Além do pagamento, você vai poder usar esse cartão pra tudo que elas precisarem durante esse final de semana. Juro, eu pago todas as despesas. Você não vai ter custo nenhum.

— Tipo, tudo *tudo*?

— Comida, bebida, brinquedos, passeios, o que mais elas quiserem...

Espero que ele não enxergue o terceiro olho que se abriu na minha testa pois vejo milhões de possibilidades de ser feliz.

— Assim... estou apenas perguntando, só para saber mesmo, não me interprete mal... Qual exatamente é o limite desse cartão?

Quando Diogo me responde um número de cinco dígitos, minhas pernas ficam até bambas.

— Você pode repetir, só para eu ter certeza?

Meu irmão repete, apressado, como se não fosse a informação mais importante de todo esse acordo. Então, entendo por completo minha missão na Terra.

As crianças *precisam* de um tio.

Chega de negligência da minha parte! Pelo amor de Deus, gente. Minha família é horrível? Sim, provavelmente sim, mas o que as crianças, esses seres pequeninos e indefesos, têm a ver com isso? Eu jamais poderia ter desistido tão facilmente da minha obrigação social de tio delas! Agora me sinto *pronto* para corrigir esse erro.

Repasso esse discurso na minha cabeça porque é ele que

terei de repetir para os meus amigos enquanto Agnes tenta me enforcar.

— Eu *fico* com as crianças — confirmo.

— Foi o cartão que te fez mudar de ideia? — pergunta Diogo, com o cenho franzido.

— De forma alguma. Apenas a bondade do meu coração.

Em minha defesa, sou de fato muito compreensivo. Não ia me sentir bem negando um favor pedido de forma tão suplicante, mas também prefiro que Diogo pague por todos os seus pecados.

Ainda mais se o pagamento for cair na minha conta.

3. Você é meu tio *viado*?

Se malas pudessem falar, a minha estaria gritando lá em cima da cama e eu mandaria que calasse a boca.

Enquanto desço com meu irmão de elevador, questiono minha própria sanidade mental. Meu Deus, será que eu já bebi e não me lembro? Por que estou *sabotando* minha viagem? Eu me livrei da minha melhor amiga e agora estou *ajudando minha família*? Ok, não parece algo que eu faria. Alguma coisa está errada. De repente, começo a desconfiar de que estou doente. Um tumor no cérebro, daqueles que fazem a gente chorar no final de um episódio de Grey's Anatomy. Preciso ser operado urgentemente. Será que eles aceitam a bandeira desse cartão naquele hospital?

Ah, o cartão.

É, parece algo que eu faria, sim. Na verdade, é extremamente minha cara. Num jogo de perguntas e respostas valendo 1 milhão de reais em que o apresentador perguntasse "Quem dentre essas cem pessoas teve a ideia de se aproximar dos próprios sobrinhos exclusivamente por dinheiro?", todos os meus amigos e inimigos levantariam plaquinhas com "DIEGO" escrito com um sorriso no rosto.

Diogo está me pagando para cuidar das crianças. Eu sou um fodido. Viajar com meus amigos é muito legal, mas, além de *perder dinheiro*, eu não terei acesso a um cartão de crédito ilimitado da pessoa que eu mais quero que me pague por todos os favores que já prestei. É literalmente uma reparação histórica.

Isso e finalmente vou garantir minhas fotos com crianças lindinhas no Instagram.

— Seus filhos são bonitos? — pergunto, de repente meio desesperado, porque dependendo da resposta meu esforço pode ser todo em vão.

— Quê? — responde Diogo.

— As crianças. Elas são fofas ou, tipo, esquisitinhas?

— Você não tem vergonha de perguntar isso pra mim? Diego, eu sou o *pai* delas.

— É isso o que me preocupa. Eu fiquei com todos os bons genes — respondo.

— Eu nunca vou dizer que meus filhos são feios.

— Tá, mas, de zero a dez, numa escala de beleza então.

— Não vou fazer isso.

— Uma média sete, pelo menos? — insisto.

Quando chegamos à portaria, mando Diogo ir na frente e digo que já o alcanço porque preciso ter uma palavrinha com certas pessoas.

— Silvério, você pode me explicar como meu irmão chegou até a porta do meu apartamento? — pergunto assim que paro no balcão.

— Boa noite, sr. Diego! Ele provavelmente foi de elevador.

E ali está o sorriso que só eu enxergo, milimetricamente escondido na cara desse desgraçado. Silvério deve ganhar adicional para me fazer de maluco, uma tarefa que ele cumpre muito bem.

— Jura? Nossa, você deve ter razão! — respondo, como se só agora me ocorresse que meu irmão não subiu vinte e cinco lances de escada que nem um miserável. — Mas como ele entrou no prédio se eu liguei pra você e pedi para não deixar *ninguém* entrar?

— Minha nossa! Foi isso que o senhor pediu? — responde ele chocado, de um jeito teatral, mas executado por uma pessoa que nunca foi ao teatro.

— Foi, Silvério — digo, franzindo os lábios.

— Eu entendi uma coisa *completamente* diferente.

— Eu literalmente disse "não deixe ninguém subir".

— Fala mais alto da próxima vez.

Gente, a audácia.

— Como é que é? — Cruzo meus brações que, sim, não matam uma barata, mas fazem volume.

— É que eu sou surdo de um ouvido — explica.

— Você acabou de inventar isso.

— Jamais faria uma coisa dessa, sr. Diego. E acho que seu irmão está te chamando lá do portão.

Olho naquela direção e Diogo realmente está lá me apressando.

— Isso você ouviu, né? — digo para Silvério.

— O que o senhor disse? — responde ele, colocando aqueles dedos finos e brancos em concha sobre a orelha.

Quando chego ao portão do prédio, não muito distante dali, vejo o carro de Diogo estacionado do outro lado da rua. Óbvio, não entendo nada de carros, mas o dele é enorme e cinza. Sei que é dele principalmente por causa do adesivo colado na traseira escrito DEUS ESTÁ NO CONTROLE, o que é irônico, já que meu irmão só esse ano se meteu em quatro acidentes.

Percebo que sou alvo de pares de pupilas ansiosas de

dentro do carro. Meu irmão anda sempre em *bando*. Talvez seja o crente que mais levou a sério o ensinamento bíblico de crescer e multiplicar. A esposa dele está ao volante, e não consigo dizer quem é quem, mas sei que a creche inteira está no banco de trás.

— Algum problema com o porteiro? — pergunta Diogo.

— Ele existe.

Diogo passa a mão sobre o pouco cabelo que tem e franze a testa.

— Vá lá buscar o contracheque mais fácil da minha vida — digo.

Meu irmão não perde tempo e atravessa a rua correndo, como se eu pudesse desistir a qualquer momento. Talvez eu *deva* desistir. Acho que até consigo ser mais rápido que eles, bater o portão e me trancar no apartamento. De alguma forma, porém, minhas pernas se recusam a se mover. Meus olhos querem *ver* essas crianças. De longe, vejo Késia perguntando com o olhar aflito se deu tudo certo e Diogo confirmando com as mãos. Coitada, essa daí até já esqueceu que tem um clitóris. Me convenço de que ficar com meus sobrinhos nesse final de semana também é um ato de caridade. Acho que estou sendo praticamente um aliado do feminismo. Depois vou verificar com Nádia.

Deixei o celular lá em cima para não ter que lidar com mensagens sobre a viagem, mas agora fico olhando para os dois lados, apavorado que o carro de Barbie e Marta vire a esquina ou que Agnes simplesmente volte e estacione o carro dela em cima de mim.

Espero uns bons dez minutos na calçada. Tem uma comoção rolando no carro, acho que tá todo mundo se abraçando e se beijando aos prantos, é como se eu estivesse adotando as crianças para sempre. Nem parece que eles estão despachando os filhos para transar. Acho que ninguém chorou quando saí de casa. Eu não derramei uma lágrima e ainda dei graças a Deus.

Quando dou por mim, Diogo está atravessando a rua de volta, mas, dessa vez, acompanhado. Parecem os novos inquilinos do meu andar, porque todos trazem mochilas estufadas, malas de rodinhas e itens de mão.

— Diego, esses são seus sobrinhos — diz meu irmão, todo orgulhoso.

Caramba, arrasou mesmo, beleza média oito.

Diogo 1 é uma menina gorducha de óculos que se parece mais comigo do que com o próprio pai. O cabelo dela é cacheado, cheio e passa dos ombros. Deve ter uns dez anos? Talvez menos? Herdamos a mesma cor mesclada do marrom do meu pai com o branco de minha mãe. Diogo 2 tem o cabelo crespo, espetado em todas as direções, e cara de quem pode explodir uma casa. Diogo 3 é um toquinho branco de uns três anos vestindo preto dos pés à cabeça.

— Ele tá voltando do velório da Galinha Pintadinha?

— Ele chora se veste outra cor — explica meu irmão.

Eu enquanto menino que queria vestir rosa não tive tanto apoio parental.

— Falem "oi", crianças — diz Diogo.

— Oi, tio! — respondem os dois meninos.

Demoro alguns segundos para entender que o tio sou *eu*. Já fui chamado de várias formas ao longo da vida, inclusive de "tio" por adolescentes desconhecidos, mas é a primeira vez que de fato *sou* tio. Não sei se gostei. Me sinto velho e quero corrigi-los.

A menina quase se esconde atrás do pai e dá um aceno tímido quando ele a empurra para a frente.

— O gato comeu sua língua, Diogo 1? — pergunto.

— Você sabe o nome dos meus filhos, né?

Em minha defesa, eu já soube. O problema é que esse negócio de apelido pega muito rápido.

— São... nomes bíblicos — arrisco.

— Tá, mas quais?

Encaro aqueles rostinhos esperando que algo neles me dê uma dica. Os únicos nomes da Bíblia que lembro são Jesus e Lúcifer.

— Tinha uma Maria Madalena na Bíblia, não tinha? — pergunto.

— *Ester*, Diego. O nome dela é *Ester*. O do meio é o Miguel e o caçula é o Gabriel.

— Você é meu tio *viado*? — pergunta Diogo 2.

— Nossa, que amor de criança — comento.

Mas não estou ofendido. Vindo dele, ser *viado* pareceu minha profissão. *Você é meu tio professor? Meu tio bombeiro? Meu tio fotógrafo?* Eu adoraria ser pago para ser gay.

— Miguel, a gente já conversou sobre falar palavrão — repreende meu irmão. — Sim, esse é seu tio *Diego* e ele vai cuidar muito bem de vocês nos próximos dias.

— Ele vai cuidar da Suzie também? — pergunta o menorzinho gótico.

— Você deu nome de *cachorro* pra uma filha?

As crianças dão risada, e meu irmão balança a cabeça. Quem é Suzie na Bíblia? Aquela pombinha branca?

— Não é uma cachorra — diz meu irmão.

Só agora percebo a gata *horrorosa* que esteve me encarando esse tempo todo na caixa de transporte vermelha que Diogo carrega.

— O que houve com a cara dela? — pergunto imediatamente, com curiosidade genuína.

— Nada, ué, ela é assim.

É a gata mais feia que já vi. Não consigo ver o corpo dela na caixa, mas o rosto parece uma tela branca onde alguém espalhou cores raivosamente. Parte da cara do animal é preta, mas com pinceladas de ódio na cor laranja aqui e ali. Cada olho é de uma cor, azul e verde, e dentro deles consigo ler a mensagem "Oi, vim do inferno".

— Mas *nunca* que vou cuidar desse bicho! — digo.

— A gente também precisa que alguém fique com ela, Diego — insiste meu irmão.

— Não cheguei a te contar isso? Aqui no prédio não aceitam animais — digo, com a cara mais lavada e passada que tenho.

— Tá brincando comigo? — responde ele, arrasado.

— Aceitamos, sim, sr. Diego! — interrompe nossa conversa uma voz vinda do além.

É Silvério gritando lá da portaria.

É claro que ele está ouvindo toda a nossa conversa, provavelmente desde o começo, com seu ouvido cem por cento funcional.

— Não aceitam não! — grito de volta.

— Acho que o senhor se equivocou! — ele continua gritando. — Aceitamos cães e gatos desde o novo regulamento de 2006! Espero ter ajudado!

— Ajudou *horrores*, Silvério! — berro a plenos pulmões. — Você, como sempre, *extremamente* prestativo!

— Obrigado!

Eu só queria meia horinha com ele numa briga de rua.

— Eu gosto muito desse seu porteiro — comenta Diogo.

— Vá se foder — respondo.

— *Diego* — repreende meu irmão, passando a gata para Diogo 2 e colocando as mãos sobre os ouvidos de Diogo 3.

Peço desculpas pelo palavrão, mas preciso admitir para

mim mesmo que vai ser muito difícil essas crianças passarem um final de semana inteiro nessa casa sem aprender pelo menos uma ou duas palavrinhas novas. Não que eu me orgulhe disso.

— Fica com a Suzie? — insiste ele.

A única coisa a favor da gata é que ela não é de fato sangue do meu sangue, o que na verdade já conta muito.

— Minha mulher fica preocupada de deixar ela em casa sozinha, cara. Por favor. Ela fica meio arisca de vez em quando, mas não é nada demais, é só deixar ela no canto dela.

Um dos Dioguinhos murmura alguma coisa, mas o pai o faz ficar quieto. Encaro Suzie novamente e, tirando a parte de ela ser mal diagramada e do calafrio que ela me causa, acredito que consiga dar conta pelo dinheiro que vou ganhar.

— Eu deveria cobrar um extra pela gata.

— Você nem vai notar que a Suzie está na casa — garante meu irmão, então deve ser mentira.

Somos interrompidos pela buzina do carro. Kelly aparentemente está doida para dar.

— Preciso ir — diz ele.

Pego a caixa de transporte da gata e ajeito um mundo de cacarecos infantis nos ombros. Diogo me dá alguns avisos, blá-blá-blá, não deixe fulane comer açúcar, blá-blá--blá, beltrane se for abraçado morde, blá-blá-blá, sicrane não pode ficar perto do fogão, e a lista de avisos é grande demais para eu conseguir prestar atenção. Meu irmão acha que, só porque ele não consegue dar conta dos próprios filhos, eu também não consigo. São só crianças, não é física quântica. Inclusive, tenho uma vasta experiência com bebês no colo de desconhecidos na rua rindo para mim e gargalhando quando faço careta. As mães me adoram, embora os pais nem tanto.

— Tchau, pai! — gritam os pirralhinhos.

— Tchau, meus amores. O papai e a mamãe voltam na segunda-feira pra buscar vocês, tá bom? Vai dar tudo certo. Mas, se alguma coisa acontecer, podem ligar pra gente antes, que a gente vem correndo pra cá.

— Disquem 190 — aviso para as crianças.

Meu irmão se agacha e é abraçado pelos três na calçada. Daria uma foto *ótima* no feed. Logo em seguida atravessa a rua, entra no carro, acena e parte. Antes disso, tentou me abraçar também, mas agi em legítima defesa e me protegi. Karen também acenou e mandou um beijo para os filhos. Estou chocado que a mulher nem do carro saiu para me dizer oi, mas poderia ser pior: meus pais teriam me atropelado. O carro deles desaparece pela minha rua até virar numa esquina.

Estou sozinho com três crianças que nunca vi na vida.

— Então, vamos? — digo.

Duas de três comemoram, então sei que minha taxa de aprovação já é alta. Diogo 1 me olha meio desconfiada, mas passa para o meu lado quando se certifica de que o carro dos pais realmente foi embora.

Arranco as palavras do fundo do âmago do meu ser e dou o boa-noite mais forçado da minha vida ao porteiro novamente. Primeiro que se existe alguém que estragou a minha noite foi ele. Segundo que agora estou ciente de que tenho a missão de ser um tio exemplar e educação é a primeira lição que vou ensinar às crianças. Silvério inspeciona meus sobrinhos como um aparelho de raios X faria, e ainda bem que dois deles são pretos. Se fossem todos brancos, ele ligaria para a polícia alegando sequestro.

— Lindas crianças, sr. Diego — comenta ele, mas de um jeito que uma cobra falante diria.

Antes que eu possa agradecer com extrema desconfiança, o bote que nunca falha vem.

— Só lembre que aqui no nosso condomínio temos regras sobre respeitar a Lei do Silêncio e não incomodar os vizinhos com ruídos exagerados.

— Mentira que existe uma Lei do Silêncio? — finjo surpresa. — Eu nunca soube! Vocês sabiam, crianças?

Os três Dioguinhos balançam a cabeça negativamente.

— Inventaram agora? — pergunto para Silvério.

— Existe desde 1977 — responde ele, com os lábios crispados.

— Nossa, vivendo e aprendendo. Obrigado pela dica, vou prestar mais atenção.

— Meu prazer te informar.

— Você é sempre um anjo, Silvério! Agora vamos, crianças, mas falem baixinho por causa da Lei do Silêncio, não quero que o vô Silvério mande vocês pra cadeia.

— Eu não tenho idade pra ser avô deles! — ele grita, mas já dei as costas e meu golpe de misericórdia.

Entro no elevador depois da prole do meu irmão, e logo começa o interrogatório.

— Você é mesmo nosso tio?

— Cadê a parte de baixo da sua camisa?

— A sua casa é bonita?

— A gente pode brincar de pique-pega?

Os dois menores falam tudo que a menina não fala. Peço a ela que aperte o botão do meu andar, mas, quando ela lentamente leva a mão ao painel, Diogo 2 a desvia com um tapa e aperta antes dela.

— Eu *sou* tio de vocês, e essa camisa é... — começo a dizer.

— Mas você nem parece com nosso pai — diz Diogo 2.

— Você é adotado? — pergunta Diogo 3.

— O nosso pai é barrigudo.

— Você parece um super-herói.

— Você é da minha cor — diz Diogo 1, finalmente, e sua voz é tão baixa que, por um momento, acho que veio da gata.

Fico meio desnorteado com a rapidez das perguntas e pondero se posso mandá-los calar a boca como o pai fez. Quando chegamos ao meu andar, Diogo 2 diz:

— Você achou essa roupa no lixo?

Abro a porta do meu apartamento tentando explicar o que é um *cropped* para um menino de seis anos.

4. Daí você pensa, meu Deus, que bicha burra

Sento Diogo 1, Diogo 2 e Diogo 3 no sofá e mando logo a real:

— Então, pivetes, é o seguinte: esta aqui é a minha casa, e eu que mando em tudo. Vocês só vão sair desse sofá se eu ordenar. Eu vou ligar a tv e vocês vão assistir a qualquer coisa que estiver passando. Quero os três em completo silêncio, finjam que não sabem falar, ok? Não pode ir ao banheiro. Não pode ir à cozinha. Não pode xeretar meu quarto. Daqui a pouco, vai todo mundo pra cama e, quando os pais de vocês ligarem, vocês vão contar que foi um fim de semana maravilhoso. Eu ganho meu dinheiro, e vocês não ganham nada porque são crianças. Perguntas?

— Você não falou que sua casa era bonita? — diz Diogo 2, e eu entendo por que a babá desistiu do trabalho.

— Eu posso fazer cocô no sofá? — pergunta Diogo 3.

— Primeiro, minha casa *é* bonita. Segundo, que *o quê*?

— Quero fazer cocô — explica.

— Na minha casa tem uma televisão grandona — insiste Diogo 2. — Você é pobre?

Olho imediatamente para a minha tv de quarenta polegadas. Eu chamaria meu apartamento de jeitosinho, nada se compara, porém, ao palácio que imagino que é onde essas crianças vivem.

— Infelizmente, não lavo dinheiro que nem seu pai.

— Quer ajuda pra lavar, tio? — pergunta Diogo 3.

Acho que é isso que chamam de pureza infantil. Simplesmente falam *tudo* o que pensam. Já me chamaram de pobre, esculachado, feio, e nem posso ficar com raiva deles. Só vou poder insultar as pessoas assim sem consequências quando tiver oitenta anos.

Recebo uma mensagem de Barbie, e na hora esqueço que sou tio de três. Deixo as crianças na sala assistindo à programação na TV — que com certeza não é recomendada para a idade delas — e vou para a cozinha por alguns minutos.

> Amigo, já estamos chegando aí

> Não precisa mais, gata,
> já me acertei com as meninas

> Ué, elas acabaram de me falar
> pra te pegar aí com a Marta

> Pode seguir em frente,
> tá tudo certo

Ela demora alguns segundos para responder.

> Te vejo lá em Arraial, né?

> Pode apostar!

Não sei por que meus dedos digitam essa resposta tão rápido, mas simplesmente não consigo deixar a verdade sair de mim. Gustavo vai chiar. Nádia vai morrer. Agnes vai matar.

Deve haver um jeito certo de fazer isso que não mentindo para todo mundo até não poder mais, tenho certeza. Aposto que aquele menino de treze anos do vídeo da mala também tem um vídeo sobre isso.

Quando volto para a sala, os dois meninos estão berrando um com o outro, e primeiro acho que estão brigando, mas depois percebo que estão apenas conversando, rindo, balançando os braços. A menina permanece feito uma estátua no sofá, exatamente onde a deixei.

— Diogo 1, você fala? — pergunto.

Nunca fui a criança que fazia silêncio, apenas quando estava aprontando, então me dá nervoso essa garota extremamente quieta. Ela *quer* falar, eu sinto. Dos três, é a mais comportada. Ela mexe no cabelo cheio de vez em quando, mas as mãos estão quase sempre no colo, as perninhas juntas. Seu rosto é bem bochechudo, e eu tenho certeza de que ela odeia que o apertem.

— Fala, garota. Bota logo pra fora — insisto.

— Não era pra gente fingir que não sabia falar?

Ainda tô na dúvida se essa maiorzinha é burra ou muito mais inteligente do que eu.

— Agora pode — respondo.

— Sua esposa... saiu? — sussurra ela, enfim.

Dou uma gargalhada, mas a verdade é que seria melhor se Diogo 1 não tivesse falado mesmo. Vou ter que dar aula sobre o que é um *viado*.

— Não tenho esposa — digo. — Eu sou gay.

Ela apenas pisca os olhos por trás das lentes redondas.

— Gay é quando ninguém te quer? — pergunta Diogo 2.

De certa forma, sim.

— Meu amigo pode vir aqui brincar com a gente? — O menorzinho pergunta do nada.

— Deus me livre mais uma criança aqui. Não, não pode.

Ouço a campainha tocar e, gente, quem mais Silvério deixou subir? Meus pais com uma espingarda na mão?

— Agora eu posso fazer cocô? — insiste ele.

Suspiro.

— Diogo 1, leve Diogo 3 no banheiro. Diogo 2, eu tô de olho em você. Toma conta da Suzie.

Vou até a porta percebendo a ironia de saber o nome da gata que acabei de descobrir e chamar meus sobrinhos por números. Quando abro a porta, descubro que Deus *não* é uma mulher.

— Oi, desculpa atrapalhar sua noite. Sou seu vizinho de porta. Acabei de me mudar.

Estou diante do mais belo espécime de homem do Rio de Janeiro. Ou isso ou peguei muito homem feio nessa vida e já perdi o referencial, mas ainda assim... O maxilar dele seria eleito a Parte do Corpo Mais Sexy pela revista *People* se esse prêmio existisse. Deveriam inventar o prêmio só por causa dele.

— Eu com certeza nunca te vi por aqui — respondo, ao mesmo tempo que avalio seu peitoral, pouco escondido pela camiseta, e suas pernas grossas, expostas pelo short curto.

Meu mais novo vizinho dá um sorriso cinematográfico e quase busco pipoca para acompanhar.

— Ouvi por aí que seu nome é Ícaro, né? — digo, tentando dar um ar de safadeza a uma informação banal.

— Ícaro? — Ele franze o cenho. — Não, me chamo Ulisses.

Nádia??? Meu Jesus Cristo, como eu *amo* esse raio de mulher gostosa e vazia.

— Me confundi! — Dou a risada mais sem brilho que já dei na vida. — Me chamo Diego.

Nunca fui de tirar dez na escola. Não gosto muito de ler porque livros demoram trezentas páginas para me contar o que um filme faz em uma hora e meia. Minha carreira no mundo das letras foi aprender a ler e a escrever, e é isso aí. Daí você pensa, *meu Deus, que bicha burra*. Mas acho essa uma palavra muito forte para falar de alguém que está ganhando rios de dinheiro para fazer os sobrinhos verem tv por um fim de semana. E eu tenho outras qualidades.

Por exemplo, eu *vejo* as pessoas. Quando estou com tesão, meus olhos se transformam em escaneadores poderosos. Chamo de memória fotográfica gay. Por isso, quando Ulisses me diz seu nome, assimilo a informação e três coisas que ele não disse:

1) Esse homem vai à praia sete dias por semana: o bronzeado dele não mente. Ele não é exatamente branco, porque gente branca envelhece dez anos em dez minutos ao sol. É como se Caio Castro e Cauã Reymond se fundissem após uma tórrida noite de amor.

2) Ele tem 1,90 m de altura: meu ex-namorado tinha 1,87 m e a boca dele batia na minha testa. Este homem pode beijar o topo da minha cabeça.

3) Ulisses beija rapazes: ele tenta desviar os olhos do meu abdômen exposto pelo *cropped*, mas não tem muito sucesso. Dou uma requebrada casual para dar movimento à virilha e vejo como ele se sobressalta.

— Só preciso de um pouco de açúcar, pode me emprestar?

A voz dele é grave, muito grave, do jeito que faz meu corpo vibrar.

— Tá no meio de uma receita? — pergunto.

— Você vai rir de mim, mas gosto de usar açúcar como esfoliante.

Dou mesmo uma risada, mas porque nunca canso de me surpreender com como meu gaydar nunca falha (exceto quando falha, mas continuo fingindo que não).

— Vou buscar pra você.

Penso em chamá-lo para entrar, mas ouço um barulho de algo pesado caindo no chão da sala e lembro que não estou sozinho.

— Você tá com visita? — pergunta Ulisses.

— Ele é grande, gostoso e atende por... *Não!*

Fecho a boca o mais rápido que posso. Anos evitando pessoas indesejadas na minha casa deixaram esse gatilho em mim.

— Tô sozinho — me corrijo.

Outra coisa pesada cai no chão e dou meu melhor sorriso para Ulisses.

— Já volto.

Fecho a porta devagar e dou de cara com Diogo 2 enrolado na cortina da sala, segurando o varão como uma lança.

— Eu vou combater o mal! — grita.

Ele gira o varão pela sala, e meu coração para quando acho que vai acertar a TV.

— *Você arrancou o varão da parede?* — indago, perplexo.

— Ele puxou a cortina até arrancar tudo — diz Diogo 1 tranquilamente, sentada no sofá com a gata no colo.

— E por que você não fez nada?

— A Suzie sentou em mim, não posso me mexer.

Olho para a gata fora da caixa de transporte e não consigo deixar de reparar que a cara dela parece um acidente de carro.

— Me dá isso aqui!

Tomo a arma de guerra improvisada das mãos do bagunceiro, que corre para longe de mim, usando a cortina amarrada no pescoço como uma capa de super-herói.

De longe, dava para saber que Diogo 2 era o mais espoleta. Ele corre, pula e bate o pé no chão, provavelmente tirando a paz dos meus vizinhos de baixo. Parece um cachorro que nunca sai para passear. Eu me identifico. É um irmão do meio que não é possível ignorar, sempre nos lembrando de sua existência.

Lembro que Ulisses está na porta e provavelmente pode ouvir tudo, então emito um sussurro passivo-agressivo:

— *Senta nesse sofá, peste.*

Levo o varão para a cozinha e deixo atrás da geladeira. Pego uma caneca e coloco açúcar apenas o suficiente para uma ou duas esfoliações, assim garanto que meu vizinho retorne. Voltando pela sala, Diogo 2 puxa o cabelo de Diogo 1, que não revida. Me surpreende ela ser a mais velha e não dar uns cascudos no irmão. Eu e Diogo vivíamos nos estapeando por qualquer coisa, acho que nossa linguagem do amor era tapão na nuca. Não os separo, pois bem feito para ela aprender a não ser cúmplice nas bagunças. A gata segue inerte em seu colo.

— Você tá mesmo sozinho? — pergunta Ulisses quando volto para a porta, tentando espiar o apartamento.

— Sozinho... e solteiro — digo.

Ele continua tentando ver lá dentro, mas fecho a porta bem rápido. Quero que ele saiba que sou solteiro, mas não necessariamente uma *mãe* solteira.

— Já ia perguntar se seu namorado não liga de você atender a porta assim.

Dou uma risada floreada com o truque mais velho do mundo para descobrir se um boy está disponível.

— Posso pegar seu número? — diz ele.

— Depende. Seu namorado sabe que você flerta com o vizinho?

Ulisses me presenteia com seu sorriso mais safado da noite, e sei que esse lance já é uma vitória pessoal.

— Também não tenho namorado — responde.

Dito meu número para ele e completo com um motivo plausível, afinal, não sou uma vagabunda.

— Pra quando seu açúcar acabar.

Ulisses agradece e, antes de eu ter a oportunidade de baixar o nível da conversa, ouço Diogo 1 gritando para o irmão parar. Meu vizinho gostoso faz uma cara desconfiada, mas apenas sorrio e aceno. Me despeço fechando a porta e, três segundos depois, a abro devagarzinho para vê-lo caminhando pelo corredor. Registro sua bunda com meu superpoder homossexual.

Diogo 2 está enforcando a irmã com a cortina.

— Ei! Que palhaçada é essa? — digo, entrando na sala.

— Estou acabando com os monstros! — grita ele.

— Ele tá me enforcando! — diz ela, tentando manter os óculos no rosto.

— Enforca ele também, minha filha. Olha o seu tamanho e o dele.

A dinâmica deles é evidente: Diogo 2 pinta e borda, Diogo 1 parece que apanha porque quer. O menorzinho é café com leite. Acho que, avaliando estatisticamente as resoluções de conflitos, sofrer calado nunca fez bem para ninguém. Sou do tipo que revida, e sobrevivi aos meus anos escolares assim. Vai ser na lei do mais forte, filho da puta? Então vem. Me deu um peteleco? Toma um cascudo. Me chamou de viadinho? Passo uma rasteira. Me empurrou pra eu cair? Chuto seu saco. "Bateu, levou" é a regra de ouro. Nossa, eu deveria escrever um livro de educação infantil.

Aparto a briga, suspiro e me jogo no sofá. Crio certa distância da gata Suzie no colo de Diogo 1. Tenho certeza de que esse bicho já matou gente. Conto as crianças na sala. Uma, duas, três. Pronto, tudo certo. Calma, acho que a gata não entra na contagem.

— Vocês não tinham um irmão menor? — pergunto.

— Gabriel tá no banheiro — responde Diogo 1.

— *Ainda?*

Dou um pulo do sofá.

— Eu não falei pra você levar ele até lá? — pergunto para ela.

— Eu levei, deixei ele lá e voltei.

O pior de tudo é que não posso brigar com ela por fazer exatamente o que eu mandei.

Vejo Diogo 2 escalando o sofá, tentando balançar os quadros na parede de trás, e tomo uma medida drástica: amarro o garoto com a cortina que ele mesmo arrancou da parede e o derrubo no sofá. Ele esperneia um pouco, mas cede.

— É um jogo, Diogo 2. Ganha quem ficar mais tempo enrolado.

— Mas só eu tô enrolado!

A gata rosna pra mim em desaprovação.

— E *você*. — Aponto para Diogo 1. — Não deixa seu irmão sair daí.

Corro para o banheiro pensando o que uma criança de três anos é capaz de fazer sozinha por tempo indeterminado. A porta está trancada.

— Diogo 3, pode abrir pra mim?

Não ouço resposta, então colo a orelha na madeira.

— Diogo 3, tá me ouvindo?

Nada.

— Você tá aí? — insisto.

— Não! — ouço a vozinha infantil lá de dentro.

— Como não, se você tá me respondendo?

— Só o Gabriel que tá aqui, tio.

Penso em xingar, mas hesito e relevo.

— Você pode abrir a porta pra mim, por favor?

A porta se abre imediatamente, e confesso que sinto um pouco de orgulho da criança, mas principalmente de mim mesmo. Eu levo jeito, sabe. Não sei por que meu irmão reclama tanto de ter filhos se é só pedir com jeitinho para esse aqui obedecer.

A privada está transbordando de papel de cocô.

— O que você *fez*?

Todo o papel da lixeira está dentro do vaso sanitário, incluindo a própria lixeira por cima de tudo. Diogo 3 veste preto dos pés à cabeça, mas tem um sorriso no rosto.

— Tô te ajudando, tio! Tinha muito papel pra jogar no vaso, mas já vai sumir.

Vejo as mãozinhas dele empurrando a lixeira por cima de tudo para afundar o papel higiênico usado na privada. Em um segundo, enquanto o encaro com incredulidade, Diogo 3 dá a descarga e aquele *bolo* de papel começa a descer.

Apenas para subir novamente e fazer a privada transbordar.

— O-ou — diz ele.

Eis aqui uma pessoa fofa, mas que infelizmente nesse momento merece descer pela descarga também. Digo o que preciso num fôlego só:

— POR QUE VOCÊ FEZ ISSO VOCÊ POR ACASO COMEU COCÔ PAPEL É PRA FICAR NA LIXEIRA NÃO SE JOGA PAPEL NA PRIVADA VAI ENTUPIR TUDO NESSE INFERNO GAROTO SAI DAQUI.

Ele se encolhe apenas um pouquinho, mas segue confiante:

— Papai diz pra gente jogar papel no vaso! Mamãe diz que papel de cocô fede e deixa o banheiro com cheirinho ruim!

Lembro que meu irmão mora numa chácara, e lá, com certeza, as privadas não ficam obstruídas com papel de bunda.

— Diogo 3... — digo e respiro fundo. — Some daqui. Já pra sala.

Ele sai correndo do banheiro porque nenhum deles sabe apenas *andar*. Encaro a privada e, puta que pariu, não sei por onde começar. Sem querer piso na água que transbordou e tenho vontade de morrer.

— Tio, meu amigo pode brincar com a gente? — grita o pequeno lá da sala.

— *Não* — berro de volta.

Pego a vassourinha da privada e tento empurrar o papel de volta para dentro. Merda, é muito papel. Talvez eu tenha que *tirar* o papel. Imagino minhas lindas mãos mexendo dentro do vaso e resolvo encarar o problema da forma menos indolor possível: fecho a porta e finjo que não existe.

— Ninguém mais caga e nem mija nessa casa! — anuncio quando chego na sala.

Diogo 2, ainda enrolado na cortina, começa a cantarolar:

— Ninguém podia fazer xixi, porque penico não tinha ali...

5. Os pais vão dizer que eduquei com o kit gay

Minha amiga Nádia diz que vai morrer sozinha porque é burra. As pessoas pelas quais se interessa são sempre brilhantes e talentosas, mas as que se interessam por ela são ainda mais burras que ela mesma. Homens, mulheres, pessoas não binárias, o match nunca rola. Nádia Rafaela, o elo perdido da inteligência humana. Mas está equivocada. Quer dizer, ela *vai* morrer sozinha, mas por ficar o tempo todo dizendo verdades que ninguém quer ouvir.

— Você tá cuidando de *três* crianças?

— E uma gata hedionda.

— Deixa eu reformular — diz ela, ao telefone. — *Você* está cuidando de três crianças?

— Amiga, foi um meteoro. Apareceu um cara aqui na porta...

Meus amigos pararam para abastecer e, antes de começar a contar, pedi para Nádia sair do carro e ir para bem longe de Agnes e Gustavo. Consigo mentir com a cara mais lavada do mundo para todos, mas para minha melhor amiga? Na verdade, consigo também, já menti várias vezes. Nádia não pesca nadinha, mas dessa vez não quero.

Ela não diz nada e sei que devo uma explicação mais plausível.

— Vai cair muito dinheiro na minha conta, entre outros benefícios.

Escuto Nádia xingar do outro lado da linha.

— Diego, quando foi a última vez que você foi babá de uma criança?

— Eu já cuidei de muitas crianças, se você quer saber.

— Não valem os quinze reais pro Criança Esperança.

Ela acha que doei quinze reais? Foram só cinco.

— Quando foi a última vez que você *viu* uma criança? — questiona ela.

— Teve aquela vez que eu *resgatei* um menininho perdido das ruas.

— Você estava bêbado, e era só um homem muito baixo.

— E a filha da sua amiga Fê do marketing?

— A filha da Fê do marketing te odeia desde que você empurrou ela no chão na final da dança da cadeira.

— Só porque ela era a aniversariante, eu tinha que deixar ganhar?

— E porque ela tava fazendo oito anos e você tem três vezes o tamanho dela!

— É a filha da Fê da logística então — me conformo.

Nádia dá uma gargalhada que, sinceramente, acho tóxica.

— Você *nunca* mais vai chegar perto daquela garota.

— Mas ela me adora! — rebato.

— Você deu coxinha escondido pra ela, Diego! A mãe dela é vegana!

— Tinha que ver as mãozinhas dela sujas de frango, os olhinhos brilhando!

Espero minha amiga se recuperar do ataque de riso no outro lado da linha, até que ela finalmente resolve falar.

— Pelo amor de Deus, como você foi de um cara na sua porta pra de repente ser responsável por três crianças?

— Você já é grandinha e sabe como os bebês nascem — digo.

— Eu tô falando sério, Diego! A nossa viagem! — choraminga ela.

— Amiga, não vai dar...

— Eu não aceito isso. Que cara é esse? De onde ele veio? O benefício é trepar?

Escondo minha família dos meus amigos porque tenho medo de eles nunca mais quererem falar comigo. *O Diego veio DAÍ? Vamos embora, pessoal.* Deixar meu irmão que só me pede favor arruinar minha viagem é tipo voltar com aquele ex abusivo que ninguém gosta.

— Não vai dar *pra mim.* — Ignoro as perguntas. — Mas você vai aproveitar por nós dois!

— Eu vou começar a chorar aqui no posto de gasolina.

— Nádia, me escuta — digo, bem firme. — Primeiro de tudo, engole esse choro. Segundo que essa vai ser a melhor viagem da sua vida, ok? Eu quero que vocês aproveitem tudo o que eu não vou poder aproveitar. Amiga, pegue *todas* as pessoas gostosas dessa cidade, se der tempo pegue as feias também, inclusive as casadas, e se as parceiras delas reclamarem, já sabe, *passe o rodo*, está me ouvindo? Você não vai parar um segundo, Nádia. Nesse final de semana eu quero que você dê tanto, mas tanto, que eu vou levar um susto quando você voltar pra casa sem xereca e ainda vou te perguntar "amiga, cadê???" e eu quero que você me responda com um sorriso no rosto "agora não é mais minha, é do mundo".

— Que horror, Diegooooo — diz ela, acho que rindo e chorando ao mesmo tempo.

— Vai dar tudo certo aqui, tá? São só três crianças — afirmo.

— Tem muita coisa nessa história que você não está me contando, mas eu vou respeitar seu tempo.

— Vai ficar catando cada pista que eu deixar escapar até me forçar a falar, né?

— Com certeza. Você sabe que Agnes vai te comer vivo quando descobrir, não sabe?

— Por isso que é seu dever como minha melhor amiga se certificar de que ela estará sendo comida por alguém quando receber a notícia.

— Nem preciso me esforçar, né.

Gargalhamos. Minha amiga Agnes é uma força da natureza no quesito *fodelança*. Os homens se jogam na cama dela na mesma velocidade com que pulam da minha depois de transarmos. É o mundo que é da xereca dela.

Fico mais uns dez minutos motivando Nádia, falando como Arraial do Cabo deve ser incrível, como tem umas duzentas praias e bares e sei lá mais o quê, até que minha amiga pergunta se eu não deveria estar de olho nas crianças.

— As crianças, claro — digo, de repente me lembrando que, quando era criança, em dez minutos sozinho eu já tinha rabiscado dez paredes.

Me despeço dela correndo e volto para a sala já imaginando a destruição.

Diogos 1 e 3 brincam tranquilamente com a gata Suzie no tapete. O bicho lambe a mão deles, ronrona e, juro por Deus, *silva* quando eles param de dar atenção. Conto os dedos das crianças para garantir que a gata não comeu nenhum e parece tudo certo. Me preocupei à toa. No fim das contas, as crianças são supertranquilas e não dão trabalho.

— Tio, será que eu já ganhei? — pergunta uma voz de algum lugar da sala que eu nem sei.

Meu Deus, é Diogo 2 amarrado na cortina.

— Eu acho que não tô muito bem — diz ele, meio zonzo.

A criança está *roxa*.

Desamarro meu sobrinho o mais rápido que posso enquanto minha alma quase sai do corpo.

— Não, tio, eu quero ganhar! — reclama ele.

— Você já ganhou — respondo, colocando-o de pé e desamassando a roupa dele.

— Ganhei?

— Ganhou! — Forço na alegria para ele não perceber que acabou de sofrer uma tentativa de homicídio.

— Ouviu, galera? — avisa Diogo 2 para os irmãos. — Meu tio disse que eu ganhei!

O menino ainda parece um saco de batata murcho, mas está respirando e sorrindo.

— O jogo que só tinha você jogando? — pergunta Diogo 1.

Lá vai a chatona estragar a felicidade do irmão, como Diogo às vezes fazia comigo. Existe essa expectativa de que os irmãos mais velhos vão sempre estar lá para erguer os mais novos do chão, mas, bom, de vez em quando Diogo ainda ajudava a me derrubar.

— Sim! — responde ele.

— Então você ganhou mesmo! — confirma Diogo 1.

Diogo 2 se solta de mim, finalmente livre da cortina, e se joga gritando nos braços dos irmãos. Juntos, começam a pular pela sala.

— Você é o melhor nesse jogo, mano! — diz o dioguinho menor de todos.

Os três comemorando uma vitória num jogo que eu acabei de inventar é a coisa mais ridícula que já vi em toda minha vida, mas, em vez de revirar os olhos, meu rosto faz um movimento esquisitíssimo: sorri.

— Chega de pular! — digo.

Eu realmente vou tomar uma multa nesse final de semana. Mas tenho uma ideia.

— Olha só, vamos ver um filme agora e eu não quero ouvir um *pio*.

Imediatamente Diogo 2 começa a piar como um passarinho e logo em seguida a cacarejar. Diogo 3 não fica para trás batendo as asas. O segundo maior desaforo é a imitação de galinha deles ser perfeita. O primeiro é Diogo 1 fingindo jogar milho para eles.

Esse final de semana será muito longo.

Às vezes, fico pensando que Nádia é minha alma gêmea enviada por engano para o corpo errado. Enquanto algumas pessoas têm estantes abarrotadas de livros com capas desinteressantes e títulos como *A microfísica do poder no desenvolvimento emocional* e, sei lá, *A poesia dos desafetos*, minha amiga tem uma série de prateleiras cheias de filmes, como se fosse a dona de uma locadora falida. Nádia não acredita em plataformas de streaming, que vivem tirando suas comédias românticas favoritas do ar — quebrando sua confiança —, então resolveu garantir todo o entretenimento necessário dentro do próprio quarto. *O apocalipse vai acontecer quando a Netflix acabar, você vai ver o surto das pessoas.* Uma das prateleiras é só de filmes da Disney, e dou uma olhada para ver o que há de bom.

Que horror, ninguém pediu por mais um filme de *Carros*. E quando a Disney vai cansar de produzir continuações de *Frozen*? Quantas vezes a Elsa vai precisar ouvir que o único amor que resta a ela é o amor-próprio?

Escolho o filme de princesa que acho ser o mais recente e não faz parte de nenhuma franquia.

— Meu amigo pode ver filme com a gente? — pergunta Diogo 3 assim que volto para a sala.

— Não.

— Minha mãe diz que ver TV deixa a gente burra — comenta Diogo 1 sem ninguém ter perguntado.

— No caso dela, não adiantou nada, já que ela casou com seu pai — rebato, enquanto tento lembrar como liga o DVD.

— Vai ter pipoca? — pergunta Diogo 2.

Antes que eu responda que sim, a campainha toca e me teletransporto para a porta imediatamente. Ajeito o cabelo, as sobrancelhas e a rola. Abro a porta esperando ver Ulisses, mas não há ninguém. Ué. Tenho certeza de que ouvi a campainha tocar. Fecho a porta e volto para a sala.

Walt Disney deve ter feito mesmo um pacto com o diabo, porque as três crianças estão vidradas no filme. Cada uma do seu jeito, admito. A mais velha não disse um ai desde o início do filme, mas não dá para saber se está gostando, já que ela quase nunca diz ai nenhum. Finjo que não reparo que está bem pertinho de mim no sofá e, quando vejo, ela encosta a cabeça no meu braço. O do meio, Diogo 2, fica dando gritinhos e risadinhas que eu não sei bem de onde vêm. A princesa grita, ele ri. A princesa ri, ele grita. O menorzinho resolveu me encher de perguntas sobre o filme, e me sinto na escola, quando os professores me questionavam sobre livros que nunca tive a menor intenção de ler.

— É agora que eles vão morrer? — pergunta ele pela quinta vez desde que o filme começou.

Amo que esse Dioguinho com três anos já tem mais personalidade que muito gay da Zona Sul. Tudo que ele faz é coerente com a proposta de bebê mórbido que seu look informa.

— Ninguém morre nesse filme — respondo.

— Minha mãe disse que todo mundo morre — declara ele.

Meu Deus, que mulher sem tato.

— Todo mundo morre, mas esse é um filme pra deixar a gente feliz.

— Vai ser triste quando você morrer?

Só Nádia vai chorar.

— Quem vai te matar? — pergunta ele na lata, e seus olhinhos castanhos estão cravados em mim.

A campainha toca mais uma vez, e tenho certeza de que meu assassino está à porta.

— Meu amigo pode ver filme com a gente hoje? — pergunta ele de novo.

— Peraí que agora a coisa tá meio estranha.

Pego o varão da cortina atrás da geladeira e caminho devagar até a porta da frente. Impressionante que, desde que moro aqui, ninguém nunca tocou a campainha, mas esta noite especificamente todos os vizinhos me querem.

— Quem é? — pergunto, mas ninguém responde.

Tento ouvir a respiração de alguém do lado de fora, mas só ouço os personagens do filme cantando mais uma música sobre amizade e largar seu emprego fixo para viver de arte na praia, que o público-alvo só vai entender quando tiver vinte e cinco anos. Nádia vive dizendo que precisamos de um olho mágico e eu concordo, mas algum de nós dois mexe a bunda pra ir atrás disso? A resposta você já sabe.

Toco a maçaneta — é, eu sei, *quem* abre a porta para o assassino? Sou a gostosa de calcinha num filme de terror? Mas, como pode ser Ulisses, não resisto e ponho a cara lá fora. Não há ninguém.

— Quem é o *palhaço* que tá tocando minha campainha? — digo para o corredor vazio.

— Tio, o João Augusto pode entrar pra brincar com a gente? — pergunta Diogo 3 lá de dentro.

— Quem é João Augusto? — grito.

— Meu amigo aí na porta.

Confiro de novo o corredor e, puta merda, estou à flor da pele. Correndo o risco de dar uma lapada numa criança brincando de pique-esconde.

— Não tem ninguém aqui, garoto.

Escancaro a porta para que, do sofá, ele veja o corredor vazio do andar.

— Aí ele, tio — insiste Diogo 3 e aponta o dedinho.

Juro para vocês, nunca terei filhos.

— É o amigo imaginário dele — diz Diogo 1, sentada na outra ponta do sofá.

Talvez eu devesse mesmo acertar o varão em Diogo 3.

— Ai, pelo amor de Deus!

Bato a porta com força, mas secretamente aliviado por ainda estar vivo.

— Tio! O João Augusto! — grita ele. — Deixa ele entrar, por favor!

Olho para Diogo 1, perguntando mentalmente se isso é sério.

— Ele chora se a gente não entra na brincadeira — explica ela.

— Isso é ridículo. Não tem *ninguém* lá fora.

— Tem o João Augusto! Ele vai ficar triste porque você bateu a porta na cara dele! Eu não gosto quando ele fica triste! — insiste, e a voz dele vai ficando mais aguda a cada frase.

Me afasto da porta, mas, a cada passo que dou, os olhos do menino ficam mais marejados. Estou prestes a acreditar que realmente ofendi alguém, porque meu sobrinho é muito convincente. Digo a mim mesmo que criança é cheia dessas bobagens, porém, antes que eu consiga sentar no sofá, Diogo 3 deixa rolar uma *lágrima*. Não dá cinco segundos, e ouço o choro. Não aquele grito infernal que parece que a criança engoliu uma ambulância. Ouço o choro *sentido* de um bebê triste e, merda, não dá.

Escancaro a porta, dessa vez com a força do ódio, e digo:

— Pode entrar, João Augusto, a casa é sua. O filme ainda não acabou.

Meu sobrinho enxuga os olhos na hora e bate palmas no sofá, enquanto os Diogos 1 e 2 agem como se essa fosse uma cena normal. Vou devolver essas crianças com um encaminhamento para o psicólogo, prometo.

Quando vou me sentar com eles, o menorzinho empurra minha bunda.

— O João tá aí! — diz.

— Não tem mais lugar nenhum no sofá, você quer que eu sente *onde*?

— No chão — responde Diogo 2 e ri.

— Tio, eu te dava meu lugar se a Suzie não estivesse aqui — diz o menor, com a felina no colo.

Olho para a gata e, entre todos os presentes, ela é a menos favorável a se mover. Fico com vontade de mandar Diogo 1 ir pro chão, mas essa garota já deve sofrer bullying todo dia na escola, então a poupo.

Sento no chão, sabendo que jamais reportarei esse incidente para Nádia. A menina começa a me fazer cafuné e, apesar de eu odiar que baguncem meu cabelo, permito. Já entendi que o lance de Diogo 1 é conversar agarrando, apertando, abraçando e encostando na gente.

O filme segue como qualquer filme da Disney: uma sequência de músicas esquecíveis, uma realmente boa e uma que as crianças vão ficar cantando *para sempre*. Tem um príncipe, uma princesa e um objeto inanimado falante que deixa a gente na dúvida se é engraçado ou apenas irritante — de qualquer forma, depois da metade do filme, já quero uma pelúcia dele. A princesa fica a maior parte do tempo sentada, esperando a boa vontade do príncipe em ir salvá-la. Como se a Disney ainda estivesse presa em 2001, quando ser feminista era crime.

— Se a princesa fosse a Ester, ia ficar esperando pra sempre! Nenhum príncipe gosta de menina feia! — comenta Diogo 2 do nada, como todas as outras coisas que ele diz.

— Ei! Isso não é verdade — repreendo. — Pede desculpas pra sua irmã.

— Mas, tio, ela não tem jeito de princesa! — se defende ele.

— Tem jeito de monstro! — diz Diogo 3.

Diogo 1 é gorda. É lenta também, mas sei que, para eles, o empecilho para ser princesa é que ela não cabe no vestido da Branca de Neve. Encaro minha sobrinha com mais atenção, que, nesse momento, acha o tapete da sala bastante interessante. Até as crianças mais fofas podem ser horríveis de vez em quando.

— Olha aqui, não é certo falar assim da sua irmã. É feio — digo, e engrosso a voz para assustar os dois. — Ela, quando crescer, vai ser uma princesa incrível e beijar o príncipe que *quiser*. Não é, Diogo 1?

Ela demora para responder, como se estivesse esperando a conversa *morrer* para voltar a ser invisível no sofá.

— Eu preciso beijar um príncipe? — pergunta ela, ainda sem me olhar nos olhos.

Eu realmente não esperava por essa.

— Bom... não. Você pode ser uma princesa que... beija princesas? — arrisco.

Meu Deus, eu posso falar isso pra uma criança de nove anos?

— Acho que eu não quero ser uma princesa — responde ela.

— Eu quero ser princesa no lugar dela, então! — grita Diogo 2. — Tio, eu posso ser a princesa? Por favor, por favor, por favor.

O pior de tudo é que elas já chegaram assim aqui em casa, mas os pais vão dizer que eduquei com o kit gay.

— Vocês podem ser o que quiserem, essa é a única regra — respondo, tentando soar confiante.

Espero que esse momento fique marcado na cabecinha deles e, lá pela adolescência, quando estiverem se sentindo incapazes e sem perspectiva de vida, lembrem das palavras de sabedoria do tio *incrível* deles.

— Posso ser um urubu? — pergunta o mais novo.

— Não é assim que funciona — respondo, frustrado.

— Posso ser um cemitério? — insiste ele.

Não é difícil dizer que há algo de errado com esse menorzinho, mas felizmente na segunda posso devolvê-lo para a fábrica.

— Se a gente pode ser qualquer coisa, por que você não é igual meu pai? — pergunta Diogo 2.

Sem senso estético e com entradas que parecem a pista de Interlagos?

— Por que eu iria *querer* ser igual ao seu pai?

Eu não deveria ter perguntado, porque os três se revezam para enaltecer o pai que têm. Meu irmão pariu um fã-clube.

— Porque ele é lindo!

— E forte!

— E ele sabe dirigir!

— Papai tem um montão de dinheiro!

— Ele namora a mamãe!

— A pipoca dele é muito gostosa!

— E você fala tudo assim *nhen nhen nhen* — finaliza Diogo 2.

Suzie dá um miado gutural que pra mim soa como endosso.

— Eu falo *como*? — pergunto, ofendidíssimo.

— Assim, tio: *Enton crionças vamoan paran de bagunçon.*

Diogo 2 diz isso numa voz ridícula que supostamente deveria ser a minha. Eu *com certeza* não falo assim. Mas todo mundo na sala ri.

— Olha aqui! — rebato. — Eu sou muito melhor que o pai de vocês.

Para provar meu ponto, pauso o filme e fico de pé na frente deles.

— O cabelo dele tem esse brilho? A pele dele parece seda? E esse tanquinho, o pai de vocês tem?

Exibo minha barriga sarada para crianças pouco impressionadas.

Percebo que preciso me esforçar mais.

— O pai de vocês faz isso? — digo, enquanto performo a nova música da Anitta no tapete.

Elas bocejam.

Dou tudo de mim sambando. Rebolo até o chão. Passo por baixo de uma corda imaginária. Dou estrelinhas pela sala. Abro um espacate que vai cobrar seu preço mais tarde. Faço a dança do robô sabendo que é campeão com crianças.

— O papai arrota o alfabeto — diz Diogo 2, como se porqueira fosse uma virtude.

— A barriga dele vira uma boquinha que fala quando a gente aperta! — lembra Diogo 3.

— Tio... Acho que seu moletom rasgou — comenta Diogo 1 bem baixinho.

Vou para o quarto humilhado com um rombo bem no furico. Enquanto troco de roupa, me sinto ultrajado por saber que jamais poderei fazer minha barriga de fantoche. Impressionante como os padrões de beleza ficam a cada dia mais inalcançáveis.

Volto para a sala e aceito meu lugar no chão com humildade. As crianças continuam fascinadas com o filme, porém mal vejo a tela. Os três são mesmo muito lindinhos, principalmente juntos. Mas será que vão gostar de mim? Será que neles *existe* espaço para gostarem de mim? Diogo ser melhor do que eu, que desaforo. Talvez *eu* é que não goste delas, então. Dessas crianças fedidas.

— Vocês vão precisar de um banho antes de dormir, tá? — comento.

As três reclamam na hora e fico rindo sozinho, achando minha vingança extremamente satisfatória.

6. Tio exemplar

— Eles se casaram e tiveram bebês? Viveram felizes para todo sempre?! Beijaram na boca?! — pergunta Diogo 2, quase entrando na tv para conferir por si mesmo o desfecho da história.

Quando eu era adolescente, sabia acalmar meu pobre coração *viadinho* das fortes emoções que uma novela bem-feita, por exemplo, me causava. O último beijo! A trilha sonora! A morte da vilã! A meia dúzia de casamentos em sequência! Ficava explodindo por dentro como se a história de vida contada na Globo fosse minha. Diogo 2 está tendo uma síncope. Meu irmão me avisou que uma das crianças não podia exagerar no açúcar, mas acabo de descobrir uma que também precisa maneirar nos finais felizes.

— Onde mais eles iam beijar? — retruco.

— Na bochecha, na mão, aqui em cima da cabeça — sussurra Diogo 1.

Essa maiorzinha puxou o pai no quesito de me fazer me sentir burro.

— Quando a gente morre, ganha um beijinho na testa — diz Diogo 3, balançando as perninhas que pendem no sofá.

Gente.

— Uma amiga da mamãe morreu mês passado e a gente viu o marido dela dando um beijinho no caixão — explica a irmã.

Estou impactado com a lógica da criança.

— Você pode ganhar um beijinho na testa sem estar morto — respondo.

— Na boca também?! — pergunta Diogo 2.

Meu sobrinho do meio é viciado em tudo que é feliz. Vai crescer e virar uma daquelas pessoas que dão bom-dia para o sol e chegam sorrindo na empresa na segunda-feira. É meu dever moral impedir isso.

— Os pais de vocês não se beijam? — pergunto, realmente curioso.

— Não! — responde Diogo 2, bem rápido.

— Claro que se beijam, Miguel! — diz Diogo 1. — Como você acha que a gente nasceu?

Ergo as sobrancelhas pela sabedoria inesperada, mas confesso que até para mim isso é um mistério já que nesse momento Diogo e Karol estão pagando por uma chance de sexo parcelada em seis vezes. É como jogar no cassino da putaria.

— Como *você* acha que vocês nasceram? — indago.

— Hum... Eu não tenho certeza — diz ela.

— Será que a gente nasceu? — pergunta o menorzinho para o irmão.

— Agora eu também não sei mais — diz o do meio, franzindo os lábios e coçando a cabeça.

Meu Deus, causei uma crise existencial nas crianças nas primeiras vinte e quatro horas.

— Eu *garanto* que todos vocês nasceram — digo.

— O João Augusto também? — pergunta Diogo 3.

Suspiro. Eu realmente terei que lidar com isso o final de semana inteiro.

— Provavelmente sim — digo.

— Viu, João? Eu disse! — sussurra meu sobrinho para o lugar vazio ao seu lado no sofá.

— Acho que já está na hora de vocês irem pra cama — digo.

— E se a gente brincasse de filme da Disney? — pergunta Diogo 2.

— Tenho uma ideia melhor! — respondo, bem animado. — E se vocês fizessem o que eu mando e fossem pra cama?

— BRINCAR DE FILME, FALEI PRIMEIRO — grita ele de volta.

— Não vamos resolver as coisas assim.

— Tio, ele falou primeiro, eu ouvi — confirma o menorzinho. — O João Augusto ouviu também.

— Já disse que não vamos...

— Ele realmente falou primeiro — interrompe minha sobrinha.

Amo que, para quem é quietinha, Diogo 1 até fala bastante.

— Eu *vou* arrumar a cama de vocês e enquanto isso podem brincar aqui na sala, mas, assim que eu voltar, a farra acabou, ok?

Acho que os três pararam de me ouvir no primeiro segundo. Estão reencenando cenas do filme, já decoraram as falas e, claro, aquela UMA música maldita. O tapete está fora do lugar, as almofadas estão pelo chão, um dos quadros de Nádia caiu da parede... Suzie me encara como quem sabe que está tudo um caos, mas que não fará nada a respeito. Sempre gostei mais de cachorros.

Meu celular toca e vejo o nome do meu irmão, mas, pela primeira vez em toda minha existência, atendo o mais rápido que posso. Talvez ele tenha desistido do retiro e esteja a caminho para buscar os filhos. Era mesmo esperar demais que um homem que ficou meses sem encontrar o clitóris da esposa fosse achar agora, assim do nada, numa única noite.

— Seja lá qual for sua dúvida dessa vez, não vou poder te ajudar. Vai ter que encontrar o ponto G sozinho — digo ao atender, indo para a cozinha.

— Eu não esqueci como se transa — responde Diogo.

— Aposto que a coitada da Kênia já esqueceu.

— Minha esposa se chama *Keila* e você sabe disso. Espero que você não esteja falando isso perto das crianças.

— Relaxa, elas estão bem longe.

— Diego, *onde* estão meus filhos? — pergunta meu irmão, alarmado, como se eu já as tivesse vendido no Mercado Livre.

— Agora você tá me confundindo se quer que eles estejam aqui ou não.

— Só estou ligando pra saber se eles estão bem.

— Já chegaram no motel? — pergunto.

— É um *retiro* de casais. E, não, ainda estamos na estrada. Mas quase lá. Algum problema com as crianças?

— Nenhum problema, Diogo, tá tudo certo.

Lembro que quase matei um deles acidentalmente. Será que eu ainda recebo o suficiente para arcar com a fiança?

— Tenho um dom especial com crianças — digo. — Estão os três bem quietinhos na sala.

— Então você deu banho neles, né? — responde meu irmão.

— Peraí.

Coloco a ligação no mudo e volto para a sala.

— Gente, o pai de vocês tá dizendo que vocês precisam de um banho. Vai ser agora?

— Não! — respondem os três em uníssono.

Presto atenção por alguns segundos ao que eles estão

fazendo na sala e, gente, tenho quase certeza de que não tinha cena de fuzilamento no filme da Disney.

— Se eu dei banho neles? — Volto para a cozinha e para a ligação. — Claro que dei.

— Confesso que te subestimei. Eles custam a dormir sem banho. Miguel fica impossível se assiste tv até tarde. Gabriel fica falando sozinho e Ester só prega os olhos quando os outros dois apagam.

— O que você quer dizer com impossível?

— Eu te contei da vez que tivemos que chamar os bombeiros e o Ibama?

Puta que pariu.

— Preciso desligar — digo.

— Eu posso falar com os meus filhos?

— Acabei de chamar os três e, olha só, ninguém quis vir. Só querem saber do tio agora.

Meu irmão dá uma gargalhada.

— Tá bom, amanhã eu tento de novo.

— Boa sorte. E vai com tudo pra cima da Kássia hoje, ela merece.

Quando volto para a sala, meu Deus, quero chamar o Exército, a Marinha e, sei lá, a Nasa.

— Que filme é esse que vocês viram, porra? *Bacurau?* — berro.

O *sofá* está revirado. Fizeram uma barricada com o rack da tv, as almofadas viraram trincheiras, o tapete, cadê o tapete? Em algum momento, os capirotinhos foram ao quarto e pegaram as malas com roupas e outros penduricalhos, e agora tudo está espalhado pelo chão ou sendo usado como arma letal nessa guerra de mentirinha. Um sapatinho número trinta me acerta bem na cabeça.

— Eu só quero saber *quem foi.*

Meus sobrinhos apenas caem na gargalhada e, quando percebo, já estou escondido atrás do sofá tombado com uma escova de cabelo nas mãos, e pronto para acertar um menor de idade.

> Você não pode dopar crianças, se é o que está me perguntando

Leio a mensagem de Nádia e, gente, que inferno de mulher desagradável.

> *Não* era o que eu estava te perguntando

Jogo fora os comprimidos de antialérgico. Na última vez que tomei um desses, acordei aos pés de Jesus Cristo, que me enviou de volta pois ainda não era minha hora. Me parece um erro não usar a medicina a meu favor, seria apenas um tipo de suco diferente. Bebo um suco de laranja artificial que, por si só, já tem gosto de remédio, enquanto penso em como desligar as crianças. São onze da noite, e nenhuma delas deu um bocejo. Muito pelo contrário.

> Criança só dorme quando cansa, entra na brincadeira

Avalio de longe a situação da sala, agora transformada em zona de guerra. Acho que acabaram de lançar Suzie como um projétil. Talvez valha mais a pena eu ir dormir, e amanhã cuidar apenas dos sobrinhos sobreviventes.

Nada me tira da cabeça que estou aqui por escolha própria. A essas horas estaria chegando num lugar belíssimo com meus melhores amigos e não mentindo para 99% deles que estou a caminho. O pagamento realmente é bom, eu tenho certeza de que vou aproveitar do jeito que mereço, mas tem algo mais, não tem? Eu *sinto* que tem. Odeio perceber que não estou fazendo as coisas só por dinheiro. Sempre meto os pés pelas mãos quando começo a sentir demais.

Bom, agora é tarde.

Decido seguir o conselho de Nádia, tomo coragem e interrompo a guerra com uma bandeirinha branca da paz.

— E se a gente brincasse de pique-esconde?

Mas eu roubo no pique-esconde, e fico espiando para ver aonde cada um vai. Imagina o pesadelo de procurar crianças minúsculas dentro de um apartamento de cem metros quadrados. Derroto todos na queda de braço, mesmo quando são os três contra mim. Acerto uma sandália sem querer na cara de Diogo 1. Faço todo mundo pular a corda que uso na ginástica na velocidade foguinho. Convenço Diogo 3 a catar os tufinhos de algodão que vazaram das almofadas dizendo que a gata vai morrer se comer. Desarmo Diogo 2 num duelo de vassouras. Enrolo ele nas cortinas novamente (de leve) e peido dentro. Enfim, sou um tio exemplar.

Coloco três crianças *exaustas* para dormir. Meus sobrinhos cabem todos na minha cama king size, o arranjo perfeito. Decidi ficar no quarto de Nádia, pois Deus me livre esses capetas mexendo nas coisas dos outros. Achei mais seguro correr o risco eu mesmo. Foi uma luta fazê-los tomar banho, principalmente depois que Diogo 2 mordeu meu braço e fez xixi em mim, mas agora eu triunfei. Apago as luzes e dou boa-noite.

— Tio, conta uma história pra gente? — pede Diogo 2.

Travo na porta.

— Que tal vocês só dormirem?

— Eu não tô com sono — responde ele.

— Tá muito escuro — reclama o menorzinho.

Aperto o interruptor.

— Tá muito claro, não consigo dormir assim — diz Diogo 1.

Agora ficou fácil de agradar.

— Conta uma história pra mim!

— O papai sempre conta!

— A mamãe também.

Confesso que sou muito bom em contar fofoca, falar mal dos outros, passar para a frente detalhes sórdidos que nem sei se são verdade, mas histórias infantis não são meu forte. No escritório onde trabalho, sempre junta uma roda de fofoqueiros quando trago novidades. Não me importo muito em conferir as fontes, deixo isso para os jornalistas. Meu negócio é saber cativar a audiência. Suspiro e sento ao lado de Diogo 2 na cama. Diogo 3 está deitado no meio, abraçado com a irmã.

— Vai ter princesa na história? — pergunta Diogo 2.

— Alguém morre no final? — acrescenta o mais novo. Eu nem sabia que vendiam pijaminha preto.

— Eu gosto de histórias com bichinhos que falam — diz Diogo 1.

— Olha, não conheço muitas histórias de criança. Legal que o pai e a mãe de vocês têm tempo pra isso, mas os meus não tiveram.

Sempre achei isso de contar história para criança dormir coisa de filme americano. Minha mãe só gritava *vai pra cama, peste* e, se eu teimasse, ganhava uma chinelada e ia dormir com a bunda quente.

As crianças tentam me incentivar:

— Sabe a história do ursinho Pimpão?

— Não.

— E a da galinha que põe ovos de ouro?

— Nunca ouvi falar.

— A Pequena Sereia, então!

Ah, essa eu conheço.

— Sabiam que na história original cortam a língua dela e, no final, ela se joga infeliz no mar e vira espuma?

Diogos 1 e 2 me olham horrorizados, mas o 3 obviamente se anima.

— Quem corta a língua dela? Sai sangue? — pergunta ele.

— Eu não quero saber! — grita a irmã.

— Não quero essa história, não quero essa história, não quero essa história — suplica Diogo 2, e tapa os ouvidos com as mãos.

— Tá bom, tá bom. Vou pensar — digo.

Tento resgatar da memória as histórias realmente *boas* que conheço. Incrível como todas têm sexo, drogas, adultério e baixaria. As crianças não iam curtir. Bom...

— Ficaram sabendo do último *exposed* da Anitta? — pergunto.

— Quem é essa?

Começo a desenrolar a história desde os primórdios já que as crianças finalmente morderam o anzol. Sirvo cada informação que adquiri ao longo dos anos em sites sobre celebridades e nas redes sociais. A mais velha diz ter uma amiguinha que mora em Honório Gurgel. Meu sobrinho do meio me pergunta o que é um "furacão 2000". Preciso traduzir para o menorzinho o que é um *single*, um *hit* e um *feat*. Todos fazem *uaaaaaau* quando eu conto dos cancelamentos.

— Depois que ficou superfamosa, ela achou um príncipe e viveu feliz pra sempre? — pergunta Diogo 2, e ele tá quase sentando para ouvir melhor.

— Nada, menino, ela pegou muito boy lixo.

— Nunca vi uma história de princesa com final triste — rebate ele.

— Bom, essa não é uma história de princesa. A Anitta agora é meio que a madrasta malvada do pop nacional.

— E quem vai matar ela? — pergunta Diogo 3.

— *Ninguém*. Meu Deus, você precisa urgentemente parar com isso.

Mas, se matassem, ia ser muito difícil descobrir quem foi, meio mundo artístico parece ter motivo.

— Tem princesa na história do pop? — pergunta Diogo 2, ao mesmo tempo que boceja.

Percebo os olhinhos cansados dos demais.

— Tem, tem princesa, mas conto essa história outro dia.

— Qual é o nome dela? — insiste ele, mesmo fechando os olhos e se aconchegando aos irmãos na cama.

— Pabllo Vittar. Agora, boa noite.

Quando apago as luzes, não sobrou criança acordada para falar que tem medo do escuro. Eles são tão fofos dormindo! Poderiam dormir mais, inclusive. Não sei por que o povo tem tanto fogo no rabo para ter filhos, quando podem apenas esperar que outras pessoas tenham.

Antes que eu consiga sair de fininho e fechar a porta, ouço a voz de Diogo 3 sussurrando.

— Tio, conta outra história amanhã? Foi muito legal.

O que não falta é treta de famosos, bebê.

— Conto sim — respondo, bem baixinho para não acordar os outros dois.

— Boa noite.

— Boa noite, Gabriel.

Assim que fecho a porta, estranho o que disse.

Gabriel?

Gabriel.

Acho que meu sobrinho mais novo realmente se chama Gabriel.

7. Já vi esse filme e odiei o elenco

Ficar sabendo pela Nádia que o perdido que dei nos meus amigos funcionou tão bem me deixa ligeiramente ofendido. Eu sou a alma da festa, porra. Eu que dei a ideia de a gente ir para Arraial do Cabo. Como *nenhum deles* percebeu que eu, *justamente eu*, não estou lá?

— Todo mundo acha que você está aqui — explica Nádia ao telefone.

— Como isso é possível? — questiono, me ajeitando no sofá da sala, em meio à bagunça que meus sobrinhos fizeram ontem.

— Muita bebida barata. Gustavo está tão mamado que jura que até te viu.

Nádia deve ter aprendido a ser mentirosa com o melhor, eu mesmo, porque seu plano foi perfeito. Meus amigos da primeira carona ficaram achando que fui para Arraial na segunda e vice-versa. Quando Barbie e Marta chegaram na cidade, Agnes e Gustavo já estavam bêbados o suficiente para não estranharem minha ausência. *Mas cadê o Diego? Por aí.* Nádia Rafaela, a mente por trás do crime.

— Mas já te aviso que não vai durar muito, e eles *vão* querer saber — diz ela. — A Marta vai colocar a polícia atrás de você aqui em Arraial.

Ai, droga, a Marta.

Éramos um grupo de gente burra, gostosa e feliz, como todo bom grupo de amigos deve ser, antes da Marta aparecer na vida da Barbie e entrar de agregada em nosso meio. Não sabemos resolver *nada*, varremos tudo para debaixo do tapete, deixamos as bombas explodirem nas nossas mãos e metemos o pé na jaca o tempo todo. A gente chora, grita, esperneia e demora para pedir ajuda, mas, de alguma forma, estamos sempre juntos aos trancos e barrancos. Mas a Marta é prática. Veja bem, ela faz um bem danado para nossa amiga Barbie, mas, mulher, cadê o *drama*? Não existe tapete na casa emocional da Marta. Ela desarma bombas e resolve os problemas. Se alguém some, ela liga para a polícia.

— E eu também quero saber, Diego — choraminga ela.

— Fiquei de babá, amiga, já te disse. Foi uma emergência. Um favor.

— Daí você desistiu da viagem que a gente estava planejando há semanas?

Eu mesmo tenho dificuldade de *me* convencer, que dirá convencer Nádia. Olho pela janela aberta e vejo o sol da manhã brilhando lá fora. Arraial deve estar maravilhosa, e eu aqui com três crianças roncando no meu quarto e uma gata homicida me olhando de soslaio.

— Nádia, vão me pagar bem! — insisto.

— *Quem* exatamente tá te pagando?

— Isso é importante? — rebato, mesmo sabendo que a informação é vital.

— Meu Deus, que crianças você tá olhando? Os filhos do tráfico?

Sem rodeios, digo quanto dinheiro vai cair na minha conta e os cinco dígitos do limite do cartão de crédito que posso usar a meu bel-prazer.

— VOCÊ ESTÁ MESMO METIDO COM O TRÁFICO? — berra ela, tão alto que meu ouvido chega a doer.

— Não é o tráfico! — respondo.

Mas meu irmão qualquer dia desses vai ser preso por lavagem de dinheiro ou fraude nos cofres públicos, e eu nem vou me surpreender quando a cara dele aparecer nos noticiários.

— Olha, quando você voltar, eu juro que terei uma explicação plausível — prometo.

— Tem certeza, amigo? — diz ela, finalmente vencida.

Às vezes, acho que me envolver com o mundo do crime faria mais sentido do que me meter com a minha família.

Suspiro e me despeço de Nádia, depois de ela me garantir que todo mundo em Arraial descobrir que nunca saí do nosso apartamento em Botafogo não passa de hoje. É a vida. Agradeço de coração o que ela fez por mim, já que não tinha nenhuma obrigação de ser minha cúmplice e de nós dois sabermos que ela também sofrerá as consequências. Estou aqui bem longe de todo mundo, mas são os ouvidos dela lá em Arraial do Cabo, ao lado da horda nervosa, que ouvirão "Porra, Nádia, como você deixou isso acontecer?". Desligo o celular meio desgostoso. Uma coisa é eu fazer cagada, outra coisa é meter meus amigos nos meus B.O. Vou comprar um biquíni maravilhoso para Nádia no cartão do Diogo. Depois de comprar uma sunga para mim combinando, claro, porque, é *isso*.

É isso que muita gente não entende na nossa relação. Sei lá se Nádia é tipo uma irmã para mim, não faço ideia como o fato de ser irmão de alguém pode ser bom, mas Nádia é como uma... como uma *Nádia* deveria ser para um Diego, sabe? Como um *Diego* deveria ser para uma Nádia. Eu e ela somos unha e carne, quase inseparáveis, onde um peida o outro vai logo atrás cheirar, às vezes literalmente porque ela não sabe esperar e entra no banheiro logo depois de mim e ainda me xinga, sendo que eu já expliquei mil vezes a regra do tempo de espera do peido. Nunca ficamos tão longe um do outro por tanto tempo e agora ela está a mais de cento e sessenta quilômetros de distância e eu estou aqui sem saber se tomei a decisão certa por pura ganância.

Tudo indica que não.

> Sonhou comigo?

Mas nem tudo está perdido na minha vida, porque pelo menos *uma* decisão acertada eu tomei ontem à noite, a de ter dado meu número para meu vizinho gay. Ulisses foi bem mais rápido do que pensei, às vezes esqueço que também sou um grande gostoso. Ele pareceu ter adivinhado: assim que coloquei meus sobrinhos para dormir, recebi um "oi" dele. De cara, eu já sabia que a noite iria render e que eu dormiria pouco. *Será que eu deveria dar um pulo no apartamento dele? Chamá-lo para cá?* Estávamos separados por apenas algumas portas de distância. Até cheguei a abrir minha galeria de fotos para avaliar qual nude mandar, mas a empolgação foi tanta que resolvi tirar uma nude única e exclusiva no quarto de Nádia, bem longe das crianças. Sempre fui muito bom em fazer várias coisas ao mesmo tempo, então, enquanto estava lá de papo com ele, também escolhia meu ângulo mais promissor. Ulisses já estava quase recebendo a melhor versão que eu tinha para oferecer numa sexta-feira à noite, um Diego atrevido e arregaçado, quando a conversa ficou... *boa?*

Não estou querendo dizer que ele leu minha alma nem nada assim, mas eu realmente parecia estar conversando com uma pessoa de verdade pela tela do meu celular. Se você já usou um aplicativo de relacionamentos, sabe do que estou falando. Se você é gay, com certeza sabe do que estou falando, porra.

Ulisses não era um robô sexual. Se fosse, pelo menos era um que sabia digitar. Já era mais de meia-noite e ele continuava falando sobre as praias favoritas dele no Rio de Janeiro, os filmes que mais o fizeram rir, as músicas que mais o faziam chorar, e, na mesma medida, querendo saber as minhas opiniões. Ficou cada vez mais difícil jogar meu cu no meio da conversa. Em dado momento, eu nem queria mais. Ulisses deixou meu cu constrangido. Mas percebi que, de um jeito estranho, cafona e até incômodo, falar sobre trivialidades e saber mais do outro como gente normal foi tão divertido quanto arrasar na putaria, meu esporte favorito.

Como também não sou nenhuma senhora vitoriana, encerrei a noite dizendo que acordaria todo molhado depois de sonhar com ele. Daí essa sua mensagem, que responderei imediatamente.

> Se eu sonhei? Foi quase um filme.

> E vai me deixar na curiosidade?

Narro as cenas com todos os seus detalhes eróticos. Meus dedos até cansam do tanto que digito. Eu poderia mandar um áudio bem safado, mas não quero correr o risco de acordar as crianças.

> Caramba! Que imaginação fértil!
> A gente fez mesmo tudo isso?

> Do início ao fim, sem pausa.

Mentira, dormi feito uma pedra.

As crianças me deixaram *destruído*, e nem sei por que já estou de pé. Minha alma com certeza está lá enrolada no edredom.

Para minha sorte, sou extremamente criativo, ainda mais quando o assunto é putaria.

— Ele *lambeu* o seu mamilo? — pergunta Diogo 2, pendurado atrás de mim no sofá, lendo as mensagens por cima do meu ombro.

Nas Olimpíadas do Susto, eu ganharia medalha de ouro em arremesso de celular à distância. Também subiria ao pódio em Berro Artístico. Não sei onde enfiar minha cara, mas meu sobrinho de seis anos de fato aguarda uma resposta.

— Você não sabe o que é um mamilo, sabe? — pergunto, desconfiado, meu coração ainda acelerado.

— Não — diz ele, inocentemente. — Mas que nojo!

Acho graça da careta que ele faz. Para uma criança que não gosta nem de abraço, uma lambida é mesmo um terror.

— Eu vou ficar bem — digo.

— Meu tio tá dodói? — pergunta Gabriel, aparecendo na sala do nada como o irmão.

— Lamberam o mamilo dele — explica Diogo 2.

— Nossa! — exclama Gabriel, levando a mãozinha à boca.

Diogo 1 bate a porta do meu quarto e se junta a nós na sala. Impressionante que todos eles vieram como que atraídos pela fofoca, da mesma forma que eu e Nádia no trabalho levantamos correndo quando as meninas do atendimento entram na copa.

— O que aconteceu? — pergunta ela.

— Um amigo do meu tio lambeu o mamilo dele — repassa Diogo 2, com cara de que lamberam dentro do meu nariz.

Eu nunca vou poder contar com essas crianças bocudas para guardarem um segredo quando precisar.

— Lambe o dele também, tio! — diz Gabriel, como se eu tivesse sido *vítima* de preliminares e precisasse revidar.

— Mamilo é o quê mesmo? — pergunta Diogo 1.

— O meu tio ia me contar — diz Diogo 2.

Deus me livre e guarde, ainda bem que ninguém leu a parte da mamação de piroca.

— Gente, vamos deixar essa conversa pra outro dia? — digo, com a cara quente. — E vocês que já sabem ler, fiquem *longe* do meu celular. Bora pra cozinha.

Levanto e reparo que quem está perto *demais* do meu celular é a gata-demônio Suzie. Isso porque lancei o aparelho dentro da caixa de areia dela. Que inferno, gente (mas eu realmente deveria investir nas Olimpíadas, acabo de descobrir um talento no tiro ao alvo).

A cena, porém, é grotesca. Diogo me entregou a gata com todos os pertences, mas disse que a areia eu teria que comprar com o cartão. Me passou o número do delivery e tudo mais. E você lembrou de fazer isso? Nem eu. É por isso que desde que chegou Suzie está mijando e cagando nos últimos pacotes de farofa pronta Yoki que eu tinha aqui. Ela nunca me pareceu feliz, mas hoje está especialmente tenebrosa com a bunda fedendo à calabresa.

Suzie silva para mim.

Foi excelente o tempo que eu vivi com esse celular.

Prometi para as crianças um café da manhã incrível, esperando que assim elas parassem de me perguntar sobre anatomia humana. Coloquei os três sentadinhos na mesa da cozinha, o que honestamente foi um verdadeiro milagre, porque Diogo 2 não sabe ficar parado. Ele precisa levantar e correr e pegar as coisas e perguntar e morder você se você tenta forçá-lo a colocar a bundinha na cadeira com as próprias mãos. Gabrielzinho também não fica muito atrás, porque ele adora *ajudar*, mas às vezes a ajuda dele é colocar fogo num pano de prato ou querer cortar pão com uma faca afiada maior do que a cabeça dele. *Quando* ele pegou essa faca, porra? Diogo 1 é uma lady.

Abro a geladeira torcendo para ter mais sorte do que tive quando abri o armário e a despensa. Meu saldo até agora é um saco de pão, meio quilo de sal e teias de aranha. Como íamos viajar, Nádia e eu esvaziamos praticamente tudo, deixando para fazer as compras na volta. Eu não estava brincando, só tem água e ovo aqui.

— O que vocês disseram que queriam comer mesmo? — pergunto, de costas para meus sobrinhos, ainda com a cara dentro da geladeira vasculhando por, quem sabe, um pote de geleia perdido.

Os meninos pedem por sucrilhos, pão doce e torrada com Nutella. Nessa casa *nunca* teve Nutella. Fecho a geladeira e me viro para eles com a única coisa comestível que encontrei. Abro um enorme sorriso que é para manter todos motivados.

— Preparados para o menu do dia? — pergunto.

— Sim!!! — respondem os três em uníssono.

— Bom, hoje vocês vão poder escolher qualquer um dos meus pratos *especiais* de café da manhã, ok? Não é pra qualquer um que eu faço.

— Isso é ovo? — pergunta Diogo 2.

— Não é só *ovo* — respondo.

Em minhas mãos, há literalmente uma caixa com uma dúzia de ovos.

— As opções são pão com ovo, ovo com pão, pão com

ovo duplo, X-egg, disco voador e sanduíche de ovo — digo o mais rápido que posso.

Os três ficam em silêncio por alguns segundos. Diogo 1 me olha meio confusa, mas a cabecinha de Diogo 2 caiu para o lado. É Gabriel quem faz a pergunta.

— Nossa, tio, você sabe fazer isso tudo?

— Querido, eu sou cheio de talentos — respondo.

As crianças imediatamente começam a gritar seus pedidos, e vou para o fogão prepará-los. Depois das primeiras mordidas, Diogo 2 jura que o ovo com pão dele é muito melhor que o pão com ovo duplo de Gabriel. Acho que é assim que nascem os restaurantes gourmet.

Só quando os meninos estão quase terminando de devorar seus pães é que reparo que Diogo 1 mal tocou em seu sanduíche de ovo. Ela apenas beberica o suco de laranja e come uns pedacinhos de ovo que caíram para fora aqui e ali, mas o pão em si permanece quase intocado.

— Você não gosta de pão? — pergunto.

Diogo não me avisou de nenhuma restrição alimentar superespecífica como essa. Ou avisou? Se a menina for alérgica a glúten, vai ser mais uma que vai sofrer uma experiência de quase morte nas minhas mãos. Mal tive tempo de me acostumar a ser tio, mas, pelo andar da carruagem, até domingo já terei deixado de ser, se todos os meus sobrinhos estiverem mortos.

— Gosto... — diz ela, mas é quase um sussurro.

— E por que não tá comendo? — pergunto.

Ela não me responde, mas cutuca o pão com o dedo como se fosse um gambá morto.

— A vovó não deixa ela comer pão — diz Gabriel, falando com a boca cheia de ovo.

— O vovô diz que pão deixa ela muito gorda — completa Diogo 2, também me mostrando todo o conteúdo de sua boca.

Ignoro completamente a falta de etiqueta à mesa porque... *porra*.

— A Ester só pode comer fruta — continua o menorzinho.

— Maçã, banana, aquele troço gosmento que ela odeia... — enumera o do meio, contando nos dedos.

— Mamão... — diz Diogo 1, o rosto em claro sinal de desgosto.

Quero perguntar se meus pais de fato disseram isso para uma menina de nove anos, se realmente tiveram coragem de falar algo assim para uma criança, mas dentro de mim já sei que é verdade. Claro que é. Se fosse o contrário, se chegassem aqui dizendo que os avós são uns amores de pessoa, eu colocaria os três de castigo para deixarem de ser mentirosos.

— O vovô e a vovó não estão aqui, tá? — digo para Diogo 1. — Aqui em casa você pode comer o que quiser. Eu também odeio mamão.

Minha sobrinha me encara e, logo em seguida, desvia os olhos para o pão. Acho que não fui convincente. Empurro o prato para um pouquinho mais perto dela. Diogo 1 volta a me olhar, e eu apenas assinto. Sei que não posso obrigar uma criança a comer um pão e, se ela preferir, eu levanto daqui e vou lá comprar frutas, mas, caramba, ela *quer*. O fato de ela não dizer me deixa ansioso por dentro e por fora.

— Vai, garota, come logo, pelo amor de Deus! — me exaspero. — Aquela velha chata da sua vó nem vai saber de nada.

Devo ter dito alguma coisa errada, porque ela arregala os olhos na hora. Sua boca também se abre, apesar de não deixar escapar nenhum som. É Gabriel e o irmão que fazem todo o barulho.

— Tio!!! Não pode chamar a vovó de chata!

— Nem o vovô!

— O papai vai te colocar de castigo!

— É feio falar mal da vovó e do vovô!

Será que meus pais morreram e foram substituídos nesses últimos anos?

O que mais me choca não é o que eles dizem, mas como todo o corpo deles reage — todo o meio metro. Gabriel leva as mãozinhas à boca, Diogo 2 agarra os próprios cabelos. Logo em seguida, os dois olham para os lados como se alguém fosse entrar a qualquer momento para me prender por desacato.

— Gente, a vó de vocês *é* chata — repito, com bastante convicção. — O vovô também. Isso que eles fizeram com a irmã de vocês não é legal. Se ela quiser comer pão, ela pode.

— Mas o papai... — começa a dizer Diogo 2.

— Ah, mandem o pai de vocês vir falar comigo. Falem que eu deixei.

Imediatamente os dois olham para Diogo 1. Ela encara o sanduíche de ovo, dá de ombros e morde com vontade.

— Viu? Ninguém morreu — digo.

— Então você manda mais que o vovô e a vovó? — pergunta Gabriel.

Provavelmente estou destruindo toda a hierarquia de autoridade construída com tanto cuidado por Diogo e Kátia na cabeça dos meus sobrinhos. Aposto que todos os especialistas em crianças estão contra mim nesse momento, mas um dia com meus pais e eles passariam para o meu lado rapidinho.

— Nessa casa, sim — respondo.

Os três voltam a se entreolhar, e, por um segundo, sinto falta de quando conseguia conversar com meu irmão assim. Hoje em dia nossos olhares falam idiomas diferentes. Quando Diogo 1 assente para os dois, os mais novos desembucham a falar. Diogo 2 pergunta se aqui em casa ele pode gostar de princesas porque na casa do vovô não pode, porque é coisa de menina, e ele tem que andar que nem homem. Gabriel conta que a vovó fala que ele fica feio de preto e que ele nasceu muito maluquinho.

— Ela me faz lixar o pé dela. Também diz que eu tenho que me vestir como uma mocinha — conta Diogo 1.

— A vovó gosta de me apertar, mas o papai disse que eu não posso morder ela — diz Diogo 2, extremamente chateado.

— A gente não gosta muuuuuito de ir lá na casa deles... — comenta Gabriel — Nem o João Augusto gosta, né, João? — pergunta ele para o *nada* na cadeira vazia ao seu lado.

— Mas o papai sempre leva — completa Diogo 1, desanimada.

Só meu irmão não enxerga que a alegria dos meus pais é a infelicidade de todos ao redor.

— Você realmente não pode morder sua vó, ok? — digo para Diogo 2 antes que eu me esqueça.

Imagina esses dentões no bracinho da velha, pelo amor de Deus.

— Mas o resto tá liberado. Aqui pode — respondo.

Os três comemoram muito, e, antes de a conversa terminar, Diogo 1 já está de barriga cheia e seu prato vazio. Ela se empolgou tanto que comeu também o ovo com pão que fui obrigado a preparar para o amigo imaginário do Gabriel, agora com o prato também vazio. Arrasou. Mantenho o sorriso no rosto e despacho os três para a sala. Enquanto lavo a louça do café, há algo dentro de mim borbulhando como um vulcão. Esfrego a esponja com força em cada um dos utensílios. Não deixar uma criança completamente saudável comer *pão*. Mandar o outro andar que nem homem. Dizer para um bebê que o acha feio. *Quem* faz isso, gente? As coitadas ainda ficam de castigo quando reclamam. Francamente. Eu já vi esse filme e odiei o elenco.

Vou direto na caixa de areia recuperar meu celular e, graças a Deus, Suzie não está por perto. Se estivesse também, *foda-se*. Não ia me impedir de fazer algo que não faço há mais de dez anos: ligar para o meu irmão.

8. Uma almofada jamais faria isso

Perco a paciência com a ligação que só cai na caixa postal. Meu celular fede a farofa e, mesmo tendo higienizado da melhor forma possível, o cheiro não sai de jeito nenhum. Para piorar, meu irmão não me atende. Deve estar descobrindo apenas hoje os prazeres do sexo matinal.

Tento mais algumas vezes, mas parece que meu corpo inteiro sabe que ele não vai atender. Meu dedo quase se recusa a fazer uma última chamada. Caixa postal. Diogo sempre é muito rápido em me procurar e me achar onde eu estiver, move céus e terras quando precisa de mim, vai até ao inferno se suspeitar que eu já morri e cheguei em casa. Quando *eu* preciso falar com ele... *Olá, deixe seu recado.* Que recado que eu vou deixar, porra?

Oi, Diogo, você já percebeu como nossos pais são, tipo, insalubres?

É quase como ter dezesseis anos de novo. Já tivemos essa conversa há mais de dez anos e não acabou bem. Eu saí de casa tão cedo por *um motivo.* Digo, por *dois motivos.*

Dois motivos com nome, sobrenome, língua de chicote e cabeça de vento. Como explicar meus pais?

Num dia de chuva, meus pais são as meias encharcadas. Minha mãe, o pé direito; meu pai, o esquerdo. O carro que passa e joga água de esgoto em você. O guarda-chuva vagabundo que quebra na primeira ventania. Num dia de sol, meus pais são o ranço que não sai da pele, o chuveiro sem água, o sovaco cítrico de alguém que já está fedendo às oito da manhã num ônibus lotado. Minha mãe é aquela pessoa que pergunta por que você está na vaga para pessoas com deficiência se você nem parece tão deficiente assim. Meu pai é do tipo que finge que está dormindo quando uma mulher grávida entra no metrô.

Uma vez descrevi meus pais exatamente dessa forma para minha psicóloga, que, depois de dar uma risada, emendou que talvez eu estivesse nutrindo um rancor desmedido. Que, realmente, existem pessoas um pouquinho mais difíceis de conviver, que meus pais são de outra geração, que pessoas idosas tendem a ser mais cabreiras com algumas coisas. Será que eu tinha de fato algum motivo *real* para ter essa imagem tão negativa das pessoas que me criaram? Eu acho que era uma pergunta para eu refletir, talvez levar para casa e trazer na próxima sessão, mas, minha filha, eu sou o maior especialista do mundo inteiro quando o assunto é o mau-caratismo dos meus pais. Quase abri uma apresentação de slides.

Praticamente toda semana, minha mãe passava a máquina no cabelo de todos os homens da casa. Eu, Diogo e meu pai estávamos sempre rumo ao quartel. Numa dessas, eu teimei, disse que queria deixar meu cabelo crescer. Ela apenas riu e disse que o nosso cabelo "não era tão bom quanto o dela". Meu pai me inscreveu no Telecurso do Homem Hétero, onde ele mesmo era o professor. Aprendi a sentar "que nem homem", a engrossar a voz, a nunca desmunhecar, aprendi até o que é escanteio, tiro de meta e zagueiro. Eu tinha dez anos. Hoje em dia já esqueci tudo, mas ainda lembro dele dizendo que no futuro eu iria agradecer. Obrigado, pai, por plantar e regar meus traumas. Uma vez cismaram que eu precisava me envolver com as coisas da igreja, queriam me enturmar nos grupos de oração, mas me proibiram de entrar nos grupos de coreografia, que era a única atividade evangélica que eu realmente gostava — eu me sentia num clipe de diva pop. Um monte de menina girando em roupas extremamente bregas dos anos 2000, ao som de Eyshila e Fernanda Brum, mas meus pais disseram "não, isso é o inimigo entrando em você".

"Por que você não é como seu irmão? Olha como o Diogo se comporta! O que o seu irmão nos dá de alegria você nos dá de desgosto. Por que você é assim? Qual é a dificuldade de ser um filho obediente, Diego?"

"Era melhor nem ter nascido se era para vir assim."

Minha psicóloga pediu um momento e acho que foi chorar no banheiro.

O comportamento dos meus pais não é *normal*, não é aceitável, não é "coisa de outra geração", como todo mundo que passa pano para gente velha escrota adora falar. A mãe da Nádia é da mesma geração que eles e, apesar de ainda não se entender com a própria filha, ela não é *assim*. Eu já conheci os pais da Agnes, e eles são super gente boa. Meu amigo Gustavo vive dizendo como a família dele é perfeita e linda e cheirosa, o garoto nasceu dentro de um pote de margarina. É a vida, gente. Uns têm sorte, outros nem tanto. Eu nasci num pote de estrume de boi.

E é isso que Diogo *não entende*. Ou simplesmente não quer entender, eu já nem sei mais. A pessoa está cagada da cabeça aos pés, parece bosta, tem cheiro de bosta, mas ainda diz desconfiada "acho que alguém pisou em um cocô".

Jura???

No dia em que eu saí de casa, minha mãe *realmente* me disse: "Filho, vem cá". Passou a mão em meus cabelos, olhou nos meus olhos e começou a falar: "Mas que desgosto, Diego. Você não vai sobreviver um dia lá fora. Olha a vergonha que você tá dando pra mim e pro seu pai". Fiquei sabendo por ela que meu pai só queria que eu fosse rápido e à noite, para chamar menos atenção. Mesmo naquele momento, eles só pensavam em si próprios. Mas, depois de anos de manipulação e chantagem emocional, eu não esperava que fosse ser diferente. Meus pais até hoje são versados em todos os crimes do manual da família tóxica, incluindo formação de quadrilha e charlatanismo.

Lembro de, uma noite antes, ter avisado a Diogo que eu iria embora. Sei lá para onde, sei lá como. Mas iria. "Diego, pelo amor de Deus, eles são nossos pais. Não faz isso." Ironicamente, *eles* serem nossos pais era justamente minha motivação para meter o pé. Diogo não tentou me impedir, mas também não me ajudou. Para além das implicâncias entre irmãos, às vezes eu encontrava nele um ombro amigo, mas quando os nossos pais eram o assunto...

— Tio, a gente pode ver TV?

Os meninos me tiram do fundo do poço que é lembrar que meus pais existem.

Diogo 2 me olha, aguardando minha resposta, mas é uma espera inquieta. Ele bate o pé, acho que sem perceber. Passa a mão no sofá, como se fizesse carinho num animal felpudo. Balança a cabeça, mexe o corpo dançando uma música pop que só ele está ouvindo. Reparo nos bracinhos e nas perninhas finas dele, o menino é só joelho e cotovelo. Tenho quase certeza de que o nome dele começa com N ou P.

— Vamos ver o que tem de bom passando agora — respondo, enfim. Também preciso me distrair.

Ligo a TV e me sento no sofá com os dois Dioguinhos mais novos ao meu lado, decidido a encontrar o programa mais inofensivo para essas crianças impressionáveis. Se um filme da Disney fez dessa sala a Revolução Francesa, imagina o que fará um filme de super-herói ou um documentário da vida selvagem. Pulo todos os programas fingidos que adoram mentir para mim: os de culinária (fingem que mirtilo existe), os religiosos (fingem que Deus existe) e os da Polishop (fingem que eu tenho dinheiro). Estou prestes a pular a moça da previsão do tempo quando meu sobrinho grita.

— O desenho da Ester! — diz Diogo 2.

— Não é desenho, é a previsão do tempo — corrijo.

— Volta, tio! — pede ele, e cutuca o irmão. — Gabriel, vai começar! Chama a Ester!

— Gente, *não é um desenho*. É literalmente uma mulher adulta falando se vai chover ou não — aviso mais uma vez.

Mas ninguém me ouve. Gabrielzinho sai correndo pela casa atrás de Diogo 1, que só agora me toquei que não está em nenhum lugar onde eu possa vê-la. Tinha uma almofada aqui na ponta do sofá que eu jurava que era ela.

Diogo 1 entra na sala sendo puxada pelo irmão caçula, e sinto que serei mordido por Diogo 2 se eu não voltar para o canal da previsão do tempo urgentemente. Antes que os dentões alcancem minha pele, volto para a mulher interagindo com um fundo verde. Diogo 1 parece tão perdida quanto eu, mas, assim que vê o que está passando, entende o que eu ainda não entendi. Os três correm para a frente do aparelho e, ao mesmo tempo que pedem silêncio uns aos outros, ficam dando gritinhos com cada informação que pescam da meteorologia. Franzo o cenho, porque eu mesmo não pesco nada.

"As instabilidades que estavam por aqui na semana passada perderam força,", diz a mulher do tempo, "mas é importante destacar que por causa do calor e da umidade alta ainda há possibilidade de turbulências."

— O que ela disse? — pergunta Diogo 2 para a irmã.

— Vai chover? — emenda Gabriel, ansioso.

É a primeira vez que vejo crianças tão preocupadas com a previsão do tempo, mas, pelo amor de Deus, é só olhar pela janela para perceber que o sol está torando lá fora.

— Calma, depende do corredor da Amazônia — responde Diogo 1.

Que corredor, gente?

"O corredor de umidade que vem lá da Amazônia se uniu à frente fria."

Oi???

— Como você sabia do corredor da Amazônia? — pergunto, encarando minha sobrinha. — O que *é* um corredor da Amazônia?

— Peraí, tio, ela tá falando — responde Diogo 1 me dispensando com a mão.

"Mas não é uma frente fria comum", diz a mulher.

— Ai, não — diz minha sobrinha, colocando as mãos na cabeça.

— O que foi, irmã? — pergunta Gabriel.

— É muito ruim, não é? — diz Diogo 2, sem tirar os olhos da tv.

— Deve ser uma frente fria estacionária — responde a menina.

— Você tá inventando esses termos — acuso, cruzando os braços, completamente boiando no assunto. Desde quando a previsão do tempo virou cálculo de integrais?

"É uma frente fria estacionária." Ah, pelo amor de Deus.

— Misericórdia — reage Diogo 1.

— O que isso significa? — pergunto, já não me aguentando de curiosidade.

"Bom, vocês sabem o que acontece quando se juntam um corredor de umidade e uma frente fria estacionária", diz a repórter. Vocês *quem*? Que vocês é esse que entende o que essa mulher está falando? Cadê a tecla SAP?

— Pois é, sabemos — comenta Diogo 1, desanimada.

Os meninos também reagem com um muxoxo.

— O quê, gente? Pelo amor de Deus, *me contem* — imploro.

— O aspirador, tio — diz Diogo 1, como se fosse a coisa mais óbvia do mundo.

— Meu Deus, parece que nunca viu TV — completa Diogo 2.

"As umidades se juntam com esse sistema de baixa pressão que funciona como se fosse um aspirador puxando toda a umidade. Por isso o dia pode nublar e tem frente fria vindo por aí."

Confesso nunca ter reparado que essas mulheres da previsão do tempo *falam tanto*. Estou apavorado com o fundo verde girando, que se transforma no mapa do Brasil, e caem raios nuns locais, pega fogo em outros, números horrorosos que provavelmente indicam o fim da humanidade.

"Quando vem frente fria chegando, todos sabemos o que vem antes."

Minha filha, *eu* não sei! Basta! Exijo explicação! Não era o trabalho dela explicar as coisas? O que vem? Uma tempestade? Trovoadas? A era do gelo?

— É ele, não é, Ester? — pergunta Gabriel.

— Só pode ser ele — diz Diogo 2.

Diogo 1 confirma com a cabeça, e é como tentar assistir *Grey's Anatomy* começando pela décima quinta temporada.

Preciso maratonar a previsão do tempo pra *ontem* para alcançar o nível de papo dessas crianças.

— O vento pré-frontal — diz ela.

"Acertou quem disse o vento pré-frontal de dentro do continente, que é um vento muito, mas muito seco. Se hidratem!"

— Vamos todos morrer, não vamos? — pergunto para Diogo 1, desolado.

Tenho certeza de que não tenho roupa pra encarar uma frente fria estacionária. Meus poros já gritam em saber que tem um corredor de umidade vindo por aí. Esse prédio até pode aguentar um sistema de baixa pressão, mas um vento seco pré-frontal? Meu Deus, parece horrível. Como eu vou proteger essas crianças?

— Tio, é só sol o dia todo e talvez chuva no fim da tarde — responde minha sobrinha.

Quê???

— Mas ela disse que um *megazord de umidade...* — digo, apenas para confirmar.

"A máxima é de 40 °C, aproveitem o dia!", a mulher da meteorologia se despede.

Os dois Dioguinhos batem palmas. Gabriel chega a abraçar a irmã, enquanto o do meio dá um beijo no rosto dela. Diogo 1 se levanta com um sorriso no rosto e volta sei lá para onde estava, se transformando em mobília da casa de novo. Acho que saquei qual é a dela. Ainda que seja mais alta e mais forte que os irmãos, não é na marra que Diogo 1 os dobra, como meu próprio irmão fazia comigo. Ela é *inteligente*. Mais do que todos nós. Como uma menina que sabe o que é uma frente fria estacionária pode ser filha do meu irmão? Para crianças menores de seis anos, parece magia adivinhar se vai chover ou não assistindo TV. Para um adulto de vinte e sete, pareceu também. Uma almofada jamais faria isso.

Só quando começo a pensar no almoço e no fato de que tenho mais três bocas para alimentar, Diogo me retorna a ligação. Nem lembro mais por que eu queria falar com ele, não parece uma vontade correta. Ninguém deveria querer falar tanto com Diogo assim.

— Aconteceu alguma coisa com as crianças? — pergunta ele, antes mesmo de eu dizer alô.

Ah, lembrei. Infelizmente.

— Aconteceu — digo, reacendendo dentro de mim toda a raiva que estava sentindo ouvindo os relatos dos pequenos.

— Elas estão bem? Eu posso falar com elas? — pergunta ele, parecendo realmente preocupado. — O que foi, Diego?

— Você aconteceu, meus pais aconteceram.

— Eu não tô entendendo.

— Por que eu tive que insistir tanto pra Diogo 1 comer um *pão*?

Só de lembrar, já quero acionar o Conselho Tutelar e, em seguida, a polícia para defender meus pais de mim.

— Nenhuma das minhas crianças se chama Diogo 1 — responde ele.

— A que parece um abajur.

— A *Ester* não gosta muito de comer pão, só isso. Ela prefere frutas no café da manhã. Eu te avisei sobre essas coisas.

Ela *prefere* frutas. O eufemismo do ano para a menina que daqui a pouco vai ter um ataque de pânico por causa de um mamão. É, mais uma vez, meu irmão não querendo enxergar o óbvio.

— Você também acha que Diogo 2 ama os abraços da avó? — pergunto.

— Você pode parar de chamar meus filhos por números?

— O que aconteceu, Diogo, é que você tá fazendo com eles a mesma coisa que fez comigo — rebato. — Tá fingindo que o pai e a mãe não estão bagunçando com a cabeça deles.

— Eu posso saber o que eu fiz com você?

Ah, ele não sabe? Que audácia dizer isso na minha cara.

— Você me deixou ir! — Berro para o telefone. — Não foi atrás de mim, não quis saber como eu ia me virar, o que eu fiz da minha vida depois...

— Diego, você *sumiu*. E saiu de casa *do nada*. O que queria que eu fizesse? — pergunta ele, e acho que agora nós dois estamos meio que gritando. — O pai e a mãe ficaram emputecidos com você por um tempão.

— Não foi do nada, você sabe que não foi.

— O pai pegava um pouco no seu pé, eu sei — cede ele.

Acho que, se meu pai metesse um tiro de revólver em mim, Diogo ainda assim falaria "CALMA, só pegou de raspão, é o jeitinho dele de te corrigir".

— E a mãe às vezes passa um pouco da linha. Eles são velhos, Diego. Tiveram outra criação... E você também nunca foi fácil — rebate ele.

— Ah, agora a culpa é *minha*?

— Você precisava ter tentado contratar um stripper pra festa de aniversário da mamãe? E lembra daquela cantata de Natal na igreja que você colocou Mariah Carey para tocar? E aquela vez que eles pegaram o filho do pastor lambendo seu... Caramba, Diego, aquilo foi demais até pra mim!

Ensinar o filho do pastor a dar um beijo grego foi realmente o ápice da minha adolescência. Eu me orgulho muito desse momento da minha carreira gay, uma pena que meus pais não vejam da mesma forma.

— Isso não vem ao caso! — desconverso.

— Pois eu acho que vem, sim.

Mas ele está equivocado. E isso é uma coisa de que hoje eu tenho certeza, porque demorei anos para entender e internalizar. Nem o adolescente mais difícil do mundo merece racismo e homofobia, ainda mais vindos dos próprios pais. O que eu merecia era educação e amor.

— Seus filhos não são as crianças mais fáceis do mundo, sabia? — começo meu discurso, enchendo até o peito para pegar ar. — Gabriel entupiu o vaso aqui de casa, devo jogá-lo na rua? O do meio mijou em mim, posso mandar o lixeiro levar? A mais velha faz com que eu me sinta extremamente burro, tudo bem se eu raspar a cabeça dela como punição?

Ouço meu irmão gargalhar do outro lado da linha e, que ódio, era para a gente estar se xingando a essa altura do campeonato.

— Você já viu ela com a previsão do tempo? — pergunta ele, ainda rindo.

— Que *porra* foi aquela?

— Cara, eu não sei! Eles vão crescendo tão rápido e, quando eu percebo, já estão se tornando pessoas totalmente independentes e diferentes de mim e da Keila.

— Isso é bom, né... — digo. — Até porque você é um ser humano horrível.

— Pelo menos eu não fiz ninguém lamber minha bunda.

É minha vez de gargalhar.

— Nossa, mas ainda não? — pergunto. — Esse retiro de putaria tá muito devagar.

— Não é um... Deixa pra lá — diz Diogo ao telefone. — Olha, está tudo bem com as crianças. Elas gostam dos avós e meus pais *amam* elas. Pelo amor de Deus, Diego. Você foi embora, passou tempo demais longe da família... Será que pode dar uma chance pra gente?

— A velha põe as crianças pra lixar os pés dela! — insisto.

— Eu nunca vi minha mãe fazendo isso — rebate ele.

— A imaginação deles é fértil demais. Você mesmo já deve ter visto o Gabriel falando sozinho.

Bom, eu realmente vi. João Augusto tem nome, sobrenome, personalidade e daqui a pouco estará apto para votar nas próximas eleições. Mas os cascos do pé da minha mãe são mais reais que um amigo imaginário.

— A gente se fala mais tarde, pode ser? — responde ele, subitamente apressado. — Keila tá... me chamando.

Imagino a mulher trepada nas costas do meu irmão, doida para enfim relembrar como é ser feliz. Até me compadeço e desisto da briga que eu ainda poderia travar por horas e horas.

— Que o Pai, o Filho e o Espírito Santo abençoem a transa de vocês — digo.

— Amém — responde Diogo, acho que no automático, porque logo em seguida completa: — Me perdoa, Senhor, isso foi *muito errado*.

Desligo o celular gargalhando feito criança.

9. Nem sempre vale a pena trocar um parente por manteiga

Meu cardápio rico em clara e gema foi sumariamente rejeitado na hora do almoço. Nem os jurados do *MasterChef* me tratariam assim.

— Mas ovo de novo, tio? — reclama Gabriel.

— Gente, não é a mesma coisa que vocês comeram no café da manhã — me defendo, ajeitando o pano de prato no ombro.

Os três encaram o omelete à frente deles na mesa da cozinha, nem um pouco convencidos de que se trata de um prato revolucionário da minha culinária.

— Vocês também podiam ter escolhido ovo frito, ovo cozido, mexido e até fritada — relembro o menu.

— Não tem nem salada? Legumes? — pergunta Diogo 1.

— O seu avô também tá te obrigando a comer *legumes*? — rebato com meu sangue já começando a ferver.

Caramba, onde o Brasil vai parar? A minha família precisa de limites. O que eles querem dessa pobre menina? Que ela só se alimente de *brócolis*?

— Eu gosto de batata, cenoura, chuchu, alface, couve... — responde ela.

Ah. Essas crianças já chegaram aqui assim, esquisitíssimas. Na minha época, minha mãe tinha que promover um bombardeio na minha boca para eu deixar entrar um aviãozinho de chuchu.

— Posso ver o que tenho aqui — digo.

Finjo que vasculho a geladeira, embora já saiba que não tem nada além de espaços vazios.

— Batata-palha conta como legume? — pergunto, esperançoso.

Diogo 1 me encara como se eu tivesse perguntado se jujuba é da família das hortaliças.

— Você se acha a Paola Carosella, né? — acuso.

— Quem é essa? — pergunta ela.

— É uma princesa, tio? — diz Diogo 2, quase subindo na mesa.

— Uma rainha — respondo. — Mas no caminho explico mais.

— A gente vai sair? — pergunta Gabriel, balançando as perninhas na cadeira que nem tocam o chão.

— Vamos ao mercado! Não tá dando pra agradar o paladar extremamente enjoado de vocês com o que eu tenho aqui.

Meu celular toca ao mesmo tempo que recebo uma mensagem de Nádia.

Diego, ela sabe.

Ela quem, gente? Sabe o quê? Mas meu canal telepático com Nádia volta a funcionar quando vejo o nome de quem está me ligando: AGNES.

Ai, porra.

— Crianças, vão lá trocando esses pijamas pra gente sair daqui a pouco, beleza? Não entrem aqui se me ouvirem gritar. Eu tô bem.

Eu não estou nada bem. Talvez fosse melhor deixar as crianças avisadas para chamarem uma ambulância. Talvez Agnes grite tanto que exploda meus tímpanos.

— Oi, amiga! — atendo, extremamente exclamativo.

— "OI, AMIGA" NO OLHO DO SEU CU.

Discutir com Agnes sempre foi como tentar montar num touro mecânico, mas o touro é de verdade, tem sentimentos e odeia você e sua família.

— Agnes, eu posso explicar! — me defendo.

— NÃO DÁ PRA EXPLICAR O QUE NÃO TEM EXPLICAÇÃO.

— Você pode parar de gritar?

Meus ouvidos já pedem arrego. Acho que o esquerdo acabou de se demitir.

— EU NÃO TÔ GRITANDO — responde ela.

— ISSO É GRITAR, CARALHO.

— VOCÊ SABE QUE É O MEU TOM NORMAL.

Pior que é mesmo. Agnes trabalha no atendimento ao cliente de uma fábrica, numa salinha com outras oitenta e sete Agnes ao telefone. Todas gritam para serem ouvidas com clareza, e eu tenho certeza de que minha amiga é a melhor.

— VOCÊS SEMPRE QUEREM QUE EU *sussurre* quando me deixam puta.

Uma graça Agnes achar que está falando baixo quando, na verdade, qualquer um consegue ouvi-la até do outro lado da parede. Por isso que tem segredo que não dá pra contar pra ela.

— Amiga, eu *precisei* ficar — recomeço a ladainha.

— Não, não, não, não vem com essa pra cima de mim — interrompe ela. — A Nádia é otária e acredita em tudo que você fala, vive passando pano pros seus esquemas. Que foi, Nádia?

Escuto alguém que suponho ser Nádia reclamando ao fundo.

— Ah, para de ser sonsa que eu não tô falando nenhuma mentira. Gente, quem acha que o Diego sempre enrola a Nádia direitinho levanta a mão. — Ela espera alguns segundos antes de voltar a falar comigo. — Aí, viu? Unanimidade. Até a Marta que chegou ontem sabe.

Pobre Nádia, humilhada em praça pública.

— Eu não *enrolei* a Nádia. — Luto pela honra da minha amiga, mesmo sabendo que, bom, ela comeu na minha mão. — É a verdade dessa vez!

— Bicha, se fosse a verdade, você teria dito desde o começo! Pra que inventar que estava indo no outro carro quando o tempo todo estava com a bunda no sofá?

— Foi uma emergência.

— A gente entende que você queira dar pro vizinho. Mas trocar seus amigos por *macho*?

Agnes diz a última palavra com extremo desprezo. Uma baita hipocrisia da parte dela, que, assim como eu, é uma grande apreciadora da espécie.

— EU NÃO ESTOU DANDO PRA NINGUÉM! Virei babá nesse final de semana! É exatamente o que expliquei pra Nádia, e ela com certeza disse pra vocês!

— *Viado*, você quer que *eu*, que não nasci ontem, acredite que *você* esteja cuidando de três crianças?

Impressionante que ninguém acredita que eu tenha a capacidade de manter três crianças vivas por um final de semana inteiro.

— Elas existem, Agnes, e eu estou fazendo isso exclusivamente por dinheiro.

— Manda uma foto delas então — diz ela, desafiadora.

— Os pais não gostam de exposição — respondo.

— Fala o nome delas rápido, sem pensar muito.

Ai, merda. Gabriel, Elisa, N...?

— Zequinha, Pedro e Biba — respondo com os primeiros três nomes de criança que me vêm à cabeça.

— ME POUPE, DIEGO!!!

— Ai, amiga, o seu problema é que você se acha a dona da verdade!

— Que criança boiola é essa que se chama Biba?

— É uma *menina*, porra.

Gente, ela não conhece o *Castelo Rá-Tim-Bum*? Acabou a cultura no Brasil? Eu achei meus amigos no *lixo*?

— Eu não sei por que você tá mentindo, mas a gente vai descobrir, tá? Eu não sou lerda que nem a Nádia.

Novamente ouço uma comoção no fundo da ligação.

— Ai que saco! Que foi, Nádia? Vou nem fazer votação. TODO MUNDO TAMBÉM TE ACHA LERDA. Mas a gente te ama. Agora senta lá, por favor — Agnes suspira. — Tem alguma coisa errada, Diego.

— Agnes, se precisasse da ajuda de vocês, eu pediria — digo, firme. — Eu sou um homem adulto e *sei* resolver os meus problemas.

Minha amiga ri na minha cara e, não satisfeita, compartilha com os demais.

— Gente, Diego tá dizendo que pediria nossa ajuda se precisasse! — diz ela, enquanto gargalha. — E que ele é adulto e sabe lidar com os próprios problemas!

Não preciso nem fazer força para ouvir com clareza as risadas bem características de Gustavo e Marta. Até Barbie, que é uma princesa, está se acabando de gargalhar. Posso ouvir ao fundo a traidora da Nádia tentando conter o riso, mas berrando largada. A algazarra é geral, e a própria Agnes racha o bico. Aguardo, juro por Deus, uns bons cinco minutos.

— Não vou nem dizer mais nada — responde ela, ainda tentando se recuperar do momento de êxtase em grupo.

— Eu quero que todos vocês *faleçam* hoje mesmo — digo, também tentando não rir, que ódio.

— Te amamos igualmente, seu desgraçado mentiroso filho da puta.

Se minha vida fosse um livro, acho que esse seria o momento em que o poder da amizade quebraria todas as minhas defesas e me levaria às lágrimas e aos braços dos meus amigos. Eu iria entender que preciso me abrir sobre a minha família e que meus amigos com certeza iriam compreender que tudo bem eu não ter os pais mais desconstruídos do mundo...

— FALA LOGO A VERDADE, PORRA, O QUE TÁ ACONTECENDO? — implora ela.

Mas isso aqui não é um livro, e Agnes está certa: eu de fato sou um mentiroso filho da puta, então prefiro continuar mentindo.

— Preciso desligar, tá? Vou com as crianças no mercado, não tem nada aqui em casa pra elas comerem.

— Eu tenho *tanta* certeza de que isso é um código pra "Vou sair pra dar o cu"...

Antes fosse, Agnes. Antes fosse.

Foi muito fácil vestir Diogo 1 e Diogo 2 com o que veio nas mochilinhas deles, mas Gabriel está sendo, no mínimo, um desafio. Parece uma prova de reality show de moda, a rodada na qual eu com certeza seria eliminado. Sei lá que chuva é essa que a mulher do tempo viu para o fim da tarde, porque lá fora o sol parece pronto para torrar todos os seres humanos durante o dia inteiro. Mas a criança só tem roupa preta. Camisetas, bermudinhas, meias, bonés, nada tem cor de verdade. As *cuecas* do bebê são cor de breu. O guarda-roupa do Batman. Quando estou prestes a perder as esperanças, encontro um conjuntinho de cores fluorescentes que destoa de todo o resto. Literalmente algo que eu usaria no Carnaval.

— Que tal vestir isso aqui? — pergunto para ele, mas não preciso da resposta porque a cara de *ultraje* da criança diz tudo.

— Foi a vovó que deu pra ele — comenta Diogo 2.

— O papai manda ele usar, mas o Gabriel sempre teima! É feio desobedecer o papai, eu já falei pra ele — completa Diogo 1, balançando o dedo indicador para o irmão.

Encaro meu sobrinho menorzinho mais uma vez, que agora só olha para baixo. *Claro* que a vovó deu uma roupinha verde-limão para ele.

— Você odeia isso aqui, né? — pergunto, balançando a camiseta do conjuntinho.

— Eu...

Gabriel começa a dizer, mas enrola, olha para os irmãos, depois para mim.

— O João Augusto gosta mais das outras roupas — diz, coçando a orelha.

Ainda é muito difícil para os três discordarem de qualquer coisa dita pelos avós ou pelo pai. Já foi difícil para mim também. Criei um desafeto gigante por esse amigo imaginário, mas hoje, só por hoje, decido acreditar que ele é real.

— Ok, vamos respeitar a vontade do João Augusto — digo. — Vou escolher a roupa mais leve que tiver aqui pra você e levar uma garrafinha d'água. Se você desmaiar na rua, ele é quem vai chamar o Samu.

— Você fica lindão de preto, irmão — diz Diogo 2.

É a coisa mais fofa ver Gabriel maravilhado com o elogio.

Quando passo pela portaria com as crianças, Silvério me encara com cara de poucos amigos, que, na verdade, é a única que tem. Quem iria querer fazer amizade com esse ser humano?

— Ô, sr. Diego, bom dia. Tivemos muita gente reclamando sobre o seu apartamento ontem.

Sem exclamações? Deve ter sido mesmo uma noite infernal. Silvério tem olheiras profundas e instinto assassino.

— Jura? Nem fiquei sabendo — debocho.

— Interfonei várias vezes pra avisar.

— Eu achei que não podia atender por causa da Lei do Silêncio.

— Não é assim que funciona — responde ele, ríspido.

— Você pode me explicar como é então, Silvério? — pergunto, com o jeito inocente que só uso quando quero pegar um boy mais burro do que eu.

— Claro. Depois das dez da noite fica proibido... — Silvério começa a me explicar, mas para de repente ao me ver segurando o riso. — Você sabe muito bem, não sabe?

— Eu tô indo no mercado agora com as crianças, mas depois eu paro aqui e a gente bate esse papo, tá bom? Juro que não vou deixar mais acontecer.

Realmente não vou. Meu plano para hoje é deixar os Dioguinhos *exaustos* antes das seis para eu poder dormir em paz e não ficar com a cara toda amassada que nem a do Silvério.

— Quero mesmo que elas aprendam a respeitar os mais idosos — comento, antes de sair.

— Eu tenho trinta e nove anos — responde ele.

— Nossa! Você precisa largar o cigarro *urgentemente*.

Saio rindo sozinho, porque sei que Silvério nem fuma.

Odeio frequentar supermercados... vocês já viram o preço de tudo? Quem vai feliz fazer a compra do mês? Eu entro com sonhos de comprar carne, doces e bebidas caras e saio horrorizado com uma couve e um quilo de arroz no carrinho. Boa parte do meu salário fica lá. Um lembrete mensal de que só trabalho para comer. Meus sobrinhos, no entanto, parecem completamente alheios ao capitalismo, com a empolgação de quem vai a um parque de diversões. Nem na idade deles eu era leve assim, porque tinha aquele medo infantil da minha mãe me deixar na fila do caixa e nunca mais voltar. O que aconteceu três vezes.

— Aceitam uma amostra grátis?

Uma mocinha muito bem-vestida e maquiada nos oferece uma *migalha* da barra de chocolate que está sendo vendida em seu miniestande no corredor dos laticínios. Digo "nos oferece" apenas para me sentir parte da experiência, porque ela mirou direto nas crianças. Óbvio que os pequenos morderam a isca, exatamente como ela queria.

— Tio, eu posso pegar? — pergunta Diogo 2.

Digo que sim, e ele e o irmão mais novo avançam na mão da mulher como se ela estivesse jogando pão velho para os pombos da rua.

— Vai, menina — cutuco Diogo 1 para pegar também. Ela hesita mais um pouco, mas enfim aceita a migalhinha de chocolate.

Uma vez que você deixa suas crianças experimentarem um chocolate que, com certeza, tem um gosto divino, mas certamente custa os olhos da cara, você está perdido. Esse seria um erro de principiante da minha parte, e aposto que essa garota está se achando a espertona por passar a perna em mim assim tão fácil. As crianças vão implorar para levar e aí já era, meu querido. Eu sozinho aceitaria a migalha e meteria o pé daqui, dando o golpe na golpista. Mas hoje não sou eu que estou pagando. Para a sorte dela e a minha.

Outras pessoas se juntam ao redor do estande enquanto consigo sentir o quão triunfante a mocinha está. Terei de levar uma ou duas barras para os meus Dioguinhos.

— Tem gosto de cocô de cachorro — diz Gabriel, alto o bastante para o corredor inteiro ouvir.

Quê?

— Acho que tá podre — continua ele, franzindo a boca.

— Você tá inventando — diz Diogo 2, e mete o chocolate na boca. — *Ecaaaaa*, tem mesmo!

Uma comoção se inicia ao meu lado, e as pessoas olham para os meus sobrinhos com curiosidade. Vejo um homem devolver ao estande o chocolate que ia comprar.

— Vocês já comeram cocô de cachorro pra saber se o gosto é assim? — pergunta Diogo 1, mas, assim que ela põe o chocolate na boca, sua expressão denuncia que há algo de errado.

— Esse chocolate é *suíço* — se defende a dona do estande, meio indignada.

— Deve ser ótimo, com certeza, eu vou até levar uma barra, tá? Foi mal por isso — me desculpo. A vergonha que essas crianças me fazem passar.

— Tio, não leva, é feito com cocô de cachorro! — grita Gabriel.

— Não é feito com cocô de cachorro! — rebato.

— Ester, lê aqui se é feito com cocô — pede Diogo 2, passando uma embalagem fechada para a irmã.

— Não tá escrito em português — comenta Diogo 1, confusa.

— É porque é suíço! — explica a moça do estande, meio desesperada ao ver algumas pessoas se afastando.

— É pra gente não saber qual cachorro cagou — conclui Diogo 2.

— Não tem cachorro nenhum, gente. Ok? — corto ele, e me viro para os que ainda sobraram ao nosso redor. — Aqui, ó, estou comendo. Viu? Humm, que chocolate delicioso!

Coloco o pedacinho na boca e, assim, duvido que tenha vindo da Suíça. Deve vir de um doce bem genérico, mas chamar de bosta canina chega a ser desrespeitoso. Deixar essas crianças falarem por aí o que pensam sem nenhum filtro é um perigo e com certeza vamos ter uma conversinha depois, só que, *gente*, na primeira mordida que dou, minhas papilas gustativas gritam: "QUE MERDA TEM NISSO AQUI?". Minha vontade é cuspir tudo na cara da garota, colocar fogo no estande e logo em seguida escovar minha língua com água sanitária, mas mastigo tudo e engulo com um sorriso no rosto. A bem da verdade, já engoli coisa pior.

— Não é uma delícia? — pergunta a vendedora, sorrindo.

É, sim, sua desgraçada.

— Tem um gostinho diferente, né? — digo, sentindo a morte descer pela garganta. — Não sei se vai agradar a *todos*. Acho que as crianças não gostaram muito.

Olho para os meus sobrinhos e os três estão ou cuspindo no chão ou esfregando a língua nos dentes.

— Bora todo mundo pro corredor da água sanitária! — Saio puxando os três.

Decido então comprar chocolates de verdade. Mando Diogo 1 ler atentamente os rótulos, só por garantia. Pegamos caixas de bombons e algumas barras, só então percebo que ainda estou com minha mentalidade de pobre mirando nas marcas entrantes. É meu irmão quem está pagando. Meus sobrinhos merecem do bom e do melhor! Tiro do carrinho os chocolates 99% açúcar, 1% cacau que pretendia levar e coloco os de melhor qualidade. Diogo 2 me pergunta se vamos almoçar doce. Ah, verdade, a comida das crianças. Viro o carrinho com Gabriel dentro para o corredor das carnes. "Sim, senhor, eu vou querer a picanha, peça inteira." No fim das contas, são *três* crianças. "Quero a calabresa também, por favor." Pego coxa e asas de frango, peço para Diogo 2 buscar o sal grosso para mim e ajudo Diogo 1 com o carvão. Nunca se sabe, né, talvez role um churrasco hoje ou amanhã. Como um tio exemplar, tenho que estar pronto para atender a todos os desejos dos meus sobrinhos.

Juro que não é proposital, mas, na ala das verduras e legumes, acabo me distraindo e apanhando itens da minha compra do mês. Não é nada em *excesso*. Alface, brócolis, couve, essas coisas. Uns quilinhos de batata e cenoura, meia banda de melancia, um abacaxi para oferecer para os boys que vêm me visitar... O mesmo acontece com os produtos de higiene & limpeza e no setor de pães & bolos. Nada impede que as crianças comam tudo até domingo, né. Estão em fase de crescimento. E Gabriel ainda trouxe um amiguinho que tecnicamente também come.

Preciso de um argumento melhor que justifique a seção de bebidas.

— Nenhum de vocês tem idade pra beber ainda, né? — pergunto.

— Eu gosto de Nescau — responde Diogo 2.

— Só pra confirmar.

Talvez eu deva garantir que vá ter uma garrafa do melhor uísque possível na minha casa para quando um deles fizer dezoito anos. Não sei se cola. Coloco duas garrafas de vodca com minhas outras compras, afinal eu também preciso de apoio emocional para lidar com esse final de semana.

Solto as crianças pelas prateleiras de biscoito, tiro até Gabriel de dentro de um dos carrinhos, e deixo que escolham o que quiserem. Fico de olho neles de longe. Só um deles sabe ler direito, mas parece que os três estão analisando as embalagens para não correr o risco de comer cocô outra vez. Um dos meus carrinhos já está lotado e, assim que voltarem, *chega*. Talvez eu tenha exagerado um pouco para uma comprinha de fim de semana, mas meu irmão realmente disse que podia. Deus abençoe o limite infinito.

— Diego?

Meu corpo inteiro reconhece o dono da voz grossa e sedutora que me chama. Nem preciso me virar para saber quem é, mas me viro mesmo assim para ver Ulisses em posse de um carrinho bem menor que o meu. Quase não parece real que um homem desse calibre também faça tarefas tão *mundanas* quanto entrar num supermercado. Ele se veste de forma casual, camiseta e bermuda, como se fosse um ator global tentando se mesclar aos reles mortais. Mas é impossível esconder seu cabelo sedoso, os músculos saltando para fora da camisa e o tom marrom-claro de sua pele que exibe saúde. Como eu gostaria de trocar minha cama por esse peitoral! No carrinho dele vão arroz, frango, um monte de batata-doce, suplementos alimentares e uma garrafa de vinho caro. Mesmo se não tivesse me dito, agora eu já saberia que se trata de um homem solteiro. De repente, cai a ficha de que meus carrinhos denunciam que sou dono de uma creche.

— Ulisses! — exclamo, dando meu melhor sorriso e querendo dar outras coisas também.

— Eu vou ser convidado pra essa festa? — pergunta ele, sorrindo.

Vai, vai sim. Eu, Ulisses e os Dioguinhos na sala assistindo a *Peppa Pig*.

— Ah, isso aqui? — Aponto para as minhas compras como se tivessem se materializado ao meu lado agora mesmo. — É só minha compra do mês. Não é barato me manter gostoso assim.

Ulisses percorre o olhar pelo meu corpo, mas não com um ar de superioridade ou metidez. Me olha como se quisesse me comer em cima dos congelados.

— O investimento está valendo muito a pena, se você quer saber — diz ele, apenas.

— Eu quero muito saber, pode continuar falando.

Ele chega mais perto sorrindo de um jeito safado. Meu Deus, como esse homem é *grande*. Seu rosto se aproxima muito do meu, e olho bem no fundo de seus olhos castanhos. Por um segundo, acho que vai me beijar, mas Ulisses desvia e sussurra no meu ouvido direito: "A próxima vez que eu for ao seu apartamento não vai ser atrás de açúcar". Minhas pernas ficam moles, mas meu pau está mais duro que nunca. O equilíbrio do corpo humano. "E tem mais", sussurra ele.

— Tem mais? — Arfo. Estamos no meio de um supermercado na Zona Sul, minha bunda está encostada num freezer, mas Ulisses em cima de mim deixa meu corpo *quente*.

Estou prestes a ouvir algo que vai me fazer praticar um atentado ao pudor num mercado, mas Ulisses para de falar de repente. Ele trava e parece que esquece que estou aqui na sua frente.

— O que foi? — pergunto.

— Olha lá a bagunça.

Sigo seu olhar para entender do que se trata, mas o que eu queria mesmo era ficar nessa posição ouvindo esse gostoso falando qualquer coisa no meu ouvido. Eu receberia as piores notícias dos seus lindos lábios. Isso deveria ser o nome de um livro. Quem sabe até de um *filme*.

Mas são meus sobrinhos.

Diogo 1 e Diogo 2 estão fazendo cadeirinha com as mãos para que Gabriel suba e tente alcançar alguns pacotes de biscoito que estão na prateleira superior. Não dá certo, e, ao cair, eles derrubam algumas rosquinhas e biscoitos de maisena junto. Não consigo distinguir o que dizem daqui, mas parece que o plano agora é subir Diogo 2 nas costas de Diogo 1, que foi obrigada pelos dois mais novos a ficar de quatro no chão. A ideia é excelente se o objetivo for causar um traumatismo craniano em alguém.

— É o que eu falo sempre, cara. Cadê a mãe dessas crianças? — comenta Ulisses, com um vinco na testa e os lábios franzidos. — Se dá um problema ali e não tem ninguém olhando... Na hora de fazer filho foi gostoso, né, mas na hora de cuidar...

Uma quentura muito menos gostosa da que eu estava sentindo se apodera de mim. Estou morrendo de vergonha. Eu sou a mãe negligente.

— Pois é...

Tento falar algo além disso, mas nada mais sai. Então lembro a informação privilegiada que Nádia me passou: "Ulisses não gosta de crianças". Naquele momento, obviamente, não dei a devida atenção já que sou um grande gostoso sem filhos, mas agora me vejo numa situação no mínimo inconveniente. Eu estar cuidando de três crianças faz Ulisses não gostar de *mim*?

— É complicado... — digo.

Ai, mas quem gosta de criança também? De *qual* criança estamos falando? Não é como se Ulisses fosse chutar os Dioguinhos porque deixaram um biscoito Piraquê em farelos. As pessoas estão sempre dizendo que odeiam crianças, não estão? Seja na internet, nos barzinhos que frequento, na academia... tem gente que não gosta e pronto. Eu mesmo já devo ter dito isso algumas vezes, mas estou aqui cuidando de três, não estou? O Ulisses só não precisa saber. De jeito nenhum.

— Tio, a gente quer esses biscoitos aqui — Diogo 2 aparece com os braços cheios de pacotes.

— Eu não tenho dinheiro não. — É o que digo no automático.

— Diego! Essas crianças estão com fome! — diz Ulisses, meio chocado com a minha reação. — Eu posso comprar esses biscoitos pra vocês, tá? Vamos lá num caixa que eu pago.

As crianças me olham, confusas, e Ulisses ainda completa para mim:

— Não pode dar dinheiro pra elas, senão compram um monte de droga pros pais.

Ulisses acha que meus sobrinhos são pedintes. Puta que pariu.

— Eu não tenho dinheiro, mas tô comprando tudo no cartão! — digo, apavorado. — Quer saber? Deixa que eu resolvo isso. Eu já estava indo para o caixa mesmo, vai te atrapalhar.

— Tem certeza?

— Tenho, sim.

— Se quiser que eu fique, é só falar.

— Vai embora, pelo amor de Deus.

Ulisses me encara com a testa franzida. Vou deixar esse homem cheio de marcas de expressão.

— Vai se preparar pra gente se ver mais tarde. — Pisco para ele.

Seu semblante muda na hora, se abrindo como uma flor. Ulisses se despede de mim e olha para as crianças uma última vez. Sai balançando a cabeça.

— Tio, foi ele que lambeu seu mamilo, não foi? — pergunta Diogo 2, finalmente jogando os biscoitos no carrinho.

— Cala a boca.

Me escondo com as crianças atrás de uma torre da manteiga Gostosíssima até ter certeza de que Ulisses passou pela área dos caixas e foi embora. Tenho plena consciência do quanto isso é ridículo, mas precisei tomar medidas drásticas. Meu coração está a mil por hora. Me sinto num filme de espião, mas minhas *Bond girls* são três crianças que não param de falar.

Quando acho que o supermercado finalmente deixou de ser cenário do próximo 007 e Ulisses desapareceu, o pior acontece.

— ATENÇÃO, CLIENTES, PROMOÇÃO-RELÂMPAGO! — berra um funcionário não muito longe da gente com um microfone. — MANTEIGA GOSTOSÍSSIMA COM OITENTA POR CENTO DE DESCONTO. PAGUE UMA LEVE CINCO. PROMOÇÃO-RELÂMPAGO!

— O que é uma promoção-relâmpago? — pergunta Gabriel.

— Vai chover, Ester? — completa Diogo 2.

Não tenho tempo de responder a ninguém, porque estamos justamente no epicentro do desastre: a torre com manteigas Gostosíssima empilhadas artisticamente. Deve ser gostosa mesmo, porque de onde estou consigo ver gente saindo de todos os corredores vindo em nossa direção. Ao mesmo tempo que é muito rápido, acontece tudo em câmera lenta. Eu ia apenas mover as crianças e os carrinhos pesados para fora do caminho, mas não deu tempo. Meu erro foi esperar civilidade de gente da Zona Sul.

Foi saindo gente dos bueiros, das estantes, do teto, de dentro dos copos de requeijão Itambé, eu não sei. Foi assustador. Temi pela minha vida. Pela dos meus sobrinhos também, mas estaria mentindo se não dissesse que temi pela minha primeiro e só depois lembrei deles. Inclusive, mesmo depois que já tinha me perdido dos três na confusão, continuei gritando "GENTE, POR FAVOR, EU ESTOU COM CRIANÇAS AQUI" para ver se paravam de me empurrar e pisar no meu pé. Achei Gabriel chorando no meio do furdunço e o agarrei pela mão com força. Achei Diogo 1 também, mas preferi pegar dois potes de Gostosíssima e, quando voltei, ela já tinha sumido de novo. As pessoas estavam se digladiando por *gordura animal*.

Com Gabriel no colo, consigo alcançar o locutor, depois de ser acotovelado por um idoso e uma grávida, bem quando ele avisa:

— Apenas mais dez minutos, pessoal!

Meu senhor, dez minutos é tempo suficiente para essa *manada* pisotear minhas duas crianças perdidas. De cada perrengue vivido temos que tirar um aprendizado, e aqui fica a lição: nem sempre vale a pena trocar um parente por uma manteiga. Embora meus pais valessem fácil trezentos gramas de Gostosíssima.

— Meu sobrinho de seis anos tá lá! — digo, segurando o braço do homem. — Você pode parar esse tumulto?

— É a promoção, amigo!

— É uma *criança*, pelo amor de Deus!

Olho para o alvoroço de novo, e o que eu achei que fosse uma grávida era apenas uma mulher carregando vários potes de manteiga por baixo da blusa. Agora ela e mais cinco derrubaram o idoso no chão. Fico imaginando minhas crianças ali no meio, principalmente Diogo 2, que odeia ser tocado por gente estranha, sem condições de se defender, mordendo todo mundo. Tenho uma ideia.

— Você pode chamar por ele nesse microfone?

— Claro, qual é o nome? — pergunta ele, aproximando o ouvido de mim para poder me escutar acima do barulho da multidão ensandecida.

— Diogo 2! — grito.

— Esse é o nome dele? — estranha ele.

O nome da criança, Diego. Você tem que saber o nome dessa criança!!!

— Gabriel, qual é o nome do seu irmão? — pergunto para o bebê choroso em meu colo. — O do meio. O que gosta de princesas. O que morde se a gente encosta nele.

Quase chacoalho meu sobrinho porque ele só chora, e meu desespero só aumenta. Mas é aí que lá do outro lado do furdunço vejo Diogo 1 meio apavorada com a reencenação de *Jogos Vorazes*.

— Aquela menina lá! — grito para o locutor. — Chama ela, por favor!

— Não tem ninguém daquele lado.

— Ali!!! — Aponto exatamente para onde ela está.

— Aquilo é uma pessoa de papelão — afirma ele. — Não é a Fátima Bernardes vendendo mortadela?

— É a minha sobrinha, porra! — me exaspero.

Volto a olhar para conferir e realmente Diogo 1 está

parada perto de uma Fátima Bernardes de papelão, em meio a outras pessoas de papelão vendendo produtos. Por um segundo, não consigo diferenciar quem é real, já que ela quase não se mexe.

— Qual é o nome dela? — pergunta ele.

— Por que vocês sempre querem saber o nome de todo mundo?

— Essas crianças são realmente suas, amigo?

Diogo 1 tem um nome. Eu *sei* que ela tem. Ela já me disse algumas vezes, sei que é bíblico, então não pode ser tão difícil. Não é como se a Bíblia fosse uma grande fã de mulheres, afinal. Meu irmão deveria ter batizado essa garota de Maria.

Eva.

Sinto que estou no caminho certo. Eva, a mulher original. A primeira. Mas meu coração diz que ainda não é esse.

— Tem Lilith na Bíblia? — pergunto ao locutor.

— Eu sou budista.

Então, de repente, eu me lembro. Agarro o microfone, luto um pouco com o locutor que não quer ceder, mas berro com toda a minha força o nome da minha sobrinha que eu tenho certeza que *sei*.

— ESTEEEEEEEEEEEEEEEEEEER.

Ela se move na hora, me deixando de cara no chão porque eu estava mesmo a confundindo com uma Fátima de papelão. *Foda-se*. Ester dá a volta nos corredores do mercado e vem correndo até onde estou com Gabriel e o locutor. Pergunto se ela está bem, ela diz que sim, mas não tenho tempo de conferir se está mesmo.

— Qual é o nome do seu irmão??

Voltando para casa, Diogo 2 se gaba com um sorrisão no rosto de suas conquistas: cinco potes de manteiga Gostosíssima que ele me obrigou a comprar como um troféu e uma mordida numa falsa grávida. Gabriel e Ester caminham ao meu lado, os três tranquilos, inteiros e intactos.

10. O cara chegou na piscina de lingerie, porra

O gay que conseguiu alimentar quatro crianças (uma invisível) não quer guerra com ninguém. Arrasei no almoço enchendo o bucho de todos, incluindo o meu próprio. Recolho os pratos, copos e talheres o mais rápido que posso, antes que Gabriel invente de me ajudar e derrube tudo no chão. Ester está com uma carinha satisfeita, e N... M...? P, acho que começa com P. Enfim, Diogo 2, o pesadelo dos dentistas e dos pais homofóbicos, sossegou quando a comida *bateu*, graças a Deus.

Meu irmão ainda não ligou pra perguntar por que passei no cartão uma ceia de Natal em pleno agosto, então... será que ele não vê logo quando a compra é feita? Isso é típico de gente que tem muito dinheiro. Se entra uma bala no meu cartão de crédito que não fui eu que comprei, entro em pânico achando que fui clonado. Já é revoltante ter que pagar pelas minhas próprias compras, imagina virar ONG de bandido. Mas se não é o caso do Diogo...

Quer dizer, essas crianças claramente *precisam* de mais opções de entretenimento. Pensando *apenas* nelas, a gente podia dar uma passadinha no shopping, por exemplo. Coisa básica, eu levaria os três para passear, brincar nos parquinhos, tomar um sorvete... Não é isso que os tios fazem? É o que rola no meu Instagram. Não precisaria ser só uma passadinha, na verdade. Um *dia* no shopping, por que não? Consigo ver a gente entrando num restaurante chique, eu pedindo mesa para quatro, tomando um vinho gostoso. Tem prato infantil nesses lugares, não tem? E seria *pelas crianças*, claro. Não é saudável ficar enchendo os pequenos de pipoca e doce o dia todo, li isso em algum lugar. Caramba, pensei agora, eu podia levar os três num spa! Massagem pelo corpo todo, pedras quentes, toalhas felpudas, taças de champanhe, uns homens gostosos passando pra lá e pra cá... Acho que me perdi um pouco, mas com certeza meu relaxamento me faz um cuidador melhor para eles.

Coloco os três para escovar os dentes enquanto me empolgo criando uma lista dos gastos *essenciais* que posso fazer com o cartão de crédito que Diogo me deu liberdade para usar. Até pego papel e caneta para não deixar que o celular me distraia. Já tenho mais de dez itens quando Diogo 2, olhando lá para fora pela janela, fala comigo.

— A gente bem que podia ir naquela piscina grandona lá embaixo.

— A Ester falou que vai chover — responde Gabriel.

— Não vai chover — digo, refestelado no sofá. Se não fosse pelas crianças aqui, eu já estaria tirando a terceira melhor soneca do dia, que é a soneca após o almoço. Perde apenas para a soneca no ônibus indo para o trabalho e para a soneca que eu tiro no banheiro da empresa quando ninguém lembra que eu existo, nessa ordem.

O sol lá fora brilha como nunca, do jeito que só um corpo celeste que não sabe o que é uma frente fria estacionária é capaz.

— Não *agora* — explica Ester —, a chuva só vem à noite.

— Então vamos, tio? A gente pode? — insiste o menino.

— Bom...

Tecnicamente, nós podemos. Mas minha relação com o pessoal que frequenta a piscina não é das melhores. Se vocês querem saber, é um bando de gente feia e invejosa. Temos um longo histórico de desavenças registrado inclusive por escrito nos e-mails que recebo da administração do condomínio. Eu e Nádia até já compilamos as melhores partes para rirmos juntos quando um novo acontecimento entra para a história.

10 de janeiro

Olá, sr. Diego! Mais uma vez, seja bem-vindo! É um prazer ter você conosco! Sabia que temos uma piscina incrível te esperando em nossa área de lazer? Faça uma visita!

12 de janeiro

Bom dia, sr. Diego! Agradecemos por nos deixar saber de sua tarde na nossa piscina! Infelizmente não temos nenhum controle sobre a estética pessoal dos moradores e não podemos "barrar gente feia de entrar na piscina". Agradecemos também pela sugestão de oferecer mais atrativos para "gente bonita" vir morar nos nossos apartamentos. Com certeza vamos levá-la ao time de marketing.

14 de janeiro

Bom dia, sr. Diego! Sim, foram VÁRIAS as reclamações de que você apareceu com um traje de banho um *pouquinho* inapropriado na área da piscina hoje. Para citar algumas anonimamente: "Um verdadeiro atentado ao pudor", "O cara chegou na piscina de lingerie, po---", "Eu fiquei extremamente constrangida", "O p-- dele estava marcado mesmo naquela sunga, não que eu estivesse olhando, claro". Vamos tentar resolver esse conflito?

15 de janeiro

Boa noite, sr. Diego! Entendemos seu posicionamento, mas, por favor, compreenda que não podemos dizer a outros condôminos para "irem se f---", como você sugeriu. Também não temos como dizer para a moradora do 1106 que você "não tem culpa de o marido dela ser gay enrustido e ficar manjando sua r---", até porque em nenhum momento dissemos que as reclamações partiram dela. As reclamações são confidenciais, você sabe.

27 de fevereiro

Olá, sr. Diego! Você usou *aquela* sunga de novo, não usou?

16 de março

Bom dia, sr. Diego! Não é da nossa alçada confirmar se o marido da moradora do 1106 é mesmo gay, mas já te adiantamos que realmente não temos essa informação.

21 de abril

Sr. Diego!!! Nos ajude a te ajudar!

— Por favor, tio! Tá quente! — insiste Diogo 2, colocando a língua pra fora como se estivesse derretendo de calor.

— O João Augusto adora mergulhar! — diz Gabriel.

É realmente um desperdício que, dentre tudo que o pai delas pode pagar, as crianças queiram ir numa piscina gratuita, frequentada por gente sebosa e mal-amada. Mas vai ver não é de todo mal... Preciso mesmo levantar minha moral nesse condomínio. A pessoa responsável pelo e-mail da administração, que, *a meu ver*, é minha aliada, também não consegue fazer milagre, né? Há semanas eles vêm implorando para eu me comportar na piscina e na academia, mas não tenho culpa se as madames antiquadas se incomodam com tudo. Esse lugar é muito mal frequentado, puta que pariu. Meus sobrinhos carismáticos com certeza têm mais chances com elas do que eu. Ester pelo menos, que quando entra a gente nem percebe que está ali. Diogo 2 se não morder ninguém. Gabriel só se não falar sozinho.

— Tá bom! — cedo. — Peguem a chave na cozinha pra mim, enquanto procuro minha sunga favorita.

— Aperta aí, Ester — digo, quando entramos no elevador.

Diogo 2 vai com a mãozona na frente da irmã e faz o que pedi para ela, de novo. Eu acho que Ester nem se mexeu. Ela é muito inteligente para algumas coisas, mas sinto que demora a processar as ordens. Diogo 2 vai rápido como uma flecha, fazendo até o que a gente não manda. O elevador desce até a área da piscina, e o menino vai se balançando, rebolando, batendo o pé no chão, incapaz de ficar imóvel por mais de cinco segundos. Já entendi que é nele que preciso ficar de olho quando as portas para a piscina se abrirem. Ester vai travar à minha esquerda, Gabriel à minha direita, mas esse aqui? Se eu deixar, vai tentar quebrar o recorde mundial dos oitocentos metros do nado livre.

Torço para não encontrar Ulisses num dos corredores, ou, pior, na piscina, apesar de adorar a ideia de ver esse homem de sunga. Ele é que não pode me ver. Fico aliviado, mas também ligeiramente decepcionado quando noto que ele não está em canto nenhum. Ainda mais porque a média de beleza dos demais condôminos ao redor da piscina é menos cinco. A salva-vidas hoje é uma mulher carrancuda que não tenho certeza de que me salvaria. Espalhados pelas cadeiras dobráveis, sob os guarda-sóis, estão os fofoqueiros, as invejosas, os caluniadores e as crianças mais feias que já vi, que na verdade não têm culpa nenhuma de puxarem aos pais. As coitadas são vítimas. O sol está uma delícia, e o azul do céu refletido na água melhora meu humor. As crianças fazem "uooooou", maravilhadas com a extensão da piscina.

Acabo descobrindo que ser tio também é ser um estrategista. Antes, meu único objetivo ao chegar aqui era escolher onde sentar para me bronzear melhor e ter uma vista privilegiada dos machos do condomínio, mas agora também tenho outras preocupações.

— Tentem não se afogar, tá? — digo para os três. — Não pode fazer xixi na piscina, não pode morder ninguém, fiquem onde eu possa ver vocês. Aquela parte ali é funda. Se forem pra lá, acabou a brincadeira.

Mas ainda *quero* me bronzear e manjar a rola alheia. Eu estou tio, não estou morto. Escolho uma mesa bem longe das más línguas, cumprimento todo mundo de má vontade e ignoro as sobrancelhas erguidas para os meus sobrinhos. Não me admira que os frequentadores da piscina não estejam acostumados com beleza exterior.

Diogo 2 é o primeiro a tirar a camisa, e Ester me ajuda a deixar Gabriel de sunga, preta. Encharco os três de protetor solar, mas, quando Diogo 2 ameaça me morder, passo a tarefa para Ester. O maiô florido dela é uma gracinha, e é a única que parece contente quando espalho a loção pelos seus braços e suas pernas, mesmo depois de ter levado três mordidas nas mãos.

Só quando todos estão prontos é que deixo bater na minha bunda os raios de sol e os olhares de inveja.

— Tio, você veio pra piscina de calcinha? — pergunta Gabriel.

— Não é uma calcinha! — corrijo, pela primeira vez ligeiramente constrangido. — É uma *sunga de praia* como qualquer outra, ok?

— Eu também acho que é uma calcinha, Ester — sussurra Diogo 2 no ouvido da irmã, com tanta falta de sutileza que mal posso chamar de sussurro.

— Shhhhh — responde ela.

— Vocês vieram aqui para aproveitar a piscina ou não? — pergunto.

É o gatilho para Diogo 2 lembrar que é uma bomba nuclear. O garoto sozinho sai correndo e gritando até a borda, e, ao pular na água, assusta algumas pessoas que já estavam lá.

— Pelo amor de Deus, tentem não fazer isso que ele fez, tá? — aviso aos que sobraram. — Não pulem. Tô de olho em vocês daqui.

Eu me acomodo na cadeira sob o guarda-sol enquanto Ester dá a volta na piscina de mãos dadas com Gabriel até a escadinha de entrada. Faço um sinal positivo para os dois quando olham para mim. Tento relaxar por uns minutos já que consigo ver as crianças daqui, mas sinto um *olhar gelado* furando minha pele.

É a mulher do 1106, duas cadeiras depois de mim, me encarando como uma águia faria com um rato. Eu poderia ficar quieto, mas adoro bagunçar a cadeia alimentar do condomínio.

— Tá gostando do que tá vendo, Simone? — digo bem alto.

Ela não esperava que eu iniciasse a conversa, porque é sempre ela que me inferniza primeiro.

— Tô, tô adorando ver a vergonha que você tá passando na frente de todo mundo — responde ela, tirando os óculos escuros.

— Que vergonha, mulher? O seu marido curtiu.

No mesmo segundo, nós dois procuramos com os olhos pelo marido dela lá no meio da piscina. Tá lá o homem me fitando, embora finja que não me vê.

— Eu não sei do que você está falando — responde ela.

— Você é branca, amiga, fica horrível quando passa vergonha.

A cara de Simone está mais vermelha que a bandeira da China.

— Você sabia que eu nunca tive problemas com ninguém desse condomínio? — diz ela, se recuperando da humilhação.

— Difícil acreditar.

— Pois saiba que é verdade! Mas deixam entrar gente como você e olha aí no que dá. Nem na piscina a gente consegue ir mais, nem trazer em paz nossas crianças.

O que mais me enoja é a ingratidão desse povo. Deveriam me *agradecer* por ainda colocar meu rabo lindo nessas cadeiras.

— Querida, se você não quer trazer suas crianças, o problema é seu — respondo, sem titubear. — As *minhas* estão bem ali, e eu é que não vou deixar de vir por sua causa.

— *Suas* crianças? — diz Simone e gargalha, chegando até a amassar o livro em suas mãos. — E gay procria agora? *Minha filha????*

A minha vontade é meter essa linda mãe de família dentro de um camburão e fazer com que ela só saia de trás das grades quando estiver sem viço e sem dentes. Mas o mundo ainda não funciona assim. Penso em mil respostas mal-educadas, porque não sou bicha nova, sou bicha cascuda, mas o que acontece a seguir simplesmente é rápido demais.

Eu não sei explicar.

Uns dizem que Simone escorregou e caiu na água, outros que eu a empurrei na piscina, mas, de verdade, a maioria das pessoas que falam sobre o ocorrido nem estava lá. Porque, para quem estava, e para *mim* principalmente, pareceu que uma *onda* veio da piscina e meteu um caixote na homofobia da Simone. Eu vi a mulher girar com as pernas para o ar, misericórdia. A água revirou a cadeira dela, voou bolsa, óculos de sol, livro, *tudo*. E depois, do mesmo jeitinho que o mar faz, lá foi Simone com a água de volta para a piscina.

— MAS O QUE FOI ISSO?? — grita ela de dentro da piscina, com a saída de praia e os cabelos encharcados, em completo choque.

Olho desesperado para os meus sobrinhos para saber se estão bem, mas logo vejo o semblante de culpa na carinha do trio.

— Quem foi que pulou? — pergunto, berrando.

— Eu falei pro João Augusto não pular, tio! — grita Gabriel. — Mas ele não me ouviu!

Agora percebo que fui uma criança muito burra, pois a artimanha mais sagaz para se ter na infância é inventar um amigo imaginário para levar a culpa por tudo que a gente faz. "Não fui eu quem quebrou sua porcelana favorita, mãe, foi meu amigo imaginário!" "Eu queria estudar pra prova, pai, mas meu amigo imaginário não deixou!" Eu sempre queria peitar meus pais por orgulho. Ostentava minhas desobediências. Nunca ganhei nada com isso, só a quentura na bunda de tanta chinelada que levei.

— Pode brigar com ele! — continua Gabriel. — João Augusto feio!

Gabriel estende a mãozinha para o nada e bate na água. Há um espaço vazio *gigante* ao lado deles na piscina já que quase todo mundo saiu da água depois do susto com Simone aos berros. É como se meus sobrinhos fossem piranhas assassinas.

— Simone, você está bem? — pergunto para ela.

— CLARO QUE EU NÃO TÔ BEM.

— Ah, se tá gritando, tá ótima — digo, e me viro para o marido dela. — Vai lá dar uma assistência pra sua esposa, pelo amor de Deus.

A mulher do sujeito fez toda uma acrobacia aerodinâmica, e ele *nem se mexeu*. Eu realmente esqueço que sou muito gostoso, mas Deus me livre de me meter com marido de Simone. Nada contra ele ser marido de alguém, tudo contra ser marido *dela*. Casar com essa mulher é uma falha de caráter.

"E gay procria agora?" Abusada. A salva-vidas tira minha inimiga da piscina, e o marido vai atrás das duas com os filhos. *Você não deveria procriar também*, penso.

É meu celular que me faz esquecer as agruras da vida com uma mensagem de Gustavo.

> Você é a bicha mais mentirosa
> que eu conheço!!!

Fico até lisonjeado com o título, mas, ah, meu querido, não sou mesmo. Isso porque Gustavo já deu para no mínimo meia dúzia de caras bem mais mentirosos do que eu. Meu amigo realmente é um ímã de trogloditas, mas... como posso explicar? Falta malícia na gay também. Gustavo acredita que todo pau duro é uma jura de amor eterno. É o que dá ter crescido na casa perfeita com a família perfeita vivendo a vida perfeita até ter decidido cair no mundo real e conhecer gente de verdade. Desde então acumula desilusões amorosas, golpes no cartão de crédito, participações em esquemas de pirâmide e algumas ocorrências de clamídia. "Sem camisinha é mais gostoso, pega nada não." Quem com mais de vinte anos ainda acredita nisso, pelo amor de Deus? Apresento a vocês meu amigo Gustavo.

> Quem é o cara? Com certeza tem um cara pra você ter trocado a gente assim.

Nem me dou ao trabalho de digitar. Copio e colo a mesma ladainha que mandei para Agnes explicando tudo.

> Você *nunca* trocaria Arraial pra ser babá, a menos que quisesse pegar o pai das crianças.

Deus me livre e guarde. Mas, já que todo mundo acha que sou uma *putona*, eu deveria mesmo ter inventado um pai bem gostoso como pretexto. Só de pensar uma coisa dessas já sinto um refluxo subindo pela garganta, porque não tenho como desvincular na minha mente que o pai dessas crianças é meu irmão.

> Eu prefiro pegar o seu pai do que o pai dessas crianças.

Nunca vi o pai dele, mas, dadas as opções, eu com certeza prefiro. Gustavo me responde com uma sequência impressionante de emojis vomitando.

Fico rindo sozinho, imaginando o trauma que acabei de causar na cabecinha cor-de-rosa do meu amigo. Todo mundo acha que eu saio mamando qualquer um, mas na verdade eu tenho *limites*, sim. Nem sei se o pai dele é bonito.

Gustavo me manda vários textões, mas desisto de acompanhar a lenga-lenga. Estou numa piscina maravilhosa aqui, ele em uma cidade deslumbrante lá, todos ganham com a minha atitude. Por que eles não podem só me esquecer? Caramba, se eu não fui é porque não quis! Nada mais simples. No lugar deles eu estaria bebendo todas e pouco me fodendo para quem não foi. Teve uma vez que fomos numa balada e eu literalmente esqueci que Gustavo existia. E ele *tinha ido.* Já até imagino o que ele diria se soubesse como minha família foi comigo: "Seus pais não te odeiam, só não te entendem." Bom, eu os entendo e os odeio. Para mim, já basta.

Volto meus olhos para a piscina, e acho que os meninos estão afogando Ester. Pergunto aos gritos o que está rolando lá e Diogo 2 me responde que estão brincando de navio.

— E a sua irmã? — pergunto, desconfiado.

— É a âncora! — diz ele, assim que Ester volta para a superfície para respirar. — Volta lá pra baixo, Ester.

Acho que meu plano de conquistar aliados com o carisma dos meus sobrinhos falhou e pior, acho que consegui mais inimigos. Não tem ninguém muito perto deles, como se eles tivessem a peste bubônica. Ouço uma mãe falando para os filhos não irem muito para "aquele lado de lá" da piscina. Talvez *eu* seja a peste bubônica. Meus Dioguinhos, porém, não estão nem aí. Se divertem ainda mais com metade da piscina só para eles. Ester agora está se deixando enforcar por Gabriel. Diogo 2 está brincando de pirata.

Eles são uma família em si.

Será que precisam de um tio entre eles?

Talvez eu até arrisque tomar uma mordida de Diogo 2 para me juntar a eles. Estou explodindo de fofura com os três brincando sob os olhares hostis dos demais condôminos. Então me levanto e parto para a água, causando alguma comoção entre os casais e as carolas.

— Apareceu um tubarão no mar! — grito para os meus sobrinhos e mergulho bem perto deles.

Os três berram, rindo, jogando água para todo lado.

— A gente pode fazer a Ester andar na prancha do pirata! — diz Diogo 2.

— Ou eu posso ficar sentada dentro do navio! — se defende ela.

— Ou ser comida por tubarões! — grita Gabriel, com um sorriso no rosto.

Incrível que, em todas as brincadeiras, a Ester termina aniquilada.

— Tio, eu posso ser uma sereia? — pergunta o do meio.

— Eu adoro sereias!

Ester anda numa prancha de mentirinha mais vezes do que gostaria, mas depois até eu digo *basta*. Eu e ela viramos tubarões devoradores de sereia, para o terror dos meninos. Ensino Diogo 2 a boiar de costas, e ele fica rindo sozinho vendo as nuvens passeando no céu. Coloco Gabriel nas minhas costas e aposto corrida contra João Augusto nadando do início ao fim da piscina. Não sei como, mas Gabriel diz que perco todas as vezes. Impossível uma criança imaginária nadar tão melhor do que eu assim, olha os meus pernões.

Só quando o céu muda de cor, indo do azul-bebê para um alaranjado simpático, é que percebo que passei praticamente a tarde toda aqui com as crianças. A noite já vem e eu nem senti. Ser tio é isso também?

Estamos na parte mais rasa da piscina. Os olhinhos vermelhos, a pele queimada de sol e as carinhas inchadas denunciam o quanto as crianças estão cansadas. Só Diogo 2 ainda tem energia para tentar plantar uma bananeira debaixo d'água. Pergunto se gostaram da piscina, e os três fazem uma algazarra para dar a resposta. Até Ester está empolgada enumerando tudo que gostou. Olho ao redor, e até para mim o lugar parece diferente. Sempre pensei na piscina do condomínio como lugar para arrumar duas coisas: boy gostoso e confusão. Acho que, a partir de hoje, vai ficar nas minhas lembranças como o lugar em que me transformei num tubarão devorador de sereias.

— Tio, não pode mesmo fazer xixi na piscina? — pergunta Gabriel, baixinho.

— Claro que não. Tem banheiro logo ali.

— Mas agora eu já fiz — diz ele.

— AH, GABRIEL!!

Eu e os mais velhos saímos da água correndo para longe da criança mijada. Diogo 2 grita que tem xixi na água, Ester se move mais rápido que nunca e Gabriel vem atrás da gente gargalhando como se não fosse a causa do caos. Algumas pessoas por perto nos encaram em desaprovação, mas, sinceramente, não me importo. Por mim, meus sobrinhos podiam mijar nelas.

7 de agosto

Oi, sr. Diego! Estamos recebendo uma enxurrada de e-mails aqui e, assim, só para confirmar, você por um acaso MIJOU NA PISCINA HOJE?

11. Um chamado à piranhagem

Há uma dúzia de ligações perdidas de Diogo. Em sua cabeça, a essa altura, todos os seus medos de que o tio gay venda as crianças para o tráfico humano na Turquia já se concretizaram. Me distraí tanto na piscina que nem sequer lembrava que tinha um irmão. Meu celular volta a tocar, como se Diogo adivinhasse que dessa vez será atendido.

— O que houve? — pergunta ele, sem nem dizer "alô".

— A gente tava na piscina — explico.

— Está tudo bem por aí?

Quase quebramos o cóccix de uma homofóbica acidentalmente.

— Um contratempo ou dois, mas, no geral, sim. A gente se divertiu bastante hoje. As crianças são... legalzinhas.

— Legalzinhas? — ri Diogo. — Você passa o dia inteiro com meus filhos, *seus* sobrinhos, e tudo que o que você tem a dizer é que eles são *legalzinhos*?

Admito para mim mesmo que parece um eufemismo. Mesmo nos rolês com os meus amigos, estou sempre com a guarda levantada, pensando no que posso dizer para não magoá-los, para não desfazer a boa imagem que fazem de mim. Ainda que eu os ame, me sinto pisando em ovos com alguns. O que eu tenho com a Nádia é outro nível de amizade, mas, mesmo para ela, ainda não me abri completamente sobre a minha família e não sei se um dia terei essa coragem. Ali na piscina, no entanto, esqueci disso tudo. Não havia guarda nenhuma, pois as crianças não tinham como me atingir. Fui apenas um tubarão muito feliz, sem tentar impressionar ninguém.

— Eles são *simpáticos*, pronto — cedo. — Era isso que você queria ouvir?

— Você ainda pode fazer melhor do que isso, mas vou aceitar.

Meu irmão pariu um fã-clube, mas as crianças também moram com o fã número um delas.

Diogo pergunta se estão se comportando, se comeram bem, o que fizemos o dia todo, se estou cuidando direito deles, e quase digo que coloquei todo mundo para lavar meu banheiro e fazer minha unha. Mas comento que agora está todo mundo pedindo arrego depois de ter brincado de tubarão devorador de sereias na piscina. Pela forma como meu irmão reage, porém, percebo que foi um erro da minha parte.

— O Miguel fingiu que era uma sereia? — pergunta ele.

— Todos eles eram sereias. *Eu* fui sereia uma vez também.

— Eu já falei pra ele parar com isso — reclama ele. — Se forem pra piscina de novo, muda a brincadeira, pode ser?

Se eu tivesse ensinado as crianças a baterem carteira, meu irmão não estaria chiando tanto.

— Por que eu faria isso? — rebato. — Eu acabei de falar que foi legal pra caramba. As crianças adoraram.

— O meu pai...

— Ai, porra! — me exaspero.

— *Eu*, Diego, eu quis dizer *eu*.

— Você literalmente disse "o meu pai".

— O meu pai não gosta quando o Miguel fica brincando dessas coisas, e eu... às vezes... concordo.

Claro que concorda. Eu não consigo entender como Diogo, sendo meu irmão mais velho, se deixou tanto ser feito de cadela pelos meus pais. Eles jogam o osso, e Diogo vai correndo buscar. Meu irmão dá a patinha, rola, finge de morto e oprime as crianças.

— Vem cá, o menino sabe disso, desse "desgosto" de vocês? — pergunto, já imaginando o pior.

— Já conversamos com ele algumas vezes.

— Diogo, ele tem seis anos!

— Eu sei, mas é o que meu pai... — responde ele, a voz sumindo no final da frase, como se não fosse para eu ouvir.

— O pai do menino é *você*. Não é o *nosso* pai. Felizmente essa criança tem a oportunidade de ter um pai melhor do que o pai que eu tive, mas você está abrindo mão disso sei lá por qual motivo!

Ando gritando bastante no celular. Uma habilidade recém-adquirida que me faz considerar mandar meu currículo para Agnes. Vou mais para o fundo da cozinha, para que as crianças não me escutem da sala.

— Eu me preocupo com o Miguel... — continua Diogo, suavizando a voz. — Essas brincadeiras dele...

— Ele não está fazendo mal a ninguém! Você já deve ter visto como ele fica *feliz*.

— Você mais do que ninguém sabe como as outras crianças são. Na escola, nos parquinhos. Ele já é um menino negro, Diego. O mundo lá fora...

Ai, essa história de o mundo lá fora... Sim, o mundo pode ser cruel, e é inevitável que os Dioguinhos sofram. Mas meu irmão não entende que a maior violência que pode acontecer a uma criança é ela ser podada naquilo que a faz ser ela mesma. Diogo 2 é um menino negro e nunca vai deixar de ser. Não é fingindo ser branco que ele vai ter força

143

para enfrentar as pessoas lamentáveis "lá fora". Se a criança gosta de brincar de sereia, faça dela a sereia mais incrível, poderosa e segura de si que o mundo já viu.

Caramba, arrasei agora. Eu deveria escrever um livro chamado *Como Criar Filhos Incríveis Sendo Pais Horríveis*. Isso ou uma fábula com sereias.

— Jura que você está fazendo isso pelo bem dele? — pergunto. — Ou é pelo *seu* bem?

Diogo gagueja, começa a dizer algo, mas para. Quando acho que vai me dar uma resposta, ele desconversa.

— As crianças estão por aí, não estão? — pergunta ele.

— Keila e eu estamos morrendo de saudades deles. Pensamos até em fazer mais um aqui no retiro.

Ele ri sozinho da própria piada. Misericórdia a taxa de parimento desses dois... Estão entregando mais bebês que uma fábrica de bonecas.

As crianças estão jogadas no chão da sala, de barriga cheia e de banho tomado. Até Suzie está cheirosa, usando a areia certa que comprei nesse meio-tempo. O único ser imundo nessa casa sou eu, depois de Diogo 2 ter mijado em mim de novo na hora do banho. Esses meninos precisam aprender, para ontem, a fazer xixi no lugar certo. Quando aviso que os pais deles estão no celular, os três juntam forças para levantar e correm para cima de mim. Eu também correria se fossem os meus pais, mas na direção oposta. Dou o celular para Ester, mas antes que ela consiga dizer "Oi, pai!" Gabriel *arranca* o aparelho de sua mão e sai correndo com Diogo 2 pela casa. A menina vai andando atrás tranquilamente, como se nada tivesse acontecido.

Fico por perto enquanto tagarelam com o pai, menos por curiosidade e mais porque tenho medo de que rachem a tela do meu celular. Diogo 2 está particularmente animado contando que tacou um sapato na minha cabeça e que eu inventei um jogo muito legal que vence quem fica mais tempo sem respirar (meu Deus). Gabriel diz que João Augusto adorou pular na piscina, mas que agora está de castigo. Ester recomenda que os pais não saiam à noite porque vai chover. Acho que Kétlem é quem está ao telefone, pois ouço a voz de uma mulher muito emocionada. "A gente também te ama, mamãe."

Depois de um tempo, Ester devolve o celular para mim, e Diogo ainda está na linha.

— É, titio, parece que você está fazendo um excelente trabalho — diz ele, antes de se despedir.

Estou mesmo? Parece meu trabalho formal, onde faço o mínimo do mínimo. Só que, sendo tio nesse fim de semana, o VR é *muito* melhor.

— Poxa, tio, conta uma história pra gente! — pede Gabrielzinho.

— Vai ser isso todo dia? Vocês não sabem só dormir?

— Por favor!!! — implora Diogo 2.

Estamos os quatro na minha cama, e os meninos estão eufóricos. Ester, como sempre, está tão falante quanto uma pelúcia, embora tenha se aninhado em mim, e agora faz carinho e brinca com os pelos do meu braço.

— Eu já disse que não conheço muitas histórias de crianças. E depois refleti que aquela da Anitta *talvez* não seja muito pra faixa etária de vocês.

— E se você inventasse uma? — sugere a menina.

Os outros dois ficam superanimados com a proposta, e me vejo obrigado a explorar meu lado criativo.

— Tá, vamos lá... — digo, pensando em como começar. — Era uma vez...

...uma garota que foi abandonada quando criança pela madrasta num lixão, e anos depois retorna para se vingar de todos. Espera, esse é o enredo de *Avenida Brasil*. Droga. Tento outra abordagem.

— Era uma vez... Era uma vez um ursinho que morava numa casinha feita de mel — digo, por fim.

— Mas aí ele vai comer a casa, tio — comenta Diogo 2.

— E vai encher de abelha — diz Gabriel.

— Tá bom. A casa é de tijolo — me corrijo.

— Ele mora sozinho? — pergunta Ester.

— Ele mora com os pais e os irmãos dele.

— Eu li uma vez que os ursos moram sozinhos — responde ela.

— Esse urso é millennial e tem vinte e poucos anos — acrescento.

— O que é um millennial? — pergunta Gabriel.

— Uma pessoa que não tem dinheiro, mas tem que pagar um monte de conta — explico.

— Que história horrível, tio — reclama Diogo 2.

— A gente nunca vai dormir assim — comenta Ester.

— Conta pra gente mais coisa doida que a Anitta fez! Ela já matou alguém? — pede Gabriel.

Suspiro. Não adianta, já envenenei meus sobrinhos com fofocas sobre celebridades, um caminho sem volta. Penso numa treta bem longa e suculenta que, quando eu terminar de contar, estarão os três derrubados.

— Vocês conhecem a Ludmilla?

Uma mensagem de Ulisses chega assim que fecho a porta do quarto. Verifico as horas e, que delícia, é hora da putaria.

> Tá a fim de sair comigo?

> Hoje?

> Agora

Que maravilha um homem direto e decidido!

Assim que confiro se as crianças estão mesmo dormindo e pego a chave da casa no porta-chaves da cozinha, me transformo em outra pessoa. Só então percebo que os três Gremlins estavam *drenando* a minha safadeza com suas porqueiras e suas perguntas sem sentido. Tudo volta para mim no momento em que tranco a porta para encontrar Ulisses. Acho que minha bunda até cresceu. Estou *gay* novamente.

Coloquei uma camisa florida de manga curta — que mostra minha felicidade com esse encontro — abotoada até o meio do peito, que mostra o moço recatado que sou. Mas dependendo do rumo da noite vai ser desabotoada casualmente, demonstrando um chamado à piranhagem. Meus shorts são mais curtos que os que Diogo 2 usou na piscina, mas é porque eu tenho pernas muito bonitas. Também estou levando um guarda-chuva, só para o caso de Ester estar certa.

Desço pelo elevador porque pedi para Ulisses me esperar no saguão. Não quis que ele fosse lá em casa, por causa das crianças e tal, mesmo que elas estejam dormindo. Como eu ia explicar um maiô rosa infantil no varal? Apesar de ser meu sonho, nem no Carnaval eu consigo entrar num desses.

Essa, no entanto, é uma noite para *esquecer* meus sobrinhos. Ulisses não pode saber. A única lembrança que quero ter da minha família é quando for pagar minha parte da conta com o cartão do Diogo. Sair com Ulisses com certeza contribui na minha jornada de desenvolvimento pessoal como babá, principalmente se o destino final for a cama dele.

Encontro uma boa e uma má notícia quando chego ao saguão. Quero foder com as duas, em sentidos diferentes. Ulisses está um verdadeiro *príncipe*. Camisa bonita, bermuda elegante, cabelo que dá vontade de percorrer os dedos, e o corpo mais gostoso que já passou por esse prédio em eras. Gente, por que estamos nós dois vestidos? Por que marcamos de *sair de casa* sendo que podemos simplesmente entrar nesse elevador e apertar o botão para subir? Podemos até mesmo *transar no elevador*. Meu corpo inteiro está pronto para enfrentar ligações, e-mails e todas as carolas do prédio para ter um momento íntimo com Ulisses agora mesmo, onde quer que seja. Eu bateria com a rola na cara de todo mundo se fosse necessário.

A má notícia é Silvério falando não sei o quê com o *meu homem*.

Os dois conversam animadamente, e eu nem sabia que o abutre era capaz disso. Comigo sempre foi na base da falsidade. Silvério me vê chegando antes de Ulisses, e meu bom humor esmorece um pouco. Ele *sabe* das crianças. O que foge do conhecimento de Silvério é essa ser uma informação crucial que estou tentando omitir do meu par. Se ele descobrir, com certeza vai usar contra mim sem hesitar.

Se é que já não usou.

— Ei, falando de mim? — digo, com a descontração que só uma pessoa totalmente contraída consegue simular.

— Pior que estamos mesmo — responde Ulisses com um sorriso enorme.

— E eu posso participar?

— Silvério estava aqui me contando que...

— Com certeza é mentira — me adianto antes de Ulisses conseguir terminar a frase.

—... você é muito querido aqui no prédio — completa ele, a confusão estampada em seu belo rosto.

Quê??? Bom, realmente é mentira.

— *Você* disse isso? — pergunto para Silvério atrás do balcão.

— O seu Ulisses tava comentando que...

— Me chame só de Ulisses, Silvério, por favor.

— Como quiser — recomeça ele. — O Ulisses tava comentando que não conhece *ninguém* mais no prédio. Entende? Ele queria se entrosar com o pessoal, saber quem é amigo de quem, como são as festas, então eu estava aqui explicando tudo para ele do *meu* jeito.

Cada palavra que sai da boca do porteiro parece um pesadelo diferente.

— Ele me contou o que você fez na festa do Natal passado — diz Ulisses.

— Silvério?! Eu não te autorizei.

— Relaxa, Diego! Eu sei que tem gente que não gosta de expor as boas ações que faz, mas não é nenhum crime — me garante Ulisses.

Boas ações? Meu filho, me pegaram no banheiro trepando com o Papai Noel.

— Ter doado presentes pras crianças carentes foi incrível da sua parte — explica Ulisses.

— Esse daí é um menino de ouro! — diz Silvério. — Todo mundo no terceiro andar ama essa criatura.

Eu não sei como o porteiro consegue dizer isso olhando no fundo dos meus olhos, as bochechas levantadas, a boca arregaçada num sorriso que de longe dá pra ver que é forçado. Eu peguei um dos maridos do terceiro andar, mas acontece que ele também era amante da vizinha casada da direita e do vizinho casado da esquerda, então gerei um mal-estar terrível. Bobagem deles, podia juntar os cornos tudo num surubão.

— A dona Marli, então! Trata ele que nem um filho! — continua Silvério. — Isso depois que ele ajudou a reerguer o casamento dela.

Acidentalmente mandei o marido dela para a cadeia. Ouvi uma mulher gritando e chamei a polícia, só pra descobrirem que ela é do tipo berrante na cama e que o marido dela tinha dois mandados de prisão em aberto por estelionato.

— Caramba, Diego! Você é maravilhoso! — exclama Ulisses. — E olhando assim nem parece!

Isso foi um elogio ou uma ofensa, porra?!

— A gente aqui na portaria fica até sem graça com ele — continua Silvério. — Vai chegando o Natal, a gente sabe que a nossa caixinha tá garantida com o sr. Diego. Ele nunca deixa a gente na mão.

Juro por Deus, eu nunca doei um centavo pra essa caixinha. Teve uma vez inclusive que eu meti a mão lá dentro porque estava sem dinheiro para comprar pão.

— Ele tem um cofre na casa dele, fica o ano todo juntando as moedas pra gente — diz o porteiro, cheio de doçura na voz. — Ano passado ultrapassou os quinhentos reais!

— Meu Deus! — exclama Ulisses, totalmente admirado.

— Meu Deus digo eu!

Puta que pariu, eu vou ter que arrumar um *cofre*.

— Mas vai lá, gente, estou aqui prendendo vocês. Se divirtam vocês dois. E, sr. Diego, por favor, não se preocupa comigo. Eu fico muito encabulado.

— Como assim? — pergunta Ulisses.

Eu não faço a mínima ideia e também não quero saber.

— Sei lá, vamos. — Tento empurrar meu homem para bem longe de SEJA LÁ QUE PORRA está acontecendo aqui, mas ele resiste e continua bebendo das palavras de Silvério.

— Sempre que ele sai assim, Ulisses, pra um restaurante, uma coisa de gente fina, ele traz uma sobremesa pra quem tá na portaria.

É O QUEEEEEEEEEEÊ.

Mas era o que me faltava.

— E nem adianta a gente falar que não precisa, ele *nunca* esquece. O sr. Diego não tem jeito. Um coração gigante!

Ulisses me olha completamente... nem sei direito que palavra usar... sei lá, *quebrantado*. Como se eu fosse a Virgem Maria ou talvez o próprio Jesus Cristo.

Pelo andar da carruagem, esse homem *nunca* vai comer meu cu.

— E tem mais! — diz Silvério.

— NÃO!

Tanto Silvério como Ulisses se sobressaltam com o meu grito, mas, pera lá, gente, tudo tem limite. BASTA.

— Depois vocês conversam mais, que tal? Ulisses, a gente não tem horário lá na reserva do restaurante?

— Você tem razão — diz ele.

— Ah, que pena! Eu tinha tanto ainda para falar do sr. Diego! Um homem tão bom! — comenta Silvério, com aquele sorriso de palhaço em filme de terror.

Reboco Ulisses do saguão do prédio fervendo de ódio. A cobra é mais peçonhenta do que eu jamais imaginei. A única comida que eu me vejo servindo a Silvério é veneno de rato.

Saio pisando forte, dando passos largos. Ulisses tenta me acompanhar.

— Por que você tá trazendo guarda-chuva? Tá um calor danado — diz ele quando me alcança.

— O sistema de baixa pressão — comento sem fazer questão de explicar, ainda pensando que vou ter que fazer um procedimento cirúrgico no cérebro para esquecer a cara de triunfo de Silvério.

— Quê?

— O corredor da Amazônia, Ulisses.

— Do que você tá falando? — pergunta ele, sorrindo. — Duvido que chova hoje.

— Confia.

O jeito que Ulisses me olha me desconcerta por inteiro. Estou acostumado a ser olhado, a perceber o tesão das pessoas, raramente a atenção. Ulisses *entende* o que estou falando. Ele de fato acompanha o meu raciocínio e, quando não compreende, me pede para voltar e explicar melhor. Estamos nesse jogo de concordar e discordar, de comparar e debater há mais de duas horas nesse novo restaurante que abriu perto do nosso condomínio. O lugar é uma gracinha, mas meus olhos também só querem saber de apreciar o homem divino sentado comigo.

Eu quero tanto dar pra ele! Comi um prato bem leve e vegano que é pra não pesar na hora H. Agora estamos na sobremesa, embora, se dependesse de mim, quem estaria sobre a mesa seria eu.

Mas Ulisses ama conversar.

— Aí eu disse pra ele: "Camarão que dorme a onda leva!".

Dou uma gargalhada estridente no momento que espero ser o certo para uma gargalhada estridente, porque não ouvi nada do que ele disse. Eu nem sabia que camarões dormiam.

— Estou adorando te conhecer — diz ele, com um grave na voz que quase me faz flutuar da cadeira e pousar no pau dele.

— Posso dizer o mesmo — comento, quase tímido.

— É sério, aquelas coisas que o porteiro me contou... Você é tão *autêntico*, Diego. Você faz o que o seu coração manda. Dá pra ver nos seus olhos que você tá vivendo a sua verdade.

Como é lindo esse homem míope.

— Tá bom, Ulisses, vamos deixar isso pra lá — tento mudar de assunto.

— E ainda é modesto! Você fica muito fofo fazendo isso de...

Ulisses para de falar quando um bebê em algum lugar no restaurante começa a chorar. Um vinco surge na testa dele, que até tenta retomar sua frase, mas em vão. O bebê continua chorando ao fundo. Olho para trás para entender do que se trata, porque Ulisses não para de encarar.

— Tá tudo bem? — pergunto.

— Não tá ouvindo o bebê chorando?

— Tô, e daí?

— É uma pena que aqui no Brasil ainda não pegou direito a moda de restaurante *childfree*.

— Isso é o quê? Proibido chorar?

Ninguém merece terem inventado um movimento de gente feliz. Aposto que surgiu no Instagram.

— Proibido entrar com criança. *Childfree*, livre de crianças, sacou? — explica ele. — São estabelecimentos em que menores de idade não podem entrar.

Gente, são crianças ou aranhas-caranguejeiras?

— Mas isso já tem, né? Boates, alguns bares. Sei lá, puteiros — digo. — Aqui é só um restaurante, não tem nada que impeça uma criança de estar aqui.

— Eu sei, não é disso que estou falando. Não é sobre o lugar não ser adequado para a criança, é sobre a criança não incomodar a gente.

Quanto mais o neném chora, mais a cara de Ulisses se fecha.

— Vai me dizer que você não odeia esse bebê chorando no seu ouvido?

Não vou dizer que estou amando esse berreiro, mas já fui em muito bar com música ao vivo que achei mais desagradável e cafona.

— Eu só queria poder jantar em paz, apreciando uma boa conversa com o homem bonito que aceitou sair comigo.

Tento segurar a mão dele para acalmá-lo — realmente não há muito mais a ser feito. E eu ainda tô sentado aqui, porra. Preste atenção em *mim*.

— Relaxa, é só um bebê — digo. — Ele já vai parar, é o que bebês fazem.

Olho para trás de novo, e o bebê não está dando nenhum sinal de que vai voltar a sorrir um dia. A mãe tenta acalmá-lo com a chupeta e o pai sai para atender o celular.

— É como se a gente estivesse pagando por uma escolha deles — reclama Ulisses.

— Como assim?

— Aquele casal hétero escolheu ter filho, mas tá jogando o incômodo pra cima da gente. Concorda?

Eu sei lá. Quer dizer, o bebê está de fato gritando, mas o que pode ser feito? Fechar a boca dele com fita-crepe? Acho que agora entendo o que Ulisses estava propondo: a melhor solução era que esses pais não frequentassem restaurantes. Pariu? Se tranque em casa.

— Todo dia eu agradeço por ser gay. Você não? — pergunta ele, voltando a sorrir.

— Ah, com certeza — digo. — Poder sair com gente bonita feito você.

— E nunca ter que fingir que gosta desses monstrinhos.

Percebo no tom de Ulisses que ele prefere contrair sífilis a estar a menos de dez metros de um pirralhinho.

— Imagina como deve ser triste a vida desse casal com a criança chorando o tempo todo em casa. Poderiam estar viajando, curtindo, transando. Mas não, inventam de se encher de filho, sei lá por quê. Essa gente é maluca. Quem ia querer passar o dia cercado de fedelhos?

Estou a ponto de forçar mais uma risada desproporcional, mas então lembro que passei o dia cercado pelos meus sobrinhos. Não foi tão ruim. Na verdade, foi o *oposto* de ruim, há anos que não me divertia de verdade sem estar pelado. Ulisses enfim vira o disco, ainda bem, eu já estava achando que ele sabia do meu segredo e estava apenas me torturando. Quando ele recomeça a elogiar a pessoa maravilhosa que eu sou, a conversa volta a fluir e esqueço que ele estava falando de crianças como se fossem IST's.

— Ei! Não vai esquecer a sobremesa — avisa ele, quando digo que já podemos pedir a conta.

— A gente não acabou de comer o brownie?

— A sobremesa do porteiro, Diego. Você sempre leva, né?

Precisamos aprender a aceitar nossas derrotas, e hoje Silvério *venceu*.

— Será que vendem chumbinho aqui também? — pergunto.

— Quê?

— Esquece — digo, crispando os lábios. — Chama aí o garçom.

Uma chuva torrencial surpreende a gente na saída do restaurante. Quer dizer, *a gente* não, meu bem. Apenas Ulisses é surpreendido, porque saco meu guarda-chuva firme e forte para nos proteger do aguaceiro.

— Eu não tô acreditando nisso! — diz ele, quase gargalhando, enquanto corremos pelas calçadas.

Nosso condomínio não é longe, mas a chuva realmente está nos castigando.

— Eu disse que ia chover! — grito.

Por fim chegamos à marquise do nosso prédio, então fecho o guarda-chuva e o balanço para que a água escorra para o chão. Ulisses se aproxima e não ofereço nenhuma resistência.

— Foi incrível jantar com você — diz ele, suave, passando a mão grande pelo meu rosto e descendo para o meu pescoço.

— Será que pode ficar melhor? — Ofereço a isca. Aqui é a piranha que fisga o pescador.

Ulisses não perde a deixa e aproxima os lábios dos meus. Percebo que ele se prepara para um beijo carinhoso e delicado, mas quem tem tempo para isso, gente? Eu o surpreendo abrindo a boca e enroscando minha língua na dele. Preciso me segurar para não engolir esse homem. Ulisses entende o que eu quero e aprofunda o beijo, começando a acariciar minhas costas, a me segurar pela nuca. Ele tem gosto de brownie e tesão, as melhores sobremesas do mundo, e quero devorá-lo por inteiro. Fico tão pequeno em seus braços de atleta que seu corpo me cobre por inteiro. Quando nossas virilhas se encontram, chego a *gemer* na boca dele.

Estou arfando quando nossas bocas se separam, embora

seu peito ainda esteja colado ao meu. É como se eu tivesse passado frio por muito tempo e agora precisasse do calor de Ulisses para ser feliz de novo. Ele sorri para mim, e sei que foi gostoso para ele também. Primeiro que meu beijo é *vencedor*, segundo que, tipo, eu realmente *sei*. Olha esse pauzão duro me cutucando aqui embaixo.

— Como você sabia da chuva? — pergunta Ulisses, parando um momento para observar os pingos grossos alagando as calçadas.

— Minha sobrinha...

Interrompo imediatamente o suicídio romântico que ia cometer. Ulisses não me ouviu, por causa da chuva tamborilando nos carros e nos toldos ao nosso redor.

— Uma amiga! — respondo.

Pela primeira vez no dia, digo uma verdade para Ulisses.

— Uma amiga me avisou que ia chover.

12. Queria que eu te deixasse lá toda cagada?

Subo com Ulisses pelo elevador, mas parece que a última coisa que ele quer é trepar comigo. Talvez me considere puro demais para ser maculado dessa forma.

— Você viu o sorrisão dele? Ah, Diego, eu te admiro demais por se fazer tão especial na vida das pessoas! — comenta ele.

Eu vi, sim, o sorriso tubarônico de Silvério quando cheguei, humilhado, com o brownie. Claro que sorria, *gargalhava*. Provavelmente vai salvar o vídeo das câmeras de segurança e se masturbar todas as noites pensando em mim. Mas Ulisses achou o momento incrivelmente fofo.

— A gente faz o que pode, né? — digo, conformado.

Estamos sozinhos no corredor do nosso andar, já passa da meia-noite, e esse seria o momento em que eu estaria trepado na pélvis de Ulisses, empurrando-o para a cama dele ou a minha. No entanto... *sei lá*. Tanto eu como ele estamos um pouco molhados, e, embora parte de mim queira arrancar as roupas salpicadas de chuva do corpo dele e secá-lo com minha própria língua, acho que já fiquei fora tempo demais. E se Suzie tiver comido as crianças? Desde a nossa conversa no restaurante, não consigo parar de pensar nelas.

"Todo dia eu agradeço por ser gay. Você não?"

"Quem ia querer passar o dia cercado de fedelhos?"

Acho que fico mais tempo do que o aceitável travado em frente à minha porta.

— A gente se vê amanhã? — pergunto, sabendo que hoje nada mais vai rolar.

— Com certeza. — Ele se aproxima de mim. — Ganho pelo menos um beijo de despedida?

Ulisses pede por um beijo, mas não é um pedido de verdade se eu não tenho a opção de recusar. Ele o rouba de mim, e, honestamente, eu entregaria todo o meu ouro para o ladrão.

Deixo Ulisses ir, não sem antes registrá-lo para sempre em minha memória fotográfica gay de alta definição, hoje no seu ápice, por causa do meu tesão. O boy pensando que eu sou desses que acha um crime dar no primeiro encontro, mas crime é dispensar homem gostoso, e eu deveria ser mandado para a prisão hoje.

Meu apartamento está em completo silêncio, exceto pelos ruídos dos eletrônicos, o que não é o suficiente para me distrair dos meus próprios pensamentos. Ulisses *realmente* não pode saber sobre as crianças. Se eu tivesse consciência em vez de ser uma gay vazia e fútil, estaria me sentindo meio culpado por fazer esse jogo de agente duplo entre o gostoso e as crianças. Mas a quem exatamente quero enganar? Os Dioguinhos não fazem parte da minha vida. Na segunda-feira, os três vão sumir daqui e nunca mais virão. Vou poder transar com Ulisses pela casa toda sem nenhuma preocupação. É isso. Incrível como em cinco minutos me livrei do mimimi com o poder da minha própria inteligência emocional. Minha psicóloga ficaria orgulhosa! Eu deveria ir atrás do Ulisses agora mesmo e chupar o pau dele até me dar câimbra na boca.

Em vez disso, acendo as luzes da sala e tomo um susto ao encontrar Suzie me encarando. Tem gente que fala que não tem como um gato ser feio. Nunca viram esse. É como se os pais de Suzie tivessem estudado para ter o filhotinho mais esteticamente hostil possível. Tiraram nota dez. Sempre me confundo se a gata está indo ou voltando, pois a cara dela parece um cu. Suzie não tira os olhos de mim, imune aos meus pensamentos maldosos. Está sentada no sofá, certamente me julgando.

— Ah, nem vem — digo, mantendo distância. — Eu só dei uma *saidinha*.

Gostaria de dizer que a gata ronrona, mas o som que Suzie faz parece ter vindo de um dragão.

— E, se você quer saber, valeu super a pena.

Nada no seu semblante indica que ela queira saber, mas continuo falando mesmo assim.

— Ele não *odeia* crianças, Suzie. Isso não existe. O lance é só que ele... *prefere* não estar no mesmo ambiente que uma. Tem algum problema nisso?

O olhar de furico praticamente me atravessa, então acho que a resposta é sim.

— Não tô dizendo que vou me casar com ele, mulher, eu só quero *dar*.

Suzie afia as garras numa almofada, o que com certeza configura uma ameaça a mim.

— Agora mesmo estou indo olhar as crianças. Viu só? Sou um gay multitarefas. Tio em casa, puto na rua. Eu não preciso *escolher*.

Esse gato horroroso claramente discorda, então me retiro da sala antes de sofrer um atentado. Ainda ouço Suzie urrar em desaprovação.

Chego no meu quarto com o julgamento da gata pesando na cabeça, mas lá estão elas: dormindo feito demônios que dormem. Ester está agarrada com Gabriel, enquanto um travesseiro separa os dois do irmão. Aposto que ele morde dormindo também.

Recebo uma mensagem alarmista vinda de Arraial do Cabo assim que vou para o quarto de Nádia.

> Preciso falar com você AGORA.

Quase uma da manhã? Pelo amor de Deus, gente, TÁ FALTANDO PIROCA EM ARRAIAL?

Ah, é a Barbie.

> Fala, amiga.

> Pode ligar seu notebook?

Se fosse com outra pessoa, eu teria mandado tomar no cu, mas com a Barbie... parece falta de educação. Com os demais ainda me sinto um gentleman mandando todo mundo ir se foder. Barbie é quase uma criança perdida que foi abandonada numa floresta e acabou sendo criada por macacos, lobos e cobras. E a gente tenta deixar nossa amiga mais *selvagem*, mas ela resiste. Barbie é um amor de pessoa. Sensata, bonita, elegante. Azar o dela que foi se juntar a um bando de fodidos. Ligo meu notebook me perguntando o que ela pode querer a essa hora. Ela é a amiga para quem a gente sempre pede dinheiro emprestado, então não é dinheiro que quer. Ela sabe que eu não tenho nenhum tostão furado, porra. Estou dando calote nela faz três meses.

Sento na cama com o notebook ligado e espero, pelo quê?, não faço ideia. Logo vem uma notificação de videochamada que até estranho. Só uso esse recurso para putaria, emergências médicas e putarias que acabam em emergências médicas, como na vez que fui fazer sexo virtual com um cara lindo de morrer, mas terminei analisando à distância se aquilo era mesmo uma verruga genital. Paro de pensar besteira quando Barbie aparece na tela completamente vestida. Quer dizer, não só vestida, como um reles mortal, mas *bem-vestida*, como a estilista talentosa e gostosa que é. O apelido da bicha não é Barbie à toa. Uma boneca preta, crespa e maravilhosa, pisando em todas as loiras genéricas.

— Amiga, já vou dizendo que eu *vou* te pagar.

— Não é pra isso que eu te chamei aqui, Diego.

Barbie sempre foi a mais séria de todos nós, mas está ainda mais direta e sóbria. Seu olhar é tão compenetrado que parece que estamos no mesmo cômodo.

— Putaria, então? — digo, chocado. — A Marta deixa você sassaricando por aí?

— Quê? De onde você tirou isso?

— Eu sabia que você dava seus pulos por fora. É só olhar pro seu nível de beleza.

— *Diego.*

Barbie puxa alguém para dentro do enquadramento da câmera e, claro, é Marta. Falei tanta merda que nem sei por onde começar a pedir desculpas.

— Vocês formam um casal tão lindo! — me obrigo a falar.

— Eu entendi o que você quis dizer, mas depois a gente acerta isso — diz Marta, seca. — E que história é essa de que ele te deve dinheiro?

— Amor, não é o momento — responde Barbie.

— A gente já conversou que saúde financeira também é saúde.

Concordo. Eu, no caso, estou no meu leito de morte respirando por aparelhos.

— Em defesa da Barbie, vocês são as pessoas mais saudáveis que eu conheço — digo.

— É por isso que a gente tá aqui, Diego — diz Barbie.

— Sim, fazendo o que ninguém mais fez — completa Marta, meio carrancuda.

— Eu não estou entendendo o que vocês querem.

É então que várias telinhas abrem na chamada. Ah, meu Deus. Gustavo, Agnes, Nádia. Cada um num lugar diferente, mas todos ali me encarando, prontos para arrancarem a verdade pelo meu cu se necessário. É Barbie quem me explica:

— Isso aqui é uma intervenção.

A cena é patética. Em pleno sábado à noite, meus amigos — numa cidade turística —, que deveriam estar se acabando numa balada, enchendo a cara ou mamando alguém, estão querendo se meter na minha vida. Eu devo ser mesmo a alma da festa, porque sem mim esses cinco estão *mortos* por dentro.

"Ah, mas a gente te ama." Eu amo ser parte desse grupo também, mas às vezes temos que saber priorizar uma suruba ou outra.

— Vocês só podem estar brincando comigo — respondo, bufando.

— Eu queria estar, amigo, mas você não nos deu outra opção — diz Barbie. Marta concorda com a cabeça, as duas dividindo o mesmo quadradinho.

— Talvez curtir a viagem? — sugiro.

— AH, QUER SABER? PRA MIM JÁ DEU.

— Agnes, a gente nem começou — diz Barbie.

— ELE TÁ CERTO, A ESSA HORA ERA PRA EU ESTAR NA CAMA DE ALGUÉM.

— É, o Diego tem um ponto — comenta Gustavo. — A gente não pode deixar isso pra depois?

— Agora que vocês falaram, realmente... — divaga Nádia.

— Gente??? Não! — É Marta quem se exaspera. — Lembram do que a gente conversou? O Diego *claramente* precisa de ajuda.

— Se a gente remarcasse pra um horário melhor, talvez... É sábado à noite, né, amor — comenta Barbie, cautelosa.

— Minha Nossa Senhora, *vocês*! — continua Marta. — Passaram ontem e hoje o dia todo reclamando e se perguntando o que ele tá aprontando, eu estava ficando *louca*. Por que vocês simplesmente não conversam direito com ele? Como gente *normal*?

Ah, então esse circo todo foi ideia da Marta. Claro que foi. Meus amigos não conseguiriam organizar uma intervenção nem se a vida deles dependesse disso. Uma vez tentamos fazer isso com Nádia, que estava se metendo com esquema de pirâmide. Nos reunimos de forma bem séria e direta, mas acabamos todos comprando Hinode com ela.

— Olha, eu não preciso de uma intervenção. — Suspiro e logo explico: — Gente, eu só *estou em casa*. Não estou usando crack.

— O seu contato com o tráfico realmente nos preocupou — comenta Marta.

Nádia Rafaela, a pior fofoqueira do mundo.

— Não tem tráfico nenhum! Eu *nunca* cheguei nem perto de me meter com o tráfico.

É mentira. Uma vez dei para um traficante, mas só depois descobri os quilos de cocaína dentro do armário dele. Eu era jovem e achei que fazia mais sentido ele ser um vendedor de rapadura.

— Ok, estamos progredindo aqui então — responde Marta.

Mas eu não quero progredir. Eu quero *agredir* a cara de cada um deles por se meterem na minha vida. A gente não faz isso. Não teve intervenção nenhuma quando Gustavo achou que levava jeito para comédia *stand up*. Ou quando Nádia brigou com a mãe por ter sido presenteada com uma pulseira de ouro. Eu bem que queria, mas não dei um pio sobre Barbie, uma pessoa linda, inventar de namorar Marta, uma pessoa... com outras qualidades. Ok, talvez eu tenha dado alguns pios passivo-agressivos e feito comentários maldosos pelas costas, mas não me meti! E olha onde estamos hoje. Antes Barbie tivesse arrumado uma gostosona burra feito a gente. E, para completar, tem a Agnes... Porra, Agnes precisa ser interditada *todos os dias*. É o grito dela que me chama de volta à conversa.

— DIEGO, FALA LOGO O QUE TÁ ROLANDO.

— Quantas vezes mais eu terei que dizer? Eu virei babá de...

— AI, A GENTE JÁ SABE.

— Você virou babá de três crianças depois que um homem misterioso apareceu na sua porta e te ofereceu dinheiro, blá-blá-blá, você tá repetindo isso pra todos nós — diz Gustavo.

— O que mais vocês querem de mim então?

— A verdade — todos respondem em uníssono.

Eu poderia sair dessa chamada e fingir que todos estão mortos para mim, mas, por algum motivo, não quero ser covarde dessa vez.

— Você pode começar com QUE PORRA DE HOMEM É ESSE? — sugere Agnes.

— Ele é gostoso? — pergunta Gustavo.

— Não acho que isso seja relevante — diz Barbie.

— A origem desse dinheiro, gente. De onde vem? — questiona Marta.

— E crianças? Você trocou nossa viagem incrível para ser babá? Isso é o mais estranho de tudo. — Nádia finalmente abre a boca para me confrontar.

— Não parece tão incrível se vocês estão todos aqui.

— EU VOU DAR NA CARA DELE.

— BATE AQUI SE FOR MULHER — grito para a tela, virando a cara para eles.

Juro pra vocês, lá se foi meia hora de um jogando na cara do outro tudo que estava entalado. Confesso que me excedi nas agressões verbais (chamei Barbie de "palmiteira"), mas de algumas até me orgulho ("Você nunca teve que trabalhar na vida, Gustavo! Só foi aprender a lavar o próprio pinto com vinte e cinco anos"). Fui chamado de mentiroso, egoísta, soberbo (tudo verdade), mas o que mais me doeu foi ver que eles achavam mesmo que eu seria capaz de trocar nossa amizade de anos por um macho roludo. Como se fosse um pote de manteiga Gostosíssima. Dá para sentir isso no olhar de todos, mesmo através da tela que nos separa. Ok, quase todos, porque Nádia no meio da confusão grita mais alto do que todos nós.

— Gente, chegaaaaaa! Parem de brigar por bobeira! A gente não veio aqui pra isso, vocês lembram?

— Nem deveriam ter vindo — comento, extremamente desgostoso.

— E você, Diego, você cala a porra da boca! — berra ela, apontando o dedo para mim. — A gente está tentando te ajudar, a gente *sempre* se ajuda.

— Mas eu não estou querendo a ajuda de vocês!

— É, Nádia, não dá pra tirar do poço quem não quer sair — comenta Gustavo, dando de ombros.

— FODA-SE! — grita Nádia.

Tomo até um susto. Quase posso sentir a mão da minha melhor amiga atravessando o computador e me agarrando pelo pescoço.

— Diego, quantas vezes você segurou meu cabelo pra eu vomitar depois de um porre? — pergunta ela.

— Ai, amiga, eu já perdi a conta, você não sabe beber.

— Exatamente! Mesmo sem eu pedir, você aparece e cuida de mim.

— Você queria que eu te deixasse lá toda cagada?

— Óbvio que não! — continua ela, com a cara vermelha, mas não de vergonha. Um dragão acordou dentro dela. — Lembra quando a Agnes inventou de dar pra um cara casado e a mulher dele chamou a polícia? A gente tirou ela de lá!

— Mas aí também eu *super* poderia sair da delegacia sozinha — sussurra Agnes.

— Ah, claro, com esse seu jeitinho meigo — alfineta Gustavo.

Ia pegar prisão perpétua, realmente.

— Você mesmo, Gustavo — aponta Nádia. — Não foi o Diego que depilou seu cu outro dia, porra?

— VOCÊ CONTOU ISSO PRA ELAS? — reage Gustavo.

— *Como* eu não ia contar, Gustavo? Foi a coisa mais ousada que você fez na vida.

— Isso não é ajudar um ao outro? — pergunta Nádia. — E a Barbie?

— Ninguém nunca depilou meu cu — Barbie se apressa a dizer.

— Mas você vive salvando a gente da pindaíba! A gente nem tem mais vergonha na cara de te pedir grana — rebate Nádia.

— Como é que é, amor? — pergunta Marta, chocada.

— Gente, vamos pular essa parte — diz Barbie.

— Só eu e Diego juntos já dá um empréstimo de dez mil reais — Nádia diz e vai contando nos dedos. — Teve a geladeira e o fogão novos do Gustavo que você emprestou o cartão. E aquela dívida no seu nome que a Agnes fez no jogo do bicho.

— MAS EU JÁ DISSE QUE VOU PAGAR.

— Eu vou desmaiar — comenta Marta.

— Meu ponto é que *estamos aqui* — finaliza Nádia. — É a gente, Diego. Você sempre pode contar com a gente.

Isso é tão... *filme da Disney*. Nádia acha que é só vir aqui e me dizer meia dúzia de palavras bonitas que todos os meus problemas vão se resolver.

— Ai, Nádia, jura que você vai me dizer que a gente é como uma família? — questiono.

— Credo, não! — reage Nádia, fazendo cara feia. — A gente não é uma *família*.

— Gente, qual é o problema de sermos uma família? — pergunta Gustavo, o único de nós que vai pro céu por honrar pai e mãe.

— Somos mais do que isso! — completa Nádia. — Somos *amigos*. A gente *escolheu* ficar juntos.

Assim que Nádia termina de expor os fatos, um silêncio pesado cai sobre nós. Todo mundo parece meio desnorteado, sem saber o que responder. Não quero dar o braço a torcer, mas ela está certa. Em algum momento da vida, nós escolhemos ficar juntos. Eu os escolhi. Eles me escolheram. Nesse meio-tempo, já soltei a mão de várias pessoas, mas esse pessoal aqui? Por eles eu faço de tudo. Ok, quase tudo, mas ainda assim é muito mais do que eu faria por qualquer outra pessoa. Por que eu enfiei na minha cabeça que eles não me enxergam da mesma forma que os enxergo? Um monte de cabeça oca que não dá dois passos se não for pego pela mão. Acho que pego na mão de Nádia, mesmo a quilômetros de distância.

— Foi meu irmão.

Digo. Não sei como, apenas *digo*.

— Seu irmão o quê? — pergunta Barbie, depois de alguns segundos de inquietação geral.

— Ele é o cara que deixou as crianças aqui — respondo.

— VOCÊ TÁ MAMANDO O SEU IRMÃO? — questiona Agnes, nossa rainha do grito.

— Agora faz sentido você não querer contar — comenta Gustavo.

— NÃO ESTOU MAMANDO NINGUÉM, PORRA! — me exaspero. — E meu irmão também não é do tráfico!

Apenas dos crimes de colarinho branco, eu acho.

— Espera, aquele seu irmão Diogo? — pergunta Nádia, juntando um mais um. — Que você sempre ignora?

— Dessa vez não deu — deixo escapar. — E agora meus sobrinhos estão aqui.

— Por que você aceitou isso? — ela continua.

Mas eu tenho a resposta? É o X da questão, não é? E eu nunca fui bom em matemática. Penso em falar do dinheiro, das fotos que posso tirar, penso em dizer que foi uma boa ação, mas sei que não é nada disso. Eu simplesmente...

— Porque eu quis!

Desabafo, desabo, mas, de alguma forma, me ergo para pôr tudo para fora.

— Olha, meus pais são *horrorosos*. Pensem nos piores seres humanos que vocês conseguem imaginar. Foram meus pais que treinaram essas pessoas. Eu não me dou com a minha família, é isso. Não *quero* me dar. Vocês não vão entender. A minha família não é igual a sua, Gustavo, toda perfeita e radiante. A gente não fazia churrasco todo final de semana que nem seus pais, Agnes. Minha mãe nunca me deu um presente! A sua todo santo mês tenta te dar, Nádia. Eu fugi deles, fui embora e não quero voltar.

— Mas o seu irmão... — Nádia tenta dizer.

— Eu sei! — respondo. — Eu sei e também não sei. Sim, a minha relação com o Diogo é toda esquisita, toda cagada e por causa dela que *Frozen* não faz nenhum sentido pra mim, mas as crianças...

Esses dois dias passam na minha mente não como um filme, mas como uma série da Netflix, dessas sem pé nem cabeça em que o roteiro é gerado por uma roleta da fortuna. Ensinando o que é um *cropped* para Diogo 2, apresentando Pabllo Vittar, socando ovo nos três, comendo chocolate cagado no mercado, quase morrendo no meio de uma promoção-relâmpago... Eu conheço Gabriel. E Ester. Mesmo o do meio cujo nome sempre me foge, mas eu o *conheço*. E, de alguma forma que não consigo entender — por eles fazerem parte da minha família —, eu *gosto* deles.

— Eu sou *tio* delas. Desde ontem elas estão me dizendo que... Sei lá, tem momentos que eu... Eu não sei explicar. Pela primeira vez parece *certo* estar perto da minha família, é como se eu estivesse fazendo uma coisa muito importante aqui.

Enfim vomito tudo que estava dentro de mim.

— Será que não dá pra se reconciliar com seus pais? — sugere Gustavo, reticente.

Suspiro.

— Meus pais mandavam eu colocar um pregador no nariz pra ver se com o tempo meu nariz afinaria — apenas digo.

— PUTA QUE PARIU — exclama Agnes.

Sim, põe puta que pariu nisso.

— E mesmo assim você quer fazer parte da família, não é? — pergunta Marta, deixando de lado toda dureza e praticidade que sempre carrega no semblante.

Só respondo depois de alguns segundos:

— Eu não sei o que eu quero.

É agora que eles vão me chamar de trouxa, lerdo, burro, e vai ser tudo verdade. Sempre meto banca para cima deles, mas esse tempo todo eu tive esse teto de vidro gigante sobre a minha cabeça e não sei se vou aguentar.

— Amigo, juro, eu queria muito estar aí agora pra te dar um abraço — diz Nádia, me surpreendendo.

— Abraços e cervejas — completa Barbie.

— A gente até obrigaria o Gustavo a depilar seu cu — sussurra Agnes

— Eu o faria com muito prazer — completa Gustavo.

— Essa foi a coisa mais bonita que você já me disse, amigo. Até me emocionei — faço piada, mas realmente *bateu*. Meus amigos não me desprezam. Eu *tenho* amigos. E posso contar com eles.

— Gente, isso daria fácil uma semana de episódios de *Casos de Família* — comenta Nádia, com certeza tentando aliviar o clima para mim.

— "Meus pais são uma caçamba de lixo e eu sou o gari?" — respondo logo.

— "Essa aí só não empresta o xerecard" — comenta Barbie, cutucando Marta.

— Eu vou no "Comeu meu cu liso, mas pediu outro em namoro" — desabafa Gustavo.

— Me chamem pro "Fiquei com vontade de ver o cuzão arreganhado do meu amigo" — diz Agnes.

— Que horror, Agnes! — berramos todos juntos.

13. Só passa o cartão, querida

— E aí deu no que deu, né. Chorei a noite toda porque descobri que meus amigos me amam, acordei com a cara toda inchada e por isso preciso dar uma disfarçada se quiser ser visto em público.

Me maquio no sofá da sala com um corretivo que achei no quarto de Nádia. Eu tenho o meu próprio, mas prefiro usar o dela, que é melhor e mais caro. A gente é *amigo*, né, foi o que eu entendi da conversa ontem. Amigo é para essas coisas, acho.

— Nós dois também podemos deixar florescer uma amizade se você quiser — digo.

Suzie não parece nem um pouco interessada em me deixar roubar sua maquiagem ou me perdoar por não me dar bem com meus pais. Arrisquei muito cedo. A gata silva para mim do cantinho da sala, ao lado da estante, onde parece ser seu esconderijo favorito. Uma pena, porque encontrei nela uma boa ouvinte, já que não me interrompeu nenhuma vez.

Assim que termino de me maquiar, meus sobrinhos voltam do banheiro. Incrível que na hora de sair todos eles precisam fazer cocô e xixi ao mesmo tempo, ainda bem que tenho dois banheiros. Nem quero saber qual deles teve que cagar no chão — com certeza foi Ester.

Os três estão de banho tomado, cabelinhos penteados e roupas mais ou menos passadas. Queimei a camisa do Gabriel com o ferro de passar por ter ficado nervoso acompanhando a previsão do tempo para esse domingo. Um furacão africano de gelo e fogo, sei lá, alguma coisa apocalíptica assim, mas que Ester me garantiu que significa sol o dia todo. Ainda bem que a camisa do bebê é preta, vai vestir assim mesmo.

— Tio, o que é isso no seu rosto? — pergunta ele.

— É maquiagem. Gostaram? — Faço uma pose de diva para que eles apreciem minha beleza.

Ester apenas me observa.

— Pra que serve? — questiona Diogo 2.

— Pra deixar a gente mais bonito, mais jovem.

— Essa veio com defeito? — rebate ele, na lata.

Olho para o espelho de mão que trouxe comigo para conferir se sou mesmo uma velha toda carcomida.

— Quantos anos vocês acham que eu tenho? — pergunto, já com medo da resposta.

— Oitenta e um! — diz Diogo 2.

— Quinze! — diz o menorzinho.

— Gabriel acertou — respondo.

Quinze anos em cada banda da bunda.

— Prontos para ir ao shopping?

Saio do carro com a certeza de que minha nota no aplicativo caiu pela metade. Os Dioguinhos mais novos não calaram a boca *um segundo* durante o trajeto até o shopping, e quase pedi para o motorista parar em uma esquina qualquer e mandar os dois descerem. Gabriel ficou pendurado na janela gritando toda vez que via um carro colorido. Ou um cachorro. Ou uma *árvore*. O carro quase perdeu o controle quando ele berrou: "OLHA ALI UM CACHORRO DENTRO DO CARRO AMARELO" e por muito pouco não batemos numa árvore. Diogo 2 disse em voz alta: "Tio, tem um carrapato nele?". Era uma *verruga* na orelha do motorista. O homem até riu, meio sem graça, mas seu semblante fechou na hora quando Gabriel completou que o pai dele disse que às vezes verruga é câncer. Ele até ligou o rádio num volume altíssimo, mas ainda deu para ouvir Diogo 2 falar que o vizinho deles também gosta de música de corno. Fui fuzilado pelo olhar do homem e acabei engasgando, mas me segurei tanto em cima que acabei peidando por baixo. Até o motorista deve ter ouvido, mas *gente educada* jamais comentaria uma gafe dessas. Nem sei qual das duas pestes gritou: "CARACA, TIO, SOLTOU A BOMBA ATÔMICA". Morri de vergonha quando o cara ao volante disse "Abre essa janela pelo amor de Deus, meu camarada".

Fecho a porta do carro com toda a delicadeza do mundo, com tanta vontade de morrer quanto o motorista, que meteu o pé no acelerador e fugiu para bem longe da gente. Talvez ele seja mesmo um corno e os comentários sem noção tenham batido fundo. Ester foi a *única* que se comportou. Cara, é por isso que eu gosto dela. Se pais não conseguem escolher o filho favorito, ah, meu amigo, eu como tio escolho até por eles. Esses dois? Que ódio. Eu deveria mandá-los para casa de castigo e passar um dia maravilhoso com a Ester no shopping. A menina é comportada, inteligente, sensível. É de longe a sobrinha mais importante no meu coração, a que eu faço questão de manter sempre perto de mim.

— Tio, o homem levou a Ester embora — comenta Diogo 2.

— o QUÊ? — grito e giro no mesmo lugar olhando para os lados como um cachorro atrás do próprio rabo.

— Você bateu a porta na cara dela e o carro fez assim: vruuuuuuum — diz Gabriel.

— E por que ninguém me disse nada?

— Ela disse "Tio, eu ainda tô aqui!" — rebate Diogo 2, dando de ombros.

— Mas você fechou a porta e vruuuuuuum.

Meu Deus, meu Deus, meu Deus. Eu sou praticamente cúmplice no sequestro da minha própria sobrinha. Pego o celular com a mão tremendo e digito o mais rápido que posso.

> Oi!!! Minha sobrinha ficou no carro!!!

A resposta demora mais do que eu gostaria.

> Tá maluco? Não tem ninguém aqui.

> Ficou sim, OLHA PRA TRÁS!

> Se eu tô falando que não ficou ninguém...

> OLHA PRA TRÁS

Espero mais alguns segundos pela resposta. Deus queira que eles não tenham batido numa árvore ou num cachorro.

> Caralho, tem uma menina aqui

> Você pode me devolver?

Recuperar Ester foi mais fácil do que a vez que esqueci meu celular e o motorista se fingiu de morto. Será que eu deveria trocar minha sobrinha por um iPhone? Enfim. Estou com os três no shopping! Dessa vez, conto nos dedos se está realmente todo mundo aqui: um, dois, três, beleza.

— Quatro, tio! O João Augusto também veio — diz Gabriel.

— Não veio nada, eu não chamei — respondo.

— Ele tá bem aqui — aponta ele para um espaço vazio entre os irmãos.

— Acho que ele ficou no carro então — insisto, para ver até onde ele vai com isso.

— Aqui, tio!!!

Encaro o nada ao seu lado já pensando qual vertente da psicologia vai ter que lidar com isso. Muito esperto da parte dele ter um amigo imaginário que só ele pode imaginar. Reviro os olhos e puxo os três (quatro) para dentro.

Confesso que não sou muito de frequentar shoppings, acho a atmosfera até meio opressora e condescendente. "Compre aqui com 50% de desconto!" Minha filha, eu não tenho dinheiro! "Mas tá pela metade do preço!!!" Ah, obrigado por me explicar, agora sim tenho condições de levar. "Vai mesmo levar?" CLARO QUE NÃO, PORRA. Mas vir passar o cartão de outra pessoa transforma *completamente* a experiência de vir ao shopping. Onde antes eu só via tobogãs para o SPC, agora vejo oportunidades! O chão brilhante, luzes por toda parte, cores chamativas gritando meu nome, números gigantes que significam valores pequenos! Até as pessoas parecem mais chiques. O *ar* aqui dentro é diferente. Me sinto feliz na hora por sair de casa e entrar em contato com a natureza.

— O que vocês querem fazer primeiro? — pergunto.

— Ir naquele brinquedo! — grita Diogo 2.

Então passamos quinze minutos subindo e descendo as escadas rolantes.

Logo encerro a brincadeira. Um guarda está olhando feio para a gente. Eu vim aqui para aproveitar esse cartão de crédito, digo, mostrar para as crianças o lado bom da vida, então é meu dever como tio dar início ao tour de verdade.

— É agora que vocês vão viver o melhor momento da vida de vocês! — digo. — Estão prontos?

— Eu quero fazer xixi — responde Ester.

— O João Augusto quer fazer cocô — diz Gabriel.

— Acho que eu também quero, tio — completa Diogo 2.

Tudo bem começar o tour pelo banheiro.

Somos um *arraso* na praça de alimentação. Separo uma mesa gigante para nós três (*quatro*, fui obrigado até a puxar uma cadeira vazia) e deixo Ester tomando conta enquanto faço a limpa nas lanchonetes, nas sorveterias e nos restaurantes. Volto com hambúrgueres, pizza, sorvete — opa, sorvete não porque hoje não sou pobre —, *gelato*, comida mexicana que um mexicano nativo não reconheceria e comida japonesa que os japoneses com certeza abominam. Tem um monte de gente sentada na nossa mesa, porque Ester não impediu ninguém. Antes tivesse deixado o João Augusto de guarda. Procuro outra mesa vazia e acomodo todos nela. É Diogo 2 quem grita "ATACAAAAAAR". As crianças comem de tudo até ficarem satisfeitas e cheias de gases. Adoro ver as mãozinhas meladas, as bocas sujas de ketchup, as pupilas dilatadas do tanto de açúcar dentro da corrente sanguínea! Gabriel quer lamber a bandeja, mas não deixo. Ester arrota e implora por desculpas imediatamente. Eu respondo com um arroto logo em seguida e faço todo mundo rir. Um dia ainda vou aprender o alfabeto da porqueira que meu irmão pelo visto domina.

Quando não há mais nada comestível na mesa, rodo com eles pelo shopping inteiro. Passamos numa livraria, mas, de todos nós, Ester é a única que se submeteria por livre e espontânea vontade a ler um livro. Pelo menos finjo que sou fascinado com a literatura, mas depois percebo que passei cinco minutos interpretando intrigadíssimo livros para colorir.

— Não tem nada escrito nesse — diz minha sobrinha, me encarando.

— Nem toda leitura é óbvia, Ester — respondo.

Entramos em várias lojas e mal acredito que vou protagonizar minha própria cena de filme adolescente dos anos 1990, quando a mocinha leva um mundo de roupas para o provador e mostra para as amigas combinações horrorosas que não obteriam perdão nem naquela época. Nas alas infantis, tudo é absurdamente colorido, mas só sossego quando encontro roupa preta, já quase a ponto de desistir. Tiro uma foto da gente num dos provadores de família: estou com um chapéu de cor berrante na cabeça, Diogo 2 com óculos de sol maiores que a cara dele e Gabriel e Ester enrolados na mesma echarpe de plumas. Numa das lojas, uma branca folgada me pede indicações de roupas como se eu trabalhasse ali. Indico o vestido roxo mais feio que já vi, só de raiva. "Vai ficar *perfeito* em você." Se o objetivo é parecer uma berinjela vomitada por um cachorro.

Estamos na seção das meninas vendo blusinhas para Ester quando Diogo 2 cisma que quer um tênis cor-de-rosa: "COMPRA ESSE PRA MIM COMPRA ESSE PRA MIM COMPRA ESSE PRA MIM". O tênis é bem lindinho na prateleira e com certeza serve nele. É todo estilizado com estrelinhas e florezinhas, os cadarços são prateados, o que orna muito bem com o rosa-choque, mas algumas crianças perto da gente dão risadinhas maldosas e cochicham com a mãe. Um pai me encara em desaprovação. Na hora, lembro do meu irmão me dizendo que o mundo é horrível e que se preocupa com o filho. Porra, eu sei disso, mas Diogo 2 está alheio ao que acontece ao seu redor, só tem olhos para os tênis. O próprio vendedor que abordou a gente minutos atrás diz:

— Você não vai levar, né?

— Tem tamanho quarenta?

Hora de fazer do mundo um lugar melhor.

Óbvio que não tinha tamanho quarenta, mas achei uma botina rosa que cabe perfeitamente no meu pé. Calçamos ali mesmo na loja, eu e Diogo 2 combinando. Agora ando pelo shopping carregando um monte de sacolas com as crianças, atraindo olhares por toda parte. É fã ou *hater*? Adivinhar é quase um jogo.

Bombardeadas de açúcar, sódio e luzes coloridas, as crianças parecem completamente deslumbradas com tudo, achando que estamos caminhando a esmo. O shopping é como um labirinto, mas eu sei *muito bem* aonde estou indo. Um pouco antes da parada na praça de alimentação, vi um estande alugando... carrinhos de bichinhos? Animais motorizados? Cachorros-ciborgue? Não sei direito o nome, mas tenho certeza de que *você* sabe o que é. Quem já foi criança sabe. Eu *sempre* quis andar pelo shopping montado num desses animaizinhos, mas nunca tive a oportunidade. Meus pais diziam que era coisa de criança fresca e, quando rompi com eles, já era velho demais para realizar esse sonho. O único jeito de um adulto subir nesses carrinhos é parindo um bebê, um preço alto demais a ser pago, mas agora estou em posse de *três* crianças. Minha bota rosa não vai mais precisar tocar o chão desse shopping.

— Gente, olha aquilo ali que por acaso acabei de ver!

— Aponto para os carrinhos estacionados no estande. São extremamente cafonas: um cachorro com orelhas gigantes, um gato de olhar vidrado, um sapo azul e ursos em uma posição antinatural.

— TIO, EU POSSO ANDAR NELES? — berra Diogo 2, mas ele nem me espera responder e sai correndo na frente.

Gabriel e Ester me acompanham, mas meu foco é no do meio, meu passaporte para a felicidade. Diogo 2 escolhe o gato usuário de drogas, porque ama gatos esteticamente humildes, e passo meu cartão mágico na máquina que a atendente me oferece.

— Vocês querem ir também? — pergunto para Ester e Gabriel, mas os dois recusam.

Bom, eu só preciso de um. Ajudo empolgadíssimo Diogo 2 a subir no gatinho, mas, quando faço de passar a perna para sentar no bicho, ele diz:

— Eu quero ir com a Ester!

NÃO.

— A Ester não quer ir — explico, tentando montar de novo.

— Só vou se for com ela! — insiste ele.

Mas é o meu sonho! Quase grito, mas dou um sorriso amarelo quando vejo a mulher que nos atendeu me encarando.

— Tá bom... vem, Ester... — digo, derrotado.

Ester resiste um pouquinho, mas só um pouquinho, e sobe no gato mecânico pronta para fazer mais um sacrifício pelos irmãos. Inferno.

Eu ainda tenho mais uma criança.

— Gabriel, vem subir no sapo azul — chamo. — Não é divertido?

— Não quero — diz ele, sem nenhum rodeio.

— Você não quer se divertir tanto quanto seus irmãos? Olha lá como é legal!

Aponto para as crianças girando ali por perto no gatinho. Meu Deus, Diogo 2 atropelou uma senhora. Ester se agarra ao pelo do bicho como se sua vida dependesse disso (talvez dependa mesmo).

— Não acho, tio — responde Gabriel. — A gente pode ir na escada que roda?

O menino tem a chance de pilotar um *megazord*, mas prefere ficar subindo e descendo por uma escada na velocidade de uma lesma. Suspiro.

— Tem criança que tem medo dos bichinhos — me consola a atendente, achando que vou me render tão fácil.

Claro que tem criança com medo, esses bichos são horrorosos. Poderiam estar num filme de terror.

Viro para Gabriel no mesmo instante, tacando um sorriso congelado no meu rosto.

— Tudo bem, amiguinho, eu só achei que fosse gostar de andar nos animais empalhados — digo e minha cara nem treme.

— O que é empalhado? — pergunta ele.

— Quando um bicho morre, a gente pode empalhar pra parecer que ele está vivo.

Os olhinhos dele se arregalam na hora, e eu sei que estaria causando traumas e pesadelos em qualquer outra criança, mas *nessa...*

— Esse sapo azul é um bicho morto gigante? — pergunta meu sobrinho, mordendo a isca.

— Sim! — respondo com um pouco mais de entusiasmo

que deveria. — Uma pena que você não quer andar neles, né, mas tudo bem. Vamos acompanhar seus irmãos.

Pego na mão dele, ajeito minhas sacolas de compras na outra mão e o puxo para longe dos carrinhos.

— Tio, eu quero passear nos bichinhos mortos! — grita Gabriel, com urgência.

Eu sou um ser humano horrível, mas, ai, gente, tem pai que faz as crianças acreditarem em fadas colecionadoras de dente, num velho meritocrático que todo ano invade sua casa pela chaminé, em coelhos geneticamente modificados que botam ovos de chocolate... Animais empalhados enquanto veículos automotivos estão muito mais próximos da nossa realidade. É um nicho que apenas não foi descoberto pelo capitalismo, mas ainda chegaremos lá.

— Senhor, nós *não* empalhamos animais aqui, esses bichos são de pelúcia — diz a mulher, meio chocada.

— Só passa o cartão, querida — respondo.

Coloco Gabriel no sapo mutante, e juro que mato um amigo imaginário se essa criança inventar que quer João Augusto na garupa.

— O senhor vai ter que ir com ele, crianças muito pequenininhas assim só podem ir acompanhadas — completa ela.

— Ai, *mentira* que eu vou ter que andar nisso? — reajo, dando um show de atuação.

— São as regras.

— Tá ouvindo, Gabriel? Olha a vergonha que eu vou ter que passar nesse shopping. — Balanço a cabeça, *arrasado* com meu destino fatal. — Mas só *porque é você*, como eu sou um tio excelente, eu farei esse sacrifício, ok?

— Você é o melhor tio que eu tenho! — responde meu sobrinho, e dou um sorriso radiante para a atendente.

Eu sou o único tio que ele tem, mas tudo bem.

Dirijo meu sapo como um hétero pilota uma Honda Biz. Acelero nos corredores! Dou gritinhos nas curvas perfeitas! O vento bate no meu cabelo! Gabriel não para de sorrir e gritar junto comigo. Aposto corrida com as crianças no gatinho e faço questão de *vencê-las*, não antes de atropelar eu mesmo minha própria senhora. Sou a criança fresca mais feliz do shopping inteiro.

Na área de jogos do shopping, compro fichas suficientes para que os três Dioguinhos brinquem até desmaiar.

— Tio!!! O QUE É AQUILO ALI?

Claro que é um jogo de dança. Duas adolescentes que parecem irmãs rebolam e pulam sobre os quadradinhos coloridos e brilhantes no chão. Na tela à frente delas, quatro bonequinhas fazem uma coreografia que elas tentam imitar ao som de uma música pop internacional. Nossa, eu arrasaria nesse jogo se existisse na minha época. Não porque eu realmente saiba dançar, mas porque pelo menos sei *fingir*. Sou daquelas pessoas que, quando levam um tombo no meio da performance, dão uma cambalhota e levantam como se isso fizesse parte da dança. Mas meus pais, claro, jamais me deixariam chegar perto de um jogo desses.

— Vocês querem tentar? — pergunto para os três.

— Por favor!!! — grita Diogo 2, e se vira para os irmãos: — Vamos, gente?

Coitada da Ester suspirando e sentindo o peso de toda sua dura vida aos nove anos.

— Me desculpe por isso — digo a ela.

O cara que toma conta do brinquedo pergunta que música as crianças vão querer dançar.

— Bota uma música de princesa! — implora Diogo 2.

— Trilha sonora da Disney? — sugere o cara, com a testa franzida.

— Tem a nova da Pabllo Vittar? — pergunto.

Assim que a música começa a tocar, Diogo 2 arrasta Gabriel e Ester para o meio do tablado. O menorzinho nem olha para a tela, só pula de um lado para o outro nos quadradinhos brilhantes. A menina até tenta, mas está três passos atrasada. Aposto que Ester é ótima na dança do robô. Mas Diogo 2, meu Deus, esse menino vai longe. É como se já conhecesse a música e tivesse ensaiado por semanas. Acho uma graça ele rebolando como a tela manda, mexendo os braços, girando. Fico até preocupado quando ele faz um quadradinho de oito porque, *nossa*, quem ensinou? A última vez que tentei fazer um desses senti uma fisgada no ciático que me deixou uma semana sem poder agachar. Um monte de gente para ao redor do brinquedo para ver meu trio de performistas. Uma menina até filma. Volto no tempo para a igreja, para quando meus pais me arrancaram do ensaio da coreografia no meio da música, quando eu me sentia incrível performando Aline Barros com as meninas. Acho que é orgulho o que eu sinto agora. Orgulho dos Dioguinhos, por poderem brincar e aproveitar todas as oportunidades. Posso não ser o pai ou a mãe deles e, na maioria das vezes, não tenho ideia do jeito certo de cuidar de uma criança, mas isso aqui? Desse momento aqui eu vou me gabar, sim. Tudo bem que eu não tive isso, beleza que meus pais me sufocaram, agora eu já estou bem por ter descoberto minha identidade, mesmo anos depois da minha infância. Mas quer saber? Azar o deles que não morri e continuo *viado* toda vida. Ter passado pelo que eu passei é o que me dá mais vontade de fazer com que meus sobrinhos nunca mais sintam vergonha de si mesmos. Eu sou tio deles, porra. A minha felicidade está em ficar aqui maravilhado com os três dançando.

Demoro a perceber que Diogo 2 está puxando minha mão.

— Vem, tio! Tá faltando um!

— Quê? Não, garoto, é brinquedo de criança — respondo.

Nunca que eu vou subir num troço desses. Já bati minha cota de saudosismo da infância no sapo mecânico.

— A gente precisa de você! — implora ele. — Olha lá o Gabriel e a Ester errando tudo.

Quase dou uma gargalhada quando vejo Gabriel deitado no chão aparentemente tentando fazer um anjo de neve sem neve e Ester parada, fixa num quadrado, mexendo apenas os ombrinhos.

— Mas eu não posso, amiguinho — explico para ele.

— Olha, dá pra quatro mesmo — diz o atendente. — Não tem limite de idade.

— Vem logo, tio! — me puxa Diogo 2, sem nem me esperar responder. — Vem dar seu show!

Não sei o que me dá, mas fico absolutamente constrangido quando subo no tablado com ele. Tem muita gente nos olhando agora, mais de um celular apontado para nós. Diogo 2 manda eu olhar para a tela onde as bonequinhas digitais dançam e, verdade, eu sei de cor a coreografia dessa música. Arrisco uns passos lentos e tímidos porque sou um adulto num brinquedo infantil, no entanto, Diogo 2 quer que eu *vença*.

Foda-se, por ele eu venço.

Juro para vocês que nem numa balada gay eu me acabei tanto. Dou minha alma na coreografia, executo todos os passos cantando, com meu sobrinho me acompanhando. Rebolamos até o chão, giramos 360 graus, abrimos os braços, rodopiamos de mãos dadas. Em algum momento, me empolgo e faço um *twerk*. Tudo isso é muito mais divertido que dançar Eyshila e Fernanda Brum. Melhor ainda é saber que ninguém vai aparecer para me tirar daqui.

14. Brinquedo de boiola

Toda pessoa com filhos é uma golpista em potencial.

Pode reparar: "Não vai doer nada não", daí vem uma agulha na bunda da criança. "Aqui a balinha", quando é a hora de tomar o remédio com gosto de vômito. "Vai comendo que a carne tá embaixo", sendo que eu tô *vendo* que o prato é arroz, feijão e ovo, ok, mãe? Cadê a carne no fundo do prato? "Você comeu e nem viu." Sério, é ultrajante. Mas é do "na volta a gente leva" que até hoje carrego feridas na alma. Toda criança já foi vítima desse golpe, e é por isso que estou na loja de brinquedos para curar os traumas dos meus sobrinhos com o poder do dinheiro. Vamos levar *agora*.

— A gente pode escolher qualquer coisa? — pergunta Diogo 2, e, quando digo que sim, ele leva as mãos à cabeça em completo deslumbramento. — Eu quero o bambolê! E a bola! E aquele carrinho vermelho!

— Olha o robô! — aponta Gabriel. — Tio, eu quero o robô! E aquele chapéu! Eu posso pegar o chapéu?

Meus sobrinhos me *amam*. Ou amam um cartão de crédito, o que não posso julgar. Li em algum lugar que dar tudo o que uma criança quer acaba por estragá-la, então meu objetivo hoje é estragar todas elas.

Os meninos já comem na palma da minha mão, mas Ester continua meio indiferente. Alguém matou essa menina por dentro, mas a farei reviver.

A loja de brinquedos não é das maiores, mas já é o paraíso de toda criança: todos os corredores são superlotados de cores e diversão. As estantes são mais altas do que eu e tem brinquedos do chão ao teto nos fundos da loja. Caixas brilhantes, penduricalhos que fazem barulho, pelúcias diversas e vendedores felizes. Não sei como eles conseguem achar qualquer coisa aqui, pois a lógica da organização é apocalíptica. Os *Vingadores* dividem a estante com os *My Little Pony* e um urso de olhar neurótico que com certeza vem com um punhal dentro.

— Eu quero o ursinho! — diz Gabriel.

Claro que quer. Esse menino é um cão farejador de coisas fatais. Tento acompanhar os três, mas é difícil. Ester fica perto de mim, olhando meio desinteressada para uma bolsinha florida enquanto o do meio sai correndo. Fico de olho naquele cabelo crespo e pontudo indo de um lado para o outro. Caramba, já perdi Gabriel. A loja não está muito cheia, mas ouço vozes de crianças por toda parte. Consigo reunir os três e resolvo fazer um *tour* ordenado, apesar de Diogo 2 ser um entusiasta da desordem.

Ando me esforçando para memorizar o nome dele, mas ele não me dá tempo para pensar. Entre os três, foi o que mais ficou *emocionado* com a possibilidade de ganhar presentes. Eu sabia. Tem criança que só se conquista na base da grana. Também fui uma criança interesseira, tenho lugar de fala. Tento segurar a mão dele, mas Diogo 2 quase me morde.

Sei que não é moralmente aceitável colocar coleiras neles, mas é uma questão de *segurança*. Cachorros ficam presos por muito menos.

Mesmo parecendo que o Cartoon Network implodiu aqui dentro, a loja consegue manter a tradição cafona de ter o corredor das meninas. Tudo é rosa. Todos os brinquedos são bonecas, partes de casas, produtos de beleza de mentirinha ou variações disso: vejo a cozinha da Polly, um minissalão de beleza rosa-choque e uma cabeça de boneca para ser maquiada.

— Pode ir, Ester, não precisa agradecer.

Dou um leve empurrão nela como incentivo, e minha sobrinha caminha timidamente até uma prateleira. Uma mulher loira de meia-idade entra no corredor segurando duas garotinhas pelas mãos. Não são gêmeas, uma é mais alta e mais velha, mas usam vestidinhos iguais. Eu deveria ter colocado roupas combinando nas minhas crianças, porque três é melhor que dois.

— Tio, quem matou ela? — pergunta Gabriel e quase engasgo quando vejo seu dedinho apontando para a cabeça avulsa.

— Não acho que ela esteja *morta*.

Reparo em seus olhinhos percorrendo a estante, e suas pernas curtas vasculharem o corredor, claramente procurando pelo resto do cadáver. Do jeito que a sociedade está, não me admiraria se um corpo decapitado fosse um brinquedo na seção dos meninos. Observo que, enquanto Diogo 2 sai na frente tocando em absolutamente tudo, o menorzinho apenas escaneia o ambiente.

— Escolheu alguma coisa? — pergunto para Ester.

— Não sei...

A mulher com as garotinhas está bem perto da gente e dá um sorriso para mim.

— Você tem sorte, as minhas sempre querem levar tudo.

As meninas estão mesmo deslumbradas, enchendo as mãos de coisinhas de plásticos proibidas para menores de três anos.

— Aqui, querida, o que acha desse estojo de maquiagem? É mais pra sua idade, né? Você já é uma mocinha.

A mulher enfia o estojo nas mãos de Ester, que demora a pegar.

— Não é lindo?

Ester responde com um "sim" bem baixinho, e a mulher aperta as bochechas dela. Só gente cafona faz isso com criança.

— Olha essa bebezinha no carrinho! Eu quero ela! A gente pode levar? — grita Diogo 2 na outra ponta do corredor.

Achei que ele fosse ficar entediado nesse corredor, já que nada aqui pode ser usado como uma arma de guerra, mas me equivoquei. Diogo 2 revirou várias prateleiras, jogou uns brinquedos no chão e tentou escalar uma estante sem sucesso. Olho para a boneca que ele segura como se fosse um bichinho de estimação. É um bebê que realmente parece de brinquedo: olhos extremamente azuis, boca rosa de batom, bochechas protuberantes e um tufinho loiro inexplicável no alto da cabeça com um laço. Melhor do que aquelas bonecas horrorosas que parecem gente, cagando e mijando com o menor dos apertões. O carrinho de bebê é pequeno e todo cor-de-rosa. Uma escolha inusitada para o menino que me atacou com o varão da cortina.

— Tem certeza de que você quer *esse* brinquedo? — pergunto, apenas para confirmar.

Sei que é ridículo achar que um brinquedo vai definir a sexualidade de alguém. Meu pai me encheu de bola de futebol, e tô aí até hoje dando o cu.

— Ah, mas claro que ele não quer — se intromete Loira Quarenta mais uma vez e dá uma risadinha. — Isso é brinquedo de menina, meu bem.

— Não é não, é meu — diz Diogo 2, como se a mulher fosse burra, e segura a boneca mais perto do corpo.

— Querido, boneca é pras minhas filhas, pra sua irmã... Tá vendo? — insiste a mulher, apontando para elas. — Elas adoram. Dá aqui pra tia pôr de volta na estante.

É num segundo que os dentes de Diogo 2 se preparam para arrancar a mão da coitada, mas impeço a desgraça de acontecer.

— Pode deixar com ele — declaro, e me coloco entre os dois.

— Você vai deixar seu filho brincar com *isso*?

Quase grito quando percebo que ela acha que botei no mundo essas três crianças.

— O meu tio é gay! Ele deixa! — berra Diogo 2 para ela.

Loira Quarenta fica sem palavras, e decido que gosto mais dela assim, de boca fechada.

— Mãe, então ele vai pro inferno? — pergunta a menina mais velha.

A mãe a cala com um olhar mortal, agarra a mão das duas e as arrasta para longe. Amo esse superpoder materno, o olhar mortal. Preciso descobrir urgente o dom de tio que recebi de Deus para calar minhas crianças na hora certa.

— Brinquedos de princesa! — grita Diogo 2.

Ele sai desse corredor com a boneca no carrinho, uma tiara com pedrinhas brilhantes, um cetro mágico que pisca e asas de borboleta. Ester sai sem nada, até o estojo brega de maquiagem ficou para trás. Encontro Gabriel na seção dos meninos, sendo que em nenhum momento percebi que ele não estava comigo.

Tudo no corredor grita destruição e bagunça. Arma que atira água, arma que atira flechas, arma que atira balas de plástico. Todos os brinquedos *lançam* alguma coisa para acertar o olho de alguém. Aparentemente, já estamos treinando os garotos para o serviço militar.

— Precisa de alguma ajuda, senhor? — pergunta uma vendedora.

Ela é jovem, sorridente e ama crianças. Ou odeia, mas não faz diferença, porque ela é paga para amar.

— As crianças estão escolhendo o que elas querem — digo, meio sem saber do que meus sobrinhos realmente gostam.

— Algum tipo de brinquedo em especial?

Paro para pensar um pouco.

— Coisa de gente morta, eu acho. Vocês têm? — digo.

O sorriso dela não se desfaz, mas seus olhos dizem que nada a respeito foi dito em seu treinamento.

— Gente... morta? — pergunta.

Gabriel surge com uma máscara do que parece ser um zumbi ou um homem coberto de chagas e pus.

— Tio, compra pra mim? Eu quero, eu quero, eu quero!

A vendedora está perplexa. Apenas dou de ombros.

— Acho que a gente já se achou, obrigado.

Ela se afasta, parecendo aliviada.

Ester mal olha para as prateleiras, mas Diogo 2, que já tem um monte de brinquedos, sai correndo na frente porque ainda não se satisfez. Depois da máscara, Gabriel pega uma bola roxa, bezerrinhos de plástico, uma arminha de água e um chaveiro de caveira.

— Meu amigo João quer te perguntar uma coisa — diz ele, e acho graça.

Lá vem.

— Ah, é? O que ele quer?

— Ele quer saber se você pode comprar um brinquedo pra ele também.

Olho para suas mãozinhas de três anos abarrotadas de quinquilharias.

— Você tem certeza de que precisa de mais?

— Não é pra mim, tio! É pra ele!

— Ok, qual é o brinquedo? — resolvo entrar na brincadeira, pois sou um tio legal.

Gabriel aponta para o alto de uma estante gigante. Lá em cima tem uma caixa de Lego. Nem meus 1,83 m conseguem alcançá-la.

— Vamos precisar da vendedora pra pegar a caixa.

É nesse momento que uma comoção no outro lado do corredor chama minha atenção. Diogo 2 segura uma raquete com força, e isso por si só já é um mau agouro. Ester está ao seu lado com a cara de paisagem de sempre, e os dois encaram um menino maior que fala algo, mas não consigo ouvir. Gabrielzinho continua tagarelando sobre o Lego, mas só tenho olhos para a expressão corporal do menino: o peito estufado, o nariz em pé, as narinas abertas e o cenho franzido. O tipo de criança que eu tinha medo de encarar na escola, os valentões que me davam cascudos quando eu os enfrentava. Ele tenta puxar a raquete das mãos de Diogo 2, que continua segurando, e, de repente, os dois estão num cabo de guerra desigual. Ester está paralisada, mas não indiferente. Vejo suas mãos aflitas para segurar o irmão, mas ela sabe mais do que eu que ele não gosta de ser tocado. Dou o primeiro passo na direção deles, completamente engatilhado. Consigo ouvir o arranca-rabo.

— É minha! Eu peguei primeiro! — grita Diogo 2.

— Você não pode tomar dele! — diz Ester.

— Mas eu quero! — responde o garoto. — Meu pai vai comprar e você nem sabe brincar com isso.

— Solta!

— Por favor, solta! Ele é pequeno!

— Me dá! — insiste Diogo 2.

— Vai brincar de casinha! — diz o valentão. — Raquete não é brinquedo de boiola!

Tenho certeza de que Michel — MIGUEL, o nome dele é *Miguel* — não entende nem assimila a ofensa, porque continua puxando a raquete do menino como se nada tivesse sido dito. Ester não sabe se pega na raquete também ou se tenta resolver o conflito pacificamente.

Mas meu eu de cinco anos foi atingido.

Veja bem, meu sobrinho é um menino com asas de fada, tiara de princesa e carrega um cetro cor-de-rosa. Eu *entendo*. Mas nada no mundo impede que ele segure uma raquete também, afinal, sua outra mão está livre. Ele pode brincar com um carrinho. Se quiser uma bola de futebol, eu vou comprar. Ele pode montar uma casinha com Barbies e Max Steels, e não vai precisar fazer isso escondido de mim, como eu, que fazia vestidos de embalagens de bombom para os meus Cavaleiros do Zodíaco longe das vistas dos meus pais. Ele pode crescer e beijar meninos, pode crescer e namorar meninas, pode crescer e beijar qualquer pessoa que queira ser beijada por ele ou então nenhuma, se não quiser beijar ninguém. Essa criança pode *tudo*, o que é muito mais do que eu podia quando tinha a idade dele.

Raquete é brinquedo de boiola *também*.

— Ei! — grito do meio do corredor. — Solta essa raquete.

O menino paralisa na hora, entendendo que tem um adulto vendo toda a cena.

— Você não pode falar assim com ele, nem com ninguém. Se ele pegou primeiro, é dele.

Ele tem a *audácia* de me responder:

— Mas ele é bicha!

— E eu também sou, e daí? — falo mais alto e mais grosso. — Brincar com asas coloridas não te faz gay, mas implicar com crianças pequenas te faz um covarde. É isso que você quer ser?

Admito que o garoto não parece impressionado com meu discurso e, de novo, dá para ver que não é do tipo de criança que sabe o significado de respeito. Ele infla o peito, provavelmente para me ofender, mas não quero ouvir nada disso.

— Chispa daqui, moleque! — digo.

— Eu vou contar pro meu pai! — diz ele, enfim soltando a raquete.

— Ah, conta, manda ele vir aqui pra gente resolver na mão.

Torço para que o pai dele seja um contador de meia-idade, franzino e de óculos, e não um personal trainer desses que têm arma em casa e votam em fascista.

— Vocês são nojentos! — diz ele. — Essa merda de raquete é minha! Seu bando de bichas!

Minha vontade é dar uma raquetada nele, mas sei que não é assim que as coisas se resolvem, muito menos com crianças. E a culpa nem é dele, para dizer a verdade. Só deve estar reproduzindo o que os pais falam ou o que ouviu na internet, na rua, na escola... O Brasil não é para amadores, as crianças já crescem cheias de ervas daninhas.

— Quero que vocês todos tomem no...

O menino *leva* uma raquetada. Não apenas no meio da frase, mas também no meio da cara.

Fico perplexo, não pela raquetada em si — ai, porra, ele

mereceu —, mas pelo golpe ter vindo de *Ester*, que tomou a raquete das mãos de Miguel e agiu antes de qualquer um.

— Eu vou contar pro meu paaaaaaai!

O garoto sai correndo com a cara vermelha, e, pelo que eu conheço de valentões, os pais dele nunca saberão sobre a menina mais nova que o peitou.

— Irmã! — diz Miguel, estupefato.

— *Garota???* — digo, enquanto tomo a raquete das mãos dela.

— Me desculpa, tio, mas ele... — começa a dizer, parecendo surpresa também, mas a corto.

— Você foi *incrível* — digo a ela, e repito, porque já percebi que ela tem a mania de não acreditar.

Quando as pessoas falam de família, é *isso* que eu espero que elas façam. É disso que sinto falta. Era isso que eu gostaria que meu irmão tivesse feito por mim quando precisei. Família é uma palavra vazia se não tem alguém para dar uma raquetada por você.

Ouço o pigarro da vendedora sempre sorridente, e, não dá outra, ela está ao nosso lado com as mãos na cintura e um olhar de julgamento.

— E que isso *jamais* se repita, mocinha — começo a dizer bem alto com cara de bravo. — Não é com violência que a gente resolve as coisas, ok?

— Ok... — responde Ester, mas vejo que sorri.

A vendedora não parece nada convencida, mas dei o meu melhor.

— Ah, que bom que você tá aí — digo a ela. — Pode pegar o Lego lá em cima pra mim?

Quando aponto para onde deixei Gabriel, ele já está abraçando a caixa no chão.

— Quem pegou pra você? — pergunto.

— O João! Ele é muito alto!

Apesar da vendedora achar fofo, arregalo os olhos imaginando essa criança de três anos escalando a estante e jogando a caixa lá de cima. Percebo que é um Lego de Halloween: Festa no Cemitério. Gabriel olha fascinado para as minilápides, as caveiras e os morcegos estampados na caixa. Típico.

Dispenso a vendedora e devolvo a raquete para Miguel.

— Ah, não quero, não — responde ele.

— Quê? — digo, incrédulo.

— Enjoei. — Ele dá de ombros.

— A sua irmã *bateu* numa pessoa por causa dela.

— Raquetes são chatas — diz ele, e sai saltitando com suas asas de fada pelo corredor.

Suspiro e, quando vou devolver a raquete para seu lugar, Ester segura meu braço gentilmente.

— Você quer? — pergunto.

Ela só balança a cabeça num sinal positivo e, pela primeira vez, vejo animação em seu rosto. Às vezes, tudo de que a gente precisa para ser feliz é dar uma raquetada em alguém. Essa frase vai entrar na minha autobiografia.

Meus sobrinhos estão aprendendo *horrores* comigo.

Finalmente vamos ao caixa depois do tour pela loja e, olha, foi difícil. Tive que arrastar as crianças pelos corredores. Por elas, moraríamos ali. Não aguento mais ver coisinhas barulhentas, bonecas estranhas e pais com filhos mal-educados. Carrego o Lego, mas as crianças também estão de braços cheios. Gabriel vem arrastando os brinquedos mais feios do mundo. Miguel traz o *criança viada starter pack*. Até Ester se empolgou e pegou dois jogos de tabuleiro de última hora. Segura a raquete na mão esquerda como se fosse um troféu. Não prestei atenção nos preços, mas faço uma estimativa de cabeça e, ok, talvez eu tenha exagerado nas compras. Mas não é culpa minha, esses brinquedos enganam. Quanto menor a peça, maior o preço.

— Moço, o meu tio vai pagar tudo — diz Gabriel, e o atendente me encara.

É um homem branco básico, desses que ficam horríveis sem barba. Ele nem sorri, já deve estar no espírito de fim de turno. Deve estar mais desgastado emocionalmente pela loja do que eu jamais estarei.

— O senhor tem namorada? — pergunta Gabriel.

— *Gabriel* — o repreendo.

O atendente fala um "não" seco e, sinceramente, é meio revoltante.

— Quer namorar meu tio? Ele também não tem! Ele é gay! — grita Miguel.

Gente. Eu de fato sou gay, mas com certeza estou olhando para alguém que *não é*. O cabelo sem corte, a pele que nunca viu um hidratante e as unhas mal cortadas gritam heterossexualidade. Não sei onde enfiar a cara, então apenas me apresso em me desculpar. O atendente finge que não ouviu. O fundo do poço, né, ser rejeitado por um hétero de unha suja e cabelo ensebado.

Fico ouvindo a registradora apitar, um bip bip que simplesmente *não tem fim*. Talvez seja agora que ninjas enviados por Diogo invadem o shopping e tirem o cartão de mim. Estou com sacolas *enormes* nos braços e três crianças (quatro) muito felizes. Adoro vencer com o dinheiro dos outros.

Saindo da loja, ouço um *psiu* de lá de dentro. Olho para trás e o cara carrancudo que me atendeu está lá, piscando e mandando um beijinho.

15. Aqui jaz um passivo

Se me chamassem para ser estrategista numa guerra, não tenho dúvidas de que ela acabaria em dois segundos. Eu não causaria nem um arranhão no inimigo, mas tenho certeza de que imploriria meu próprio batalhão. Foi o que acabei de fazer *armando* essas crianças.

Miguel está gritando e correndo pela casa com suas asas de fada. Gabriel espalhou pecinhas microscópicas pela sala inteira. Ester se empolgou com a raquete e há bolas de tênis voando por toda parte. Já separei briga, já pisei em Lego, já acertaram uma peteca na minha cara. Um deles tentou enfiar uma espada rosa na minha bunda enquanto eu estava distraído pedindo socorro a Nádia. "Você tem que usar da sua autoridade", ela disse. Grito que a brincadeira acabou, mas então os três juntos viram o sofá em cima do meu pé. Xingo o palavrão mais cabeludo que me vem à mente.

— Tio, o que é uma boceta? — pergunta Miguel.

— *Nada* — digo, choramingando pela dor. — Suma daqui, peste.

Ele sai correndo com os outros quando finjo que vou agarrá-los, os três gargalhando.

Desviro o sofá e me jogo sobre ele. Esfrego meu dedão, sabendo que com certeza vai inchar mais tarde. Talvez eu tenha subestimado meu irmão um pouquinho. Cuidar dos três exige mais paciência do que imaginei. Eu mal consigo parar para ir ao banheiro, que dirá fazer uma esposa feliz. Espero que os dois realmente estejam transando bastante, porque a partir de segunda-feira voltará a rotina de rapidinhas desesperadas. Até me sensibilizo a dar uma aula para Diogo sobre como encontrar o ponto G.

Fico rindo sozinho com as besteiras que eu mesmo penso enquanto as crianças criam um explosivo no chão da sala ou sei lá. Lá fora, o tempo está ficando muito feio. Ester acertou mais uma vez. Tá vindo chuva por aí, mesmo depois de um dia perfeito e ensolarado.

"Você é o melhor tio que eu tenho!"

Lembrar que sou filho dos meus pais sempre foi motivo para que eu entrasse numa espiral de raiva, ansiedade e desgosto. Dia das Mães e dos Pais, puta que pariu, um verdadeiro suplício. Até no meu aniversário acordo hostil, antecipando ligações que eu talvez venha a receber de pessoas indesejadas da família. Embora me frustre quando não as recebo, ficaria ainda pior se precisasse ouvir meus pais me desejando "tudo de bom, muita saúde e muita paz". Vai ver é por isso que custo a atender meu irmão, que tudo que faz da vida é me lembrar de onde vim.

"A gente precisa de você."

Mas as crianças são diferentes. Mesmo transformando meu dedão do pé em farelo e talvez me causando uma ferida anal, não quero fugir deles. Não existe uma gota de ódio no meu corpo cujo alvo seja Gabriel, Miguel ou Ester. Eles ainda me lembram que meus pais existem: meu pai está num nariz, num jeito de piscar; minha mãe, em algumas orelhas, no tom agudo no final das frases, no franzir de algumas bocas. Mas tudo que isso me causa é a sensação de pertencimento. Mesmo sem de fato entenderem, as crianças *sabem* o que eu sei. Elas vivem na pele. Talvez saibam até mais que eu, porque parece que meus pais ficaram mais criativos e rabugentos com o passar dos anos.

Desde ontem estou pensando que Ulisses talvez tenha razão. Eu sou gay, porra. Não tenho filhos, não preciso ter, minha família já foi — se não foi com Deus, espero que tenha ido com o diabo.

Mas como dar as costas para os Dioguinhos?

Antes que eu chegue a uma conclusão, percebo que as crianças arrastaram uma cadeira da cozinha para o centro da sala e estão querendo descobrir se conseguem pendurar Gabriel no ventilador de teto.

— Vai ser muito legal quando ele se segurar lá em cima e a gente botar pra girar! — diz Miguel, sorrindo feito um maníaco.

— Sim! — responde Gabriel.

Pelo amor de Deus.

— Gente, acabou a brincadeira! — berro. — AGORA É SÉRIO.

— Não, tio, a gente só vai... — começa a dizer Ester, mas não a deixo terminar.

— EU DISSE QUE ACABOU.

— Nossa, um mau humor do nada — reclama o do meio, colocando as mãos na cintura.

— É problema de boceta, tio? — pergunta Gabriel.

Cara, eu tenho *todo um jeito* de ensinar e edificar crianças, uma pena que só uso meu dom para o que não presta.

— Olha aqui! — desconverso. Preciso que esqueçam essa palavra nova urgentemente. — Todo mundo pra cama já! Vocês já brincaram hoje o dia todo no shopping, a casa está um caos e já está tarde! Os três, CHISPEM DAQUI.

— A gente vai brincar só mais um pouquinho... — insiste Miguel.

— EU SAIO POR AQUELA PORTA E SUMO, TÁ? — rebato. — Vocês vão me procurar e não vão me achar. Aí vão ficar chorando "poxa, meu tio era tão legal" — digo, imitando uma vozinha infantil. — Mas vai ser tarde demais. É isso que vocês querem?

Fico apavorado com a possibilidade de me responderem que por eles tudo bem, mas os três largam brinquedo, cadeira, tudo no tapete, e saem correndo e gritando "NÃÃÃÃÃOOO" para o quarto. Dessa vez, nem Ester ficou para trás, foi a primeira a chegar na cama.

Talvez meu superpoder de tio possa ser a chantagem emocional. Funciona que é uma beleza nas famílias mais tóxicas.

A janela do apartamento começa a receber as primeiras gotas de chuva. Fico observando por um tempo os pingos embaçarem o vidro. Mando uma mensagem aos meus amigos em Arraial para que tomem cuidado na volta. O plano deles é retornar nessa madrugada e chegar aqui de manhã.

Deito no sofá com meus pés para cima quando enfim há silêncio na casa. Nem me esforcei muito na história de hoje. Estava prestes a contar como a Anitta calou a boca de todo mundo, inclusive a minha, quando alcançou o sucesso internacional, mas meus sobrinhos dormiram bem rápido. Vou guardar para outro dia esse marco da música pop nacional, porque eles precisam conhecer os fatos históricos da bibliografia gay.

> **Tá de bobeira?**

Ainda bem que as crianças dormiram, pois parece que chegou minha vez de brincar. Logo me animo. A dor no meu pé até passou.

Não sei como aconteceu, mas Suzie, a gata hedionda, está no meu colo. O miado dela é como um rugido baixo e me dá a certeza de que esse animal é acostumado a destruir vidas. Suzie é aquele gato maluco que do nada morde nosso pé. Faço que vou me levantar, mas ela não se move, então me entretenho com uma nova mensagem do meu vizinho.

> **Abri um vinho, pensei de você dar um pulo aqui.**

Estou pronto para dar não apenas um pulo, mas também fazer todas as acrobacias que Ulisses estiver disposto a fazer nessa noite. Penso naqueles músculos, nas coxas grossas, na bunda durinha. Adoraria me roçar naquele corpo para ver se é quente como parece. Ulisses me manda uma última mensagem que eu interpreto como um *chamado*.

> **Tô te esperando.**

— Suzie, você me perdoe — digo na mesma hora para a gata.

Empurro Suzie do meu colo, mas ela claramente *não* me perdoa. Sempre achei uma palhaçada isso de nunca levantar se o gato da casa decidiu se sentar em você, mas talvez tenha *um motivo*. Suzie voa em mim com as unhas cravadas no meu braço e morde minha mão quando tento empurrá-la. De alguma forma, ela se agarra ao meu pescoço e me vejo correndo pela sala com uma bola de pelo assassina fazendo picadinho de mim. Ela abre um furo na minha camiseta até que, num ato de completo desespero, jogo a gata para cima.

Suzie cai em pé no sofá, com a elegância de uma miss.

— Qual é o seu *problema*? — pergunto, horrorizado, mas fazendo pose de boxeador caso ela parta para um segundo round.

A gata apenas mia como se nada tivesse acontecido. Ajeito meu cabelo e procuro arranhões pelo corpo. Acho alguns no braço, além de um rasgo no short, sem contar que minha camisa está toda descompensada. Meu Deus. Ainda bem que meu tesão é indestrutível. Me troco, pego a chave na cozinha e saio torcendo para que meu vizinho me bagunce tão bem quanto Suzie.

Ulisses é excelente no beijo francês, e meu corpo está pronto para descobrir se Odisseu entende mesmo dos prazeres da Grécia. Bebemos meia taça de vinho, mas, para mim, já é mais do que o suficiente para me fazer pular em seu colo. Ele é *muito* meu tipo. Gosto do jeito que me experimenta com o olhar, como reconhece as trilhas do meu pescoço, como tateia meu corpo como se buscasse sossego. Meu tipo é, na verdade, quem me tem como tipo. Nos beijamos na cozinha dele, e logo me vejo sobre a bancada com seu corpo entre minhas pernas. Quando seus lábios tocam meu pescoço e suas mãos apertam minha bunda, fico na dúvida se quero fechar os olhos para sentir o momento ou abri-los para decorar cada segundo da cena. O calor é tanto que peço um tempo.

— Tô indo rápido demais? — pergunta ele.

— Fiquei até sem ar. Deixa eu te ver.

Ulisses dá um passo para trás. Já fui muito feliz em bancadas de outras cozinhas, mas os beijos desse homem apagaram minha memória e me sinto virgem novamente. A camisa dele parece esconder segredos que meus olhos não serão capazes de contemplar. Mesmo assim, é o primeiro desejo que meu corpo implora descaradamente. Ulisses tira a camisa, e sou atacado em ondas pelo quanto esse homem é gostoso. Seus ombros largos, o peito aberto, os braços firmes clamam pelo meu toque. É como a capa de um romance erótico, mas muito melhor, já que tudo se move. Ulisses é um dos poucos livros que me fazem querer ler de uma sentada só.

— Acho que podemos deixar o vinho para lá — sugere e me leva pela mão até seu quarto.

Não apenas podemos, como deixamos. Ulisses está sobre mim na cama, e meus sentidos entram em polvorosa. Me pergunto se alguém já morreu assim, no ápice do tesão, o que me parece completamente plausível. Meu corpo não aguenta. "Aqui jaz um passivo", vão escrever na minha lápide. Fico focado em me manter vivo até ter esse deus dentro de mim.

Quero largar minhas roupas pelo chão, mas acho necessário que ele as tire de mim. Ulisses parece não ter pressa. A língua dele conversa muito bem com a minha, nossas virilhas roçam em sincronia. Pelo amor de Deus, tire logo minha roupa! Ele faz uma pausa abrupta e se estica pela cama, ainda por cima de mim, para abrir a gaveta de um móvel ao lado. Volta com um preservativo.

— Não quero te engravidar — diz ele, e sorri.

São as palavras mais broxantes que já me disseram na

cama, e olha que uma vez um cara que eu estava pronto para mamar me disse que lavou o pinto só por minha causa. Mas tudo bem. Ulisses já acertou tanto comigo que pode meter uma bola fora. O que eu quero mesmo é ele dentro de mim.

— Poxa, mas eu queria tanto encher essa casa de gurizinhos com os seus olhos — brinco, porque essa é minha resposta padrão para tudo de ruim que me acontece na vida.

— Cara, nem brinca, imagina o tormento.

Ulisses me brinda com seu sorriso mais quente, e dou graças a Deus quando ele arranca minha camisa, porque o calor estava de matar. Ele para um segundo para me admirar, deixando óbvio que gostou do que viu. Em algum momento tirou minha bermuda com cueca e tudo, mas estou ocupado demais perdido no quanto esse homem é gostoso. Quer dizer, quase perco a cabeça quando ele se despe na minha frente, mas algo fica me puxando para fora do momento. Quando percebo, nós dois estamos nus e excitados, mas minha cabeça ficou presa nas palavras de um minuto atrás.

— Não seria tão ruim assim, seria? — digo, enquanto ele enche meu pescoço com os beijos que mereço.

Se me ouviu, ignorou.

— Ulisses? Ter filhos não é tão ruim, é? — insisto.

Ele pausa os beijos nos meus mamilos e volta a se sentar sobre mim. O peso dele é inebriante e eu não conseguiria disfarçar minha excitação nem se quisesse.

— Jura que você quer conversar sobre isso *agora*? — pergunta ele.

Claro que eu não quero, pelo amor de Deus, me faça *calar a boca*. Soque seu pau nela imediatamente!

— É só que você chamou de... *tormento*?

Eu mesmo me surpreendo com as palavras jorrando da

minha boca. Se fosse humanamente possível, eu estaria agora chupando minha própria rola para impedir a humilhação.

— A gente já não conversou sobre isso? — diz ele.

— Já... e eu entendo seu ponto, mas...

— Ah, cara, eu odeio criança — solta ele, como quem diz que odeia brócolis.

— Você está no seu direito, é só que...

De repente, lembro do próprio Ulisses elogiando minha autenticidade e como eu deveria me orgulhar em viver a *minha verdade*, seja lá que porra isso signifique. Eu *sou* mentiroso. De mentira eu realmente entendo, mas o que eu não compreendo é por que ficou tão difícil mentir nessa cama. Tem um homem gostoso em cima de mim, doido para me comer, e eu não consigo mais falar essas bobagens que dizemos para todos. "Ah, eu te entendo." Se existe uma verdade é que agora eu não entendo mais caralho nenhum. "Você está no seu direito." Eu duvido que na Constituição exista o direito de odiar crianças. Me bate o cansaço acumulado dessas quarenta e oito horas que vivi cuidando dos meus sobrinhos, mas não é cansaço físico. É meu cérebro exausto de tentar defender Ester, Gabriel e Miguel.

— *Odiar* é uma palavra muito forte — rebato.

— Crianças são bagunceiras, melequentas, não calam a boca um segundo, querem chorar por tudo. Não aguento, não, Diego. Por que eu iria querer conviver com pirralhos se eu posso escolher com quem passar meu tempo?

Fico sem reação por alguns segundos. Esperava que Ulisses me deixasse sem palavras, mas de um jeito *diferente*. Ele desce pelo meu corpo e, por mais que eu queira que ele encha minha mente de putaria enquanto acaricia minha virilha, penso de repente que meus sobrinhos estão dormindo sozinhos em casa.

Ai, porra, não tô fazendo nada de errado, até Deus sabe o quanto eu *mereço* transar, mas... minhas crianças são até limpinhas. Mesmo quando Miguel mija de propósito na gente não é nenhum *tormento*. Gabriel não para de falar, mas ou tá oferecendo ajuda ou fazendo perguntas que estimulam a mente humana. A Ester nem fala! E tem um coração gigante. Essas três crianças são a parte mais pura da minha família, uma parte que eu nem sabia que existia. Foi como descobrir petróleo num lixão.

— Algumas crianças são... muito legais — arrisco.

Ulisses percebe que não vou deixar essa conversa morrer e volta a olhar para meu rosto.

— Diego, crianças não sabem se comportar. É a vida em sociedade, cara. Quem bagunça a ordem fica de fora. É o mesmo que vale para qualquer adulto — diz ele.

Ele ter todos esses argumentos prontos não me faz bem.

Antes isso fosse verdade, porque uma criança até pode incomodar muita gente, mas um adulto em algazarra incomoda muito mais. Quantas vezes eu já não quis matar um cara no ônibus ouvindo música sem fones de ouvido? Ou uma mulher falando alto no celular como se todo mundo precisasse ouvir a conversa? E quando junta um monte de homem hétero falando de futebol? Mas ninguém sai por aí dizendo que *odeia adultos* por causa disso.

Meu vizinho tenta sorrir ao ver minha expressão séria, mas sei que está tão confuso quanto eu. Já estou sentindo câimbras nas pernas por sustentar o rabo dele.

— Podemos continuar? — pergunta ele, passando a mão pelo meu peito.

Poder a gente até pode, Ulisses, mas neste exato momento estou me sentindo mais tio que nunca. E não me parece um título ao acaso, algo tão frágil quanto laços de sangue.

Eu sou tio, porra, é praticamente um *chamado*. E quem me chamou foi Ester levantando a raquete, Miguel me botando para rebolar e Gabriel fazendo xixi na piscina. Cada um deles praticamente gritou meu nome. Meus sobrinhos são caóticos, eu admito, mas quem não é? Não tem preço ver os três desabrochando, e eu já estou exaurido de ver outras pessoas querendo podá-los achando que educação é arrancar o que os torna especiais. Meus pais criando os netos como se estivéssemos em 1850, Diogo sendo omisso, Ulisses querendo cortá-los dos ambientes... Como se o problema não fosse ele desconhecer o significado de viver em sociedade, são *estranhos* achando que entendem crianças sem nunca terem trocado uma palavra com elas. Não dá mais.

— Vem, Diego, estou doido pra te comer — diz Ulisses, beijando meu pescoço e rebolando sobre mim.

Mas a verdade é que meu pau nunca esteve tão mole. Sinto como os lençóis são ásperos e há um cheiro nessa cama de uma dúzia de nádegas suadas que já passaram por aqui. A decoração do quarto é inexistente, com caixas da mudança ainda espalhadas por toda parte, como se eu estivesse transando num depósito da Amazon. Reparo nas roupas sujas jogadas aqui e ali. Tem uma caixa de pizza que virou point de moscas em cima da cômoda. Ulisses continua bonito, mas de uma beleza estranha e até desperdiçada, como se todos os elementos certos estivessem encaixados na posição errada.

— Tenho que ir pra casa — digo.

Ele parece incrédulo. Dou meu jeito de sair de debaixo dele, giro para o lado e me coloco em pé. Visto mais ou menos minha cueca, minha calça de moletom e me dirijo à porta com a camisa no ombro enquanto Ulisses ri de nervoso, deitado na cama.

— Só porque eu disse que odeio crianças?

— Só.

Faço uma pausa dramática.

— E porque esse quarto *fede*.

16. Nem minha bunda causou tanta comoção

Não é normal odiar criança.
Não é normal odiar criança.
Não é normal odiar criança.
Volto para casa repetindo essa frase até que eu realmente me convença de que entendi. Por enquanto está bem difícil, mas preciso chegar lá. *Alguma coisa* deve estar errada. Quase não acredito que troquei um homem gostoso daqueles por uma noite solitária vigiando as crianças.

Minhas crianças.

Verdade que elas são desfavoráveis a qualquer coisa no lugar correto e incapazes de conversar num volume aceitável, mas são crianças. De vez em quando vão entupir o vaso, mijar em você, humilhar você em público e, meu Deus, até enfiar uma espada no seu cu, mas, *ainda assim*, são crianças. Toquinhos de gente que merecem ser protegidos e socializados. Você quer amarrar crianças em casa, seu filho da puta? Aqui, não. Meu corpo é um templo compartilhado apenas com quem merece. Algumas vezes com quem não merece também, mas aí é porque bebi demais e não transo há muito tempo.

Quando chego em casa, sou inundado por um senso de proteção que é mais forte do que o tesão que senti por Ulisses. Preciso abraçar meus sobrinhos e beijar a testa de cada um. Talvez eu até os acorde para explicar sobre a carreira internacional da Anitta.

Nem a cara feia de Suzie é suficiente para matar minha boiolice, mesmo ela me encarando como se estivesse prestes a cometer um homicídio triplamente qualificado.

— Tu não dorme, bicha?

Suzie *ruge* em resposta. Ela, que sempre me pareceu pronta para exterminar a raça humana surgida a oportunidade, com seu andar lento, seu olhar de soslaio de desprezo e sua capacidade de ler nossa mente para nos humilhar, está agora inquieta. Pula do sofá para o chão, vai para a janela, berra para a lua, volta para o sofá e termina de abrir um rombo enorme numa das almofadas, no qual com certeza passou a noite inteira trabalhando. Rasga tudo, boba, é Diogo quem vai pagar.

Só pode ser a chuva. As Crônicas de Gelo e Fogo que a previsão do tempo prometeu acontecem a pleno vapor lá fora. Não percebi enquanto estava com Ulisses, porque a bunda daquele homem é muito mais interessante que fenômenos da natureza, mas a água cai pesada e grossa no lado de fora da janela. O vento espanca os vidros com tamanha violência que imagino a janela se partindo e um tubarão entrando por ela. Penso nos meus amigos que devem estar voltando de Arraial do Cabo, mas principalmente em quem está no carro com Agnes.

O miado de Suzie volta a chamar minha atenção. A besta-fera está toda eriçada silvando para mim.

— Ok, você estava certa! — digo a ela. — Não valeu a pena eu ter saído de casa.

Suzie urra.

— Sim, uma chuca desperdiçada, mas não podemos ganhar sempre, né?

Eu me afasto por segurança, porque algo no semblante de Suzie me diz que ela está a ponto de arranhar toda a minha cara.

— Tá, tá, eu voltei pelas crianças. Está satisfeita? Será que eu sou digno do seu perdão?

Acho que a resposta dela é negativa, mas cai um raio lá fora que rouba minha atenção. Um trovão soa tão alto que me faz acreditar ser mesmo o último dia dos moradores da Zona Sul do Rio de Janeiro no planeta Terra. A natureza se vingando por sermos extremamente cafonas.

Meu celular começa a tocar, e vejo que é meu irmão. Gente, tudo bem que pais precisam se preocupar com os filhos e tal, mas... já passa da meia-noite. Não deve ter um clitóris feliz nesse retiro hétero se os homens conseguem pensar em qualquer outra coisa que não transar com a própria esposa. Seria de foder a pessoa que tá comigo num retiro desse tipo ficar no celular o tempo todo, mas um foder de que *ninguém gosta*.

— Já cansou esse piru? — digo, sentando no sofá o mais longe possível de Suzie.

— Você está ficando cada dia mais criativo ao atender o telefone — responde Diogo.

— Imagina a Karla, tendo que inventar sessenta e nove formas de fingir que o dedo dela é você na siririca.

— *Diego*.

— Olha, eu já disse que seus filhos estão bem, felizes e dormindo. Só aparecer aqui amanhã de manhã e eu juro que te devolvo todos, até o que eu estou tentando vender no Enjoei.

— Rá, rá, rá. Você é tão engraçado.

Poderia nem ser piada, uma vez vendi meu amigo Gustavo, mas devolveram.

— Eu sei que as crianças estão... felizes. Acabei de ver no Instagram.

Sim! Como eu imaginava, meus sobrinhos são mesmo um sucesso nas redes sociais! Crianças feias jamais gerariam tanto engajamento quanto Miguel, Gabriel e Ester e imagina o que fariam com uma média de beleza nove ou nove e meio! Nunca recebi tantos likes e comentários. Agora que não ligo mais dos meus amigos saberem das crianças estou vivendo o sonho do gay. Postei uma selfie com elas fantasiadas no provador da loja, um boomerang subindo nos bichinhos automotivos, publiquei até um vídeo meu com Miguel dançando no brinquedo no shopping. Tomei surra de like em todos! Nem minha bunda causou tanta comoção, mesmo na vez que o Instagram derrubou minha foto por ser "conteúdo impróprio".

— Já curtiu e comentou? — pergunto. — Contribua com meu engajamento.

— Na verdade... eu tô ligando pra mandar você excluir.

— Oi???

Meu irmão querendo excluir minhas fotos nem me choca tanto, mas ele achar que manda em mim é quase uma piada de mau gosto.

— Diego, por que o Miguel tá usando uma *tiara*? E aquelas *plumas* todas em cima das crianças?

— Não ficou uma graça?

— Você deixou o garoto ficar lá rebolando na frente de todo mundo? E ainda postou na internet?

Claro, o vídeo é um fenômeno! Muita gente nos comentários ficou me pedindo o TikTok de Miguel, como se eu não fosse um gay ultrapassado de quase trinta anos e ainda andasse com jovens. Mas que sucesso!

— Ninguém estava rindo *dele* — explico. — Estavam

rindo *com ele*. Você com certeza já viu o quanto ele dança bem. É encantador!

— Diego, só exclui, tá? Eu não quero ter problema.

— Que problema? Essas crianças causam mais do que eu. E você sabe o quanto eu sou gostoso.

Diogo fica em silêncio, talvez refletindo se concorda o quão gostoso eu sou. Não tem nada para refletir, pelo amor de Deus, eu me esforço muito para todo mundo me olhar e dizer: "Ali vai um gostoso". Então deve ser outra coisa.

— Eu não acredito que você tá com *medo* dos nossos pais verem isso — digo.

— Não é medo — diz ele, soando exatamente como um medroso. — Eu só quero evitar confusão, pra mim e pros meus filhos.

Toda vez que ele diz "meus filhos" parece estar esfregando na minha cara que quem manda nas crianças é ele, e não eu. Coitados. Diogo pode até mandar em Gabriel, Miguel e Ester, mas não manda em mim. Uns seis meses atrás, até poderia cogitar excluir essas fotos, porém me sinto incrivelmente desobediente hoje.

— É, então, não vai dar pra excluir — respondo.

— Como é que é? Por quê?

— Porque eu não quero.

Mais um trovão assustador ressoa lá fora, a chuva caindo sem piedade nenhuma. Daqui a pouco as crianças vão acordar de susto.

— Diego, quer saber? Eu vou ser bem direto — diz ele. — Eu não estou pedindo para você deletar os posts, estou mandando.

Misericórdia, até o Instagram é *childfree* agora.

— Quer saber de uma coisa também? — respondo, pela

primeira vez desconfortável com essa conversa. — Eu não tenho que te obedecer.

— Cara, por que você sempre tem que ser tão difícil? Eu tento me dar bem com você, mas você sempre quer ser do contra. O que custa evitar que meus pais encrenquem com isso?

Ah, eu sabia. Eu até posso ser o problema... Confesso que, na maioria das vezes em que existe um problema na minha vida, o nome dele é Diego. Mas Diogo também tem sua parcela de culpa. *Quando* eles tentaram se dar bem comigo?

— O Gabriel tem que se acostumar a usar outras cores, o Miguel não pode sair na rua *assim* — responde ele, aumentando o tom de voz. — E a Ester, Diego? Você socou pizza na garota! Ela não podia nem chegar perto de um fast food.

Queria que Diogo se ouvisse falando pelo menos uma vez na vida. "Você mostrou na internet meu bebê vestindo preto, agora a vida dele *acabou*." "Minha filha comeu *pizza*. O que vem depois? Cocaína???" E, mesmo garantindo que ninguém foi desrespeitoso, que a internet ama as crianças, Diogo ainda chia comigo. Porque não está ali a verdadeira causa da irritação.

— Eu sou difícil ou você que é fraco demais? — mando a real. — Você enche a boca pra dizer que é pai das crianças, mas não age como um quando os nossos pais entram em cena! Você está entregando seus filhos de bandeja pra eles.

— E é um crime agora deixar os avós cuidarem dos próprios netos?

Seria se o Estatuto da Criança e do Adolescente conhecesse meus pais.

— Eu não tô dizendo pra você nunca mais deixar minha mãe e meu pai chegarem perto das crianças! — rebato, mas na verdade seria uma solução excelente. — Só preste atenção,

Diogo! Pelo amor de Deus, pelo menos dessa vez. Caralho, não é possível que você não vê como os três reagem.

— Meu pai e minha mãe são família, eu já te disse isso. Eles são nossa base! Não consigo entender como não entra na sua cabeça uma coisa tão *básica*. Diego, muita gente mataria pra ter de volta um pai e uma mãe!

— Pois podem levar os meus, por favor.

Ouço a risada de Diogo do outro lado da linha, mas seu riso é cortante como uma faca.

— Você mal ficou quarenta e oito horas com as crianças e já acha que entende elas melhor do que eu! — explode ele. — Diego, acorda, você não tem a menor noção de como é ser pai!

Parece que você também não tem, né, lindo?

— Mas eu sei como é ser gay! — grito para o celular, e agora já estou de pé. Não consigo ficar sentado enquanto tudo dentro de mim queima.

O que as crianças estão passando sem ninguém olhando por elas... Sem saber se defender...

— E o que isso tem a ver com a sua opção? — pergunta Diogo.

Ah, claro, porque eu escolhi. Meu irmão, meus pais, todos se acham o centro do universo. Se hoje eu sou gay, *com certeza* foi porque decidi pela opção mais desgraçada para atormentá-los e envergonhá-los.

— *O que tem a ver?* — Já subi tanto minha voz que agora estou quase no falsete. — Eu sei como é sentir na pele a rejeição de vocês. Sei como é crescer numa casa em que todo mundo pode ter as manias e os trejeitos que quiserem, menos eu. Sei como é ter que esconder o que existe debaixo do meu sorriso de fachada, sei como é ter vergonha de coisas que não consigo controlar, mas que sinto que nunca vão deixar de fazer parte de mim. *Eu sei*, Diogo, eu sei como é horrível ter sua identidade triturada em pedacinhos só porque quem devia amar você te trata feito um problema a ser resolvido.

Meu coração é um bumbo dentro do meu peito, e, por um segundo, percebo que esqueci de respirar. Diogo fica em silêncio, como se eu o tivesse acertado bem no meio da cara. Bem feito.

— Você me largou, Diogo — continuo, e me surpreendo quando meus olhos começam a marejar. — Não quando me deixou ir embora, nisso você está certo, mas e em todas as vezes que eu precisei de você antes disso pra me proteger deles?

Onde estava a minha Ester com a raquete? Na casa dos meus pais, eu era quem apanhava, quem batia, eu era o valentão, eu era a raquete. Tinha que fazer de tudo para deixar minha vida menos insuportável, porque meus pais não iriam mover um dedo por mim. As palavras seguintes do meu irmão me causam dor física.

— Você não tem ideia como foi difícil pra mim ver... meu irmão mais novo sair pela porta de casa — diz ele, hesitante.

Acho que nunca ouvi da boca dele o reconhecimento de que um dia deixei nossa casa. Quer dizer, ele joga isso na minha cara o tempo todo, mas é a primeira vez que sinto que ele *estava lá*. Que viveu aquela partida junto comigo, mesmo que em lados opostos da dor.

— Mas você só fala do que não sabe, cara — continua ele, levantando todas as minhas barreiras novamente. — Você supõe um monte de coisa e pinta a verdade da forma que te convém.

— Ah, jura, Diogo? Foi difícil continuar morando com o papaizinho? — apelo para o deboche, já que essa conversa destruiu todas as armas que tinha. — Foi tão triste assim continuar sendo elogiado pela mamãezinha, principalmente depois de eu não ser mais um estorvo na sua vida? Eles devem ter dado uma festa depois que eu saí, finalmente vocês eram a família perfeita.

Como é difícil ser hétero! Coitadinho do filho perfeito que atende todas as expectativas dos pais! Que dor ser o filho favorito! Nenhuma briga ou discussão, apenas compreensão e carinho!

— Eu tô cansado de ver todo mundo tratando as crianças feito lixo! — esbravejo. — Porra, elas são *gente*. Gabriel tem sentimentos, sabia? Toda vez que vocês tentam forçá-lo a usar roupas coloridas, ele morre um pouquinho por dentro. Mesmo sem saber! A Ester é insegura com quase tudo porque vocês não deixam a garota viver. Ela não pode *comer um pão*??? E o Miguel... Eu nem sei por onde começar a falar do Miguel. Isso que você chama de proteger é na verdade uma *prisão*. Não é proteção se ele nunca pode ser quem ele é de verdade. Você tá *trancando* o Miguel, Diogo.

Do mesmo jeito que meus pais me trancaram, bem no fundo do armário.

Para o meu ódio e felicidade, Diogo responde na mesma moeda.

— Ah, Diego, se enxerga! Você vive nesse mundinho cor-de-rosa em que é muito fácil deixar as crianças fazerem o que elas bem entendem, sem nenhuma responsabilidade. Você pode ser um tio razoável, Diego, mas não sabe *nada* de família.

— Talvez por falta de exemplo — rebato.

— Eu não vou mais discutir — diz ele, bufando. — Amanhã de manhã vamos passar aí e pegar as crianças... Você... por favor, volta pra sua vida.

É como levar um tapa na cara. Até me sento no sofá, sem me importar se serei retaliado por Suzie. É o que eu ganho quando chego perto demais, quando me coloco nesse lugar de salvar o que não tem salvação. Minha família é uma lâmpada e eu sou o inseto que se queima nela por livre e espontânea vontade. O que mais me dá raiva é que eu adoraria fingir que esse final de semana não aconteceu, mas não há volta.

— Você não pode me expulsar de uma família da qual eu nunca fiz parte — respondo, pela boca ou pelo coração, que por acaso também está na boca.

Espero que meu irmão rebata, que diga alguma coisa ainda mais horrorosa para me deixar com bastante raiva e poder xingá-lo mais. Ou então que discorde, que *prove* que estou errado ou que pelo menos seja falso e me diga que eu sempre fui um deles. Mas o que Diogo faz frustra cada centelha de ódio no meu corpo.

Ele desliga na minha cara.

— A audácia!

Na mesma hora, seleciono o contato dele e faço uma nova ligação, porque nunca que vou deixar esse *corno* me dispensar assim. Infelizmente, minha fúria é derrotada por um ser ainda mais furioso do que eu. Suzie dá um tapão no celular e o faz rolar pelo chão.

— *Você tá maluca, porra?*

A gata silva para mim de um jeito violento, o que me faz pular do sofá imediatamente. Nem me atrevo a pegar meu celular no chão. Suzie me convenceu de que hoje está disposta a cometer um crime hediondo. A bicha não para de rosnar para mim e, então, bate a certeza de que eu perdi.

Hoje, Diego, o tio mais incrível do universo, foi simplesmente *derrotado.*

É Ulisses se revelando um escroto, Diogo um boçal, Suzie do nada SENDO UMA FODIDA.

Eu não aguento mais. Quero chorar, gritar, *morrer*. Talvez eu deva de fato agarrar Suzie até que ela coma metade do meu rosto. Quem sabe Gabriel não implore para eu ser empalhado e, com isso, posso passar o resto da minha vida (morte) em paz, como um enfeite horroroso no quarto das crianças.

Deixo Suzie tendo o ataque psicótico dela na sala e vou para o quarto. Foda-se meu celular, meu irmão, meu vizinho gostoso. Foda-se a sociedade. Simplesmente *foda-se*.

Abro a porta devagarzinho para não acordá-los, mas, por Deus, eu *preciso* dar uma olhadinha neles dormindo. Eu preciso dessa paz, de vê-los ali encolhidos, aninhados uns nos outros, bem limpinhos, quentinhos, protegidos de *tudo*, do mundo, das pessoas, da chuva horrorosa castigando a cidade lá fora... Já me sinto melhor só de acender o abajur.

Nunca imaginei que uma cama vazia pudesse me causar tanto desespero.

17. Se eu já não soubesse que Deus me abandonou por hoje e para sempre

Não tenho dúvidas de que, se eu chegar aos setenta anos, serei um desses velhos tagarelas que contam e recontam a mesma história. Dos que a gente se sente na obrigação de ouvir porque ou são muito fofos ou muito rabugentos, e eu pendo mais para o segundo caso. Obviamente não poderei contar um drama de guerra, nem um causo sobre ter pescado um tubarão de três metros, muito menos uma história do tipo "da vez que a Julinha engasgou com uma jujuba e eu a salvei com um socão no peito". Serei obrigado a recontar o curso de beijo grego que ministrei para o filho do pastor. Falarei coisas como "a linguinha dele era nervosa" e também "nunca mais fiz um homem relinchar daquele jeito", só para receber como resposta "senhor, essa é a fila do INSS".

A parte que com certeza vai ficar de fora será a da vergonha que senti quando nossos pais nos flagraram, minha cueca arriada até os tornozelos. Lembro da surra que minha mãe me deu com um cabo de vassoura. Do desprezo com que o filho do pastor passou a me tratar, como se fosse culpa minha o caos estabelecido. Da minha vontade de dizer "porra, eu te ensinei a chupar cu", mas ele nem aí para essa honra. Do desespero que senti naquela primeira noite, todo machucado, chorando mais pelo medo de não saber como seria dali para a frente do que pelas vassouradas. Foi de longe o pior dia da minha vida, e, depois que o drama passou, eu prometi a mim mesmo que nunca, nunca, nunca mais me desesperaria daquele jeito.

Bom, quebrei minha promessa. Hora de atualizar o pior dia da minha vida.

As crianças não estão em lugar *nenhum*.

Já revirei meu quarto cinco vezes. Olhei debaixo da cama, dentro do armário, dentro das *gavetas*, procurei por elas penduradas na janela pelo lado de fora. Nada nos banheiros nem na cozinha. Já corri de um cômodo ao outro, caso elas estivessem mudando de lugar e rindo de mim. Chamei seus nomes na varanda, espalhei balas pelo chão na esperança de que pelo menos uma desistiria do esconderijo e cairia na armadilha. Coloquei mais um filme de princesa na TV e nada. Gritei pelo João Augusto. Tentei fazer Suzie vomitar as crianças, mas em troca tive minha cara inteira arranhada.

Não me importo com os arranhões, nem com mais nada. Só sinto meu corpo gelar, por dentro e por fora. Talvez *eu* queira vomitar, gritar, espernear. Não sei como minhas pernas ainda se movem, porque só quero me jogar no chão e chorar.

Elas não estão aqui.

Não tem como, eu já olhei em todos os lugares. Gabriel, Miguel e Ester simplesmente evaporaram enquanto eu estava fora.

A gata solta um miado gutural, que só pode ser a sentença do meu julgamento.

— Eu sei, Suzie! Eu sei! — berro para o animal. — Eu fui um tremendo filho da puta deixando as crianças sozinhas a noite toda! VOCÊ ESTAVA CERTA, SUA DESGRAÇADA. Mas, caramba, *eu* errei, *eu* deveria sofrer as consequências, *eu* que deveria sumir...

Meus sobrinhos não deveriam sofrer por minha causa. Deveria cair um raio agora bem no meio da minha cabeça que me pulverizasse por inteiro, me transformando em poeira, uma poeira tão irrelevante que ninguém mais lembraria da minha existência. Porque eu só faço merda. O tempo todo. É isso. Se existe uma merda acontecendo na sua vida, se pergunte se não fui eu que fiz, pois há grandes chances. Diogo está certo quando diz que eu não sei nada sobre criar e educar, e que eu não entendo famílias, que deveria ser *proibido* de estar a menos de cinco metros de uma criança. Talvez eu deva ligar para a polícia e me entregar. Agora eu realmente preciso que os ninjas enviados pelo meu irmão invadam esse apartamento e enfiem uma espada no meu cu.

Percebo que estou sem respirar há um milhão de anos e sugo todo o oxigênio do ambiente de uma vez só. Minha ansiedade deixa o ar rarefeito, *grosso*, de um jeito que não passa pelo meu nariz, como se minhas narinas tivessem viajado sozinhas para São Paulo. Não posso desmaiar, muito menos *morrer*, porque, se meus sobrinhos não estão aqui, eles precisam estar em algum lugar.

Lá fora.

Nem penso muito e corro para a cozinha onde ficam as chaves, penduradas ao lado da geladeira. Arranco-as de lá afoito, mas, quase na porta, meu cérebro entra em curto. Dou meia-volta e encaro o porta-chaves com atenção dessa vez. Puta que pariu, a chave reserva não está mais lá. Foi assim que as crianças saíram no meio da noite. Mas para onde? Por quê?

Deixo as respostas para depois, porque só quero encontrá-las agora. Ignoro a imagem de Gabriel, Miguel e Ester atravessando a rua e sendo atropelados por um caminhão. Meu Deus, tem tanta gente doida no trânsito. A *Agnes* dirige. Antes de conseguir fechar a porta da frente, Suzie foge sem me dar chance de impedi-la.

— Ah, pelo amor de Deus! Suzie, volte lá pra dentro!!! *Agora*.

A gata não para de miar a uma distância segura de mim, dando voltas em si mesma, de um jeito que só agora eu consigo interpretar como um pedido de socorro. Suzie está agoniada. Como eu.

— Você sabia! — exclamo, espalmando as mãos na cara. — Por isso tá agindo que nem uma miserável pra cima de mim!

A gata *viu* as crianças saindo e estava tentando me avisar enquanto eu me metia num arranca-rabo com Diogo. Perdi todos os sinais por não ser fluente na língua felina, mas, ela parece me dizer com os olhos: "Tá bom, seu puto, agora vamos".

Dou três passos na direção dela, mas logo estanco. Esse condomínio é *enorme* e, pela primeira vez, isso é uma desvantagem. As crianças podem estar nas escadas, no elevador, em qualquer um dos andares, *na casa de alguém*. Meu estômago embrulha só de pensar em todos os ambientes: academia, jardim, playground, salão de festas, sala comum, piscina, sauna... É como procurar agulha num palheiro. Mais fácil achar um homem com foto do rosto no Grindr em cidade pequena. Minhas pernas ficam bambas de desespero, mas eu não posso desistir agora, por mais que queira. Cara, Diogo vai me *matar*.

"Você vive nesse mundinho cor-de-rosa em que é muito fácil deixar as crianças fazerem o que elas bem entendem, sem nenhuma responsabilidade."

Eu causei isso. Deveria ter ficado com elas, ter dado menos liberdade. Vai ver fugiram *de mim* para procurar os pais.

A gata morde minha canela me tirando dessa espiral de autocomiseração.

— Suzie, eu tenho uma ideia — digo, de repente. — Mas você tem que voltar pro apartamento. Eu não vou aguentar perder mais ninguém sob a minha tutela.

Mas também não sei com que cara vou chegar em Diogo e dizer: "É, perdi seus filhos, mas, olha que legal, pelo menos a gata feia se salvou!". Talvez dar um sumiço na Suzie seja até melhor.

O rugido da gata sugere que vou perder um braço, uma perna e talvez a cabeça antes de conseguir levá-la para dentro.

— Ai, porra. — Suspiro. — Me siga então. Só tem um jeito de achar esses três.

Parece que estou pisando em cacos de vidro a cada passo que dou.

Se eu já não soubesse que Deus me abandonou por hoje e para sempre, ainda teria esperanças de encontrar um rosto amigo na portaria. Mas, não, lá está Silvério atrás do balcão, provando que o inferno é mesmo aqui.

— Uau, visita noturna! A que devo a honra, sr. Diego?

Às vezes, eu só queria que ele me xingasse. Seria mais fácil. Fui preparado pela vida a bater de frente com quem vem para cima de mim, mas essa gentileza *falsa* me faz ter vontade de beber cloro. O que me traz certo alívio é a serenidade fingida de Silvério, me confirmando que as crianças não passaram por aqui. Não sei o que faria se estivessem na rua. Respiro fundo e me aproximo. Suzie me segue, nunca antes tão obediente.

— Boa noite, Silvério... É que eu... tipo... Eu meio que...

Não vai dar. Eu realmente prefiro pular da varanda do meu apartamento. Ou pagar para ir a um show da banda Melim. Se mamar um gay de direita fosse trazer minhas crianças de volta, eu com certeza já estaria abaixando as calças dele. Mas falar com Silvério? Não é possível que o preço seja tão alto. Acho que meu irmão consegue se acostumar a viver só com a gata. Tem tanto pai de pet feliz assim.

Suzie morde minha canela de novo, mas, dessa vez, crava bem os dentes.

— Ai, desgraça! Isso *dói*.

— Tá tudo bem aí? — pergunta Silvério e se inclina sobre o balcão.

— Silvério — chamo sua atenção para o que realmente importa. — É o seguinte: eu preciso... que você... tipo... faça o seu trabalho esta noite.

— Eu já estou fazendo meu trabalho — responde ele.

— Sim, mas... preciso que você atenda a demanda dos condôminos. Independente do condômino.

— Não sei aonde você quer chegar.

— Digamos que um morador precisa que você atenda ele urgentemente... Eu estou dizendo que você deve fazer isso.

— Sr. Diego... O morador é você?

— Qualquer morador.

— Mas nesse caso é você.

— É uma situação hipotética! — exclamo. — Você vai atender?

E lá está seu sorriso de tubarão. Dentro dessa boca com certeza tem uns cinquenta dentes.

— Ora, ora, sr. Diego, se eu não te conhecesse há muito tempo, diria que está tentando me pedir um *favor*. É isso mesmo?

— Hipoteticamente — me forço a dizer.

— Hum, que interessante... Talvez eu atenda se eu ouvir da sua boca que *você* precisa de um favor *meu*.

Incrível como pedir a ajuda de Silvério é muito pior que apanhar de cabo de vassoura. Prefiro a morte. Embora a morte seja ter perdido meus três sobrinhos de uma vez só. Engulo meu orgulho e torço para que, quando tudo isso acabar, um tanque de guerra passe por cima de mim.

— Eu preciso que você... — respiro fundo para pegar fôlego — olhe nas câmeras de segurança e me diga onde meus sobrinhos estão — digo o final da frase na velocidade da luz.

Silvério dá uma gargalhada que é 99% cinismo. Chega até a bater palma. O que eu quero bater é minha cabeça contra o balcão.

— Você deixou três menores de idade soltos por aí, é isso mesmo que está confessando? — pergunta ele.

— É, porra, é o que eu estou confessando, agora acha eles aí.

— Não sei, sr. Diego, talvez eu tenha que informar a administração primeiro.

— Silvério!!! Fale com quem quiser depois, mas é questão de vida ou morte. Apenas *olhe* nas câmeras.

Tento eu mesmo avançar por cima do balcão e virar para mim o monitor que ele passa o dia inteiro verificando, mas Silvério é mais rápido e coloca uma mão na frente.

— Opa, opa, eu não me meto no seu trabalho, então você não venha se meter no meu.

— Você se mete na minha *vida*, o que é muito pior.

— Estava tão gostoso aquele brownie...

Meu Deus, eu vou surtar. Se surgirem boatos de uma pessoa que saiu correndo pelada pela rua arrancando os cabelos, pode ter certeza de que serei eu.

— Silvério, *foda-se* o brownie! Eu estou falando de crianças! Pelo menos hoje, *por favor*, pare de ser um babaca!

— Eita, desacato ao porteiro, a administração vai gostar de saber disso — responde ele, juntando as pontas daqueles dedos finíssimos.

Eu *rosno* de raiva e frustração. Não dá, gente, só não dá. Viro as costas e rumo para o elevador. Eu *vou* achar essas crianças, custe o que custar. O problema é que minha mente está em modo HORROR e só consigo pensar nos piores cenários possíveis. Gabriel caindo na piscina, Ester com metade do corpo presa pela porta do elevador, Miguel tropeçando e rolando escada abaixo. Esse prédio é enorme, e sozinho vou levar a noite toda para vasculhá-lo. Isso porque um *filho da puta...*

— Olha que gatinho lindo...

Escuto isso vindo da boca imunda de Silvério, mas o pior de tudo é o *tom* que ele usa, fazendo uma vozinha que na cabeça dele acredito que era para ser fofa, mas é simplesmente horrenda.

— Você se perdeu, gracinha de bebê? — continua ele.

O homem sendo mais uma vez absurdamente falso conversando com Suzie sobre o balcão.

Talvez eu tenha passado mais tempo que o considerado saudável perto dessa gata, porque, vendo o desenrolar da cena, eu simplesmente *sei* o que vem na sequência. Quando Silvério estica a mão para acariciar a cabecinha de Suzie, é quase um Momentos Antes da Desgraça Acontecer. E ela acontece, acontece *feio*. Não sou a favor de violência contra idosos, mas dessa vez não tenho como manter meu posicionamento. Suzie faz muito pior do que fez comigo, mas não consigo parar de olhar. É viciante quando não é com a gente.

Saldo:
1 mão perfurada
1 nariz arranhado
2 orelhas mordidas
1 calça rasgada
1 ou 2 testículos estapeados
5 pedidos de socorro não atendidos
1 dedo animal num cu humano?
1 homem fugindo da portaria em completo desconjunte

Bom, acho que temos uma campeã. Suzie ruge de cima do balcão como se fosse uma leoa. Meu Deus, que animal magnífico! A admiração que sinto pela gata reverbera por todo meu corpo. Não sei se estou orgulhoso dela ou se queria *ser ela*. Tomo um susto quando percebo que está miando para mim.

Ah.

Corro de volta para a portaria e provavelmente estou cometendo algum crime, mas vale a pena perder meu réu primário pelos meus sobrinhos. Dou a volta no balcão e sento onde Silvério costuma descansar a bunda caída dele. O computador é meu. Sou um hacker num filme de ação! Digitando códigos aleatórios, quebrando senhas, vazando dados! Fazendo transferências milionárias e proibidas!

Na verdade, só maximizo uma janela e acho o que preciso.

— Somos um excelente time! — digo para Suzie, eufórico.

A gata pula do balcão e despreza *completamente* nosso momento fofinho juntos. Suzie sabe que é incrível e que não deve se misturar com idiotas. Deveria ser proibido gatos terem esse tanto de autoestima.

Atravesso as portas da área da piscina *arfando* com Suzie a tiracolo. O condicionamento físico da gata está muito melhor que o meu. Não aguentei esperar o elevador e vim pelas escadas, mas não considerei que preciso estar vivo se quiser encontrar meus sobrinhos.

Óbvio que os três vieram para cá! É o único lugar do prédio que conhecem além do apartamento e da portaria. A piscina fecha às sete da noite, então não é nenhuma surpresa o lugar estar completamente vazio. As luzes do hall de entrada estão apagadas, não há ruído nenhum além da chuva furiosa que cai lá fora. Misericórdia, as catracas estão travadas, então as crianças devem ter pulado isso aqui. Faço o mesmo e Suzie me segue sem dificuldade nenhuma, miando a cada passo que dou.

Estou na parte coberta, onde geralmente ficam os funcionários da piscina, que verificam nossos nomes e dão informações. Aqui também dá acesso aos banheiros, e é para lá que vou. Não encontro ninguém. O lugar está muito silencioso. Não é possível que aqueles três tenham aprendido a calar a boquinha justo agora. Mas tenho certeza de que os vi na câmera da piscina, abraçados uns aos outros.

"Você mal ficou quarenta e oito horas com as crianças e já acha que entende elas melhor do que eu."

Eu sou o pior tio do mundo. Hoje minha luta é para ser um pouquinho menos pior. Suzie mia voltada para a piscina quando retorno dos banheiros. Começo a sentir o desespero me tomar e, pela primeira vez, observo de verdade a parte de fora da cobertura. Nesse minuto, juro para vocês, cai um *raio* na borda da piscina, me fazendo pular de susto e Suzie ir para trás. Uma das cadeiras está tombada no chão. Os coqueiros artificiais balançam para lá e para cá com o vento, alguns deles bem mais para lá do que para cá, como se fossem cair a qualquer momento. O ruído da chuva alcançando o chão é ensurdecedor, e a escuridão lá fora não me deixa ver muito além dos primeiros metros da piscina.

Não é possível que eles... Como... POR QUÊ?

Suzie se aproxima para morder minha canela, mas dessa vez sou mais rápido.

— Querida, VAMOS PARAR COM ISSO? Tá na hora de você aprender a se comunicar que nem gente.

Tirando a parte que Suzie é um felino, mas tudo bem. A gata solta um gemido estrangulado, horrível, dolorido. Demoro alguns segundos para escutar o que ela escuta.

— Tio!!! Ei!!! Tio!!! Olha pra cá!!!

Do *outro lado* da piscina, oposto ao meu, ouço as crianças me chamando. Não consigo distinguir as vozes de quem estou ouvindo, nem consigo vê-las direito, mas *são* elas. Suzie e eu estamos certos disso. Os Dioguinhos se abrigaram no casebre da piscina, mais perto do muro dos fundos, onde ficam os armários com boias e outros brinquedos aquáticos.

— Deixa comigo! — grito para Suzie.

A gata se senta, reconhecendo os próprios limites, e é minha vez de respirar fundo e lembrar que chuva é só água. As crianças continuam gritando por mim, o que me dá um senso de urgência como se eu estivesse num *007 gay*.

A chuva continua completamente *desgostosa* e parece vir de todos os lugares. Estou molhado mesmo sem ter saído da cobertura ainda, porque a água me alcança de lado. O céu é só relâmpago.

"Amanhã de manhã vamos passar aí e pegar as crianças... Você... por favor, volta pra sua vida."

Corro o mais rápido que posso, tentando calar com a chuva a voz do meu irmão. Minha roupa fica encharcada em segundos, mas não ligo. As crianças continuam gritando por mim abafadas pelos trovões, e consigo distinguir a voz de cada uma agora. Alcanço a piscina e começo a dar a volta nela e, por um instante, sinto que tudo vai ficar bem assim que eu abraçar meus sobrinhos.

Então, escorrego.

Meu chinelo vagabundo desliza no piso molhado, e minha perna vai lá para cima numa acrobacia da qual nunca me achei capaz. Caio de costas, bato a cabeça no chão e, puta que pariu, *a dor*. A chuva continua me castigando sem nenhuma piedade, e eu tento me levantar, mas não consigo. Tudo parece girar, as crianças gritam e minha cabeça *pulsa*.

Acho que apago logo depois de pensar que James Bond jamais tombaria feito batatinha quando nasce.

— Será que ele morreu? — diz alguém. Ou talvez não, sou incapaz de afirmar. Eu poderia estar inventando vozes na minha cabeça. Um evento não muito surpreendente, mas que realmente achei que fosse ocorrer mais cedo, logo depois de meus pais decidirem que minha saúde mental era um item supérfluo.

Faz um tempo que comecei a ouvir bem distantes essas vozes infantis. Talvez os querubins me recebendo no Paraíso? Mas não faz nenhum sentido porque todo mundo sabe que vou para o inferno.

— A gente já pode enterrar ele? Miguel, você me ajuda a cavar um buraco grandão?

— A bunda do meu tio é gigante, vai demorar muito.

— Ele não morreu, gente! Eu acho.

Também acho que não morri. Abro os olhos com muito custo enquanto Miguel, Ester e Gabriel deliberam se sou um cadáver ou não. Estou deitado no chão, e minha cabeça parece que vai explodir, então, antes de isso acontecer, ergo o rosto e assisto meus sobrinhos ora cruzando os braços, ora coçando a cabeça, mudando o peso de um pé para o outro o tempo todo.

— A gente pode fazer ele virar pó? — pergunta Gabriel.

— Vocês querem *cremar* nosso tio? — diz Ester.

— Será que ele cabe na churrasqueira? — continua o menorzinho.

— A bunda dele sempre vai causar problema — comenta Miguel, balançando a cabeça negativamente.

Dou uma risada dolorida, porque já me disseram isso mais de uma vez. Eu deveria tatuar essa frase na minha bunda.

— Tio!!! — exclamam ao mesmo tempo, como se fossem trigêmeos da tv.

Pela primeira vez na vida, Ester é a mais rápida em fazer algo: me abraçar. Tento me sentar no chão duro, mas é quase impossível com minha cabeça latejando, meus ossos trincando de frio e Gabriel e Miguel também se jogando em cima de mim.

— Eu sabia que você não tinha morrido! — diz Miguel.

— Vocês quase me transformaram em churrasco — rebato.

— Você tá vivo mesmo ou agora é um zumbi? — pergunta Gabriel, esperançoso.

Que horror destruir o sonho momentâneo de uma criança, mesmo uma que fica muito feliz com a possibilidade da minha morte.

— Vivíssimo — digo. — Mas acordei com uma vontade enorme de devorar cérebros!

Rosno e faço garras com as mãos, e num mundo em que zumbis rosnam e possuem garras seria uma performance totalmente compreensível. Mas dá para o gasto. As crianças gritam e correm ao meu redor, enquanto tento agarrá-las ainda sentado. Suas risadas estridentes me dão vinte anos extras de vida, é certeza que nunca fui triste. Meus sobrinhos são tão fofos que minha vontade é morder os três, talvez um sinal de que virei mesmo um morto-vivo.

— Meu Deus, por que vocês saíram de casa sem falar comigo? — digo quando consigo agarrá-los, todos ao mesmo tempo. — Gente, vocês quase me mataram de verdade!

Não me importo se Miguel quiser me morder agora, não vou soltar essas crianças nunca mais.

— Os pais de vocês vêm amanhã de manhã. Vocês não precisam fugir no meio da noite atrás deles — explico, ainda sem acreditar que estamos mesmo juntos.

— A gente não tava procurando o papai e a mamãe — diz Ester, me abraçando mais forte.

— A gente tava procurando você, ué — completa Miguel.

— O quê? Mas eu estava...

Transando com Ulisses.

— Desculpa a gente! — implora a mais velha.

— Por favor, tio, não vai embora! — grita Gabriel.

— A gente promete que não vai mais fazer tanta bagunça — se adianta Miguel, juntando as mãos.

— Só um pouquinho, né, Ester? — diz o menor de todos.

— Eu vou arrumar tudo depois, tio, acredita na gente! — insiste Ester.

Os choramingos e pedidos de desculpas partem meu coração, mas não estou conseguindo juntar dois mais dois.

Talvez por conta do traumatismo craniano recém-adquirido no tombo na piscina.

— Por que vocês estão achando que eu fui embora da minha própria casa? — pergunto.

— Você disse que ia sumir pra sempre se a gente fizesse bagunça! — grita Miguel.

— E a gente fez um montão de bagunça — completa Gabriel.

Ai, não.

Um momento muito específico da noite me atropela feito um caminhão: eu no meio da sala berrando por cima da bagunça. "EU SAIO POR AQUELA PORTA E SUMO, TÁ?"

— Eu acordei de noite porque o Miguel me mordeu e o Gabriel queria fazer xixi — explica Ester. — Aí a gente saiu pra ir no banheiro...

— E não me viram em lugar nenhum — completo, em choque.

"Vocês vão me procurar e não vão me achar."

— Tio, não deixa a gente, por favor, por favor, por favor! — implora Miguel.

— Volta pra casa. A gente gosta de você lá — diz Gabriel.

— A gente vai se comportar — promete Ester.

É demais para mim pensar que, enquanto eu arrancava os cabelos imaginando a fuga das crianças, elas estavam *me* procurando. Elas foram... Elas... Tipo... Atrás de *mim*.

— Me perdoem *vocês* — digo, com a voz de repente embargada. — Eu não... Eu não saí por... Não foi isso que...

Minha língua enrola e meus olhos lacrimejam, porque percebo que eles acharam que eu os abandonei.

— Eu *nunca* vou abandonar vocês. Eu juro.

Aperto os três num abraço bem forte, e escondo o rosto no cabelo cheio de Ester. Seguro eles bem juntinho de mim, até que minhas palavras se transformem em sentimento e passem para eles. As emoções não devem funcionar desse jeito, mas preciso acreditar que eles vão entender que realmente estou dizendo do fundo do meu coração. Pelo visto, eu tenho um.

Percebo só agora, quando Miguel começa a reclamar do abraço, que estou encharcado da cabeça aos pés. A chuva continua sendo uma verdadeira desgraçada lá fora com seus raios, trovões e tudo mais. O mundo ainda está para acabar. As crianças, porém, só estão molhadas porque eu as molhei.

— Como eu vim parar aqui? — pergunto, estreitando os olhos.

Lembro que caí na metade do caminho.

— De lá. — Aponto porta afora, para a noite. — Eu lembro de ter caído lá. Vocês foram *na chuva* me buscar?

Deus me livre as crianças se colocando em perigo, correndo o risco de pegar uma pneumonia, me arrastando pelo chão escorregadio na borda de uma piscina. Eu realmente tenho a bunda pesada.

— O João Augusto te trouxe pra cá! — explica Gabriel, todo sorridente. — Ele é muito forte, né, João?

João Augusto como sempre está num lugar em que meus olhos enxergam apenas o vazio.

— Dá um abraço nele também, tio — diz Miguel.

— Ele quer um abraço — afirma Gabriel.

— É sério isso? — pergunto.

Parece que sim. Os três me ajudam a levantar, e decido entrar na brincadeira. Hoje meus sobrinhos vão conseguir *tudo* de mim. Abro os braços e agarro o ar para abraçar uma criança invisível de tamanho indeterminado.

— Obrigado, João Augusto, por ter me salvado da morte — digo. — Você é um excelente amiguinho.

Gabriel começa a dar risadinhas sapecas, aquelas que só crianças de três anos conseguem dar.

— Qual é a graça? — pergunto.

— Ele tá balançando as anteninhas — explica ele.

— Antenas?

— É, ele balança as anteninhas ou os tentáculos quando tá muito feliz.

TENTÁCULOS?

— O João Augusto não é uma *criança*? — pergunto, ainda abraçado com um ser com *tentáculos*. — Uma criança humana, com boca, nariz, orelhas e dois olhos?

— Mais de dois, tio — diz Gabriel.

— Quantos *olhos* esse bicho tem?

Gabriel começa a contar nos dedinhos de ambas as mãos, mas para quando acabam os dedos.

— Ester, qual número vem depois do dez?

Dou um berro e pulo para trás ao perceber que estava abraçando um *alienígena*. O que é isso, um anjo bíblico??? Passa um filme aterrorizante pela minha mente com todas as vezes em que João Augusto comeu com a gente, sentou-se no sofá, dormiu na minha casa e ficou sozinho comigo no mesmo ambiente. Em contrapartida, faz todo sentido um amigo imaginário não ser uma criança blasé da Zona Sul.

— O tio tem cada bobeira, né? — diz Miguel para os outros dois, e ambos concordam.

18. Família de bem atropela homossexual

— Não me olhe com essa cara! No final acabou dando tudo certo. Você sabe que dessa vez eu estou com a razão.

A gata me observa da outra ponta do sofá, nem um pouco convencida.

Dizem que, quando nos afeiçoamos, tudo fica mais bonito aos nossos olhos — é uma das explicações científicas para políticos de boca murcha com esposas belíssimas. Depois do drama da noite passada, do ato heroico da gata em meu favor, vejo Suzie como ela realmente é, um lindo bichinho de estimação? Não, continua horrorosa. As orelhas carcomidas, a fuça criminosa, os olhos de quem já viu desastres demais na vida. Tudo na gata parece equivocado, menos a lealdade na hora de proteger as crianças.

Embora eu me movimente para levantar, Suzie vem na minha direção e senta no meu colo, o que me paralisa. Não quero sofrer outra tentativa de homicídio. Faço carinho com cautela em sua cabeça, que se revira toda dengosa, parecendo um gatinho normal. Eu, mais do que ninguém, devo isso a ela. Suzie só quer ser amada, no fim das contas. Todo mundo diz que o cachorro é o melhor amigo do homem, mas às vezes a companhia que a gente precisa é a de um inimigo do homem mesmo.

— Você é uma gatinha linda — digo.

Já menti tanto para ela que uma mentira a mais para inflar o ego não faz mal.

Meia hora depois, estou obrigando Miguel a comer uma torrada com manteiga que caiu no chão virada para baixo. Gabriel quis me ajudar a preparar a mesa, mas derramou meu café e pôs sal no suco de laranja. Ester belisca uma maçã desde que começamos a comer, como se fosse uma formiga.

— Tio, mas caiu no chão! Tá sujo! — grita Miguel, fazendo cara de nojo para uma torrada perfeitamente comestível.

— O papai manda jogar fora — diz Ester.

— Tem a regra dos cinco segundos — digo. — Meu Deus, os pais de vocês não ensinam nada em casa?

Meus sobrinhos me olham com cara de paisagem.

— As bactérias esperam cinco segundos antes de subir no que cai no chão. Então, se vocês forem mais rápido que elas, podem comer tranquilamente.

— Uaaaaaaau — reagem os três em uníssono.

— É a *ciência* — digo como se não fosse nada demais, mas sei que estou arrasando.

Fico pensando o que será deles sem mim, já que fiz tanto por todos. Ester parece muito mais confiante depois de dar uma raquetada no garoto inconveniente. Gabriel realizou — na cabeça dele — o sonho de ver um cadáver. Miguel finalmente pôde se expressar do jeito que sempre quis. Está usando até agora as asas de fada, aliás. Não quis tirar de jeito nenhum. Tomou banho e dormiu com elas.

(Ignoro completamente que na noite passada quase fui para a prisão por abandono de vulnerável, mas, em minha defesa, acho que aprendi minha lição. Acho.)

Miguel finalmente morde a torrada com vontade.

Muita gente pensa como Ulisses, no fim das contas. Admito que eu mesmo às vezes penso que crianças são adultos em miniatura. Elas têm sentimentos e vontades, mas ainda não chegaram lá. Não precisamos que elas cheguem *agora*. Criança é criança. O que criança precisa é de quem as entenda. Lugar no mundo elas já têm.

Nunca me esqueço de quando tinha seis ou sete anos e tentei calçar os sapatos de salto alto da minha mãe. Ainda coloquei uma toalha na cabeça fingindo ser um cabelo comprido de verdade, e além de parecer incrível também combinava com o look. Levei um tombo no terceiro passo e bati a testa numa cômoda. Doeu menos que a surra que levei do meu pai. Não entendi bem por que apanhei se quem tinha se acidentado era eu. Minha mãe me proibiu de mexer nas coisas dela de novo. Demorei anos para juntar dois mais dois, e nem quero ensinar a matemática da homofobia para os meus sobrinhos, mas...

Com quem eles vão aprender? E *como*?

— Eu sempre vou estar aqui pra você, ok? — digo para Miguel.

Ele sorri para mim com a boca cheia de torrada, sua bochecha e nariz tomados de farelo. Certeza de que não sabe do que estou falando, mas eu *sei*.

— Se por acaso seu pai ou sua mãe quiserem que você brinque com outras coisas, tudo bem. A gente deixa seus brinquedos de princesa aqui e você pode vir quando quiser.

Acho que ele nem me escuta, concentrado no suco e nas torradas.

— Você também, tá? — digo para Ester. — Tenta não deixar ninguém te fazer de boba. Dentro de você tem muita força, eu vi na loja de brinquedos. Você deixa esses pestinhas te atacarem porque sabe que é muito mais forte que eles, mas não precisa permitir isso o tempo todo.

Ester apenas me encara, mastigando bem devagarzinho sua maçã.

— Se alguém implicar com você, você não está sozinha, você tem um tio.

— Obrigada, tio... — responde ela, parecendo meio incerta.

Ai, me tornei uma bicha emotiva. Lá fora, pela janela, o sol parece incrível, de um jeito até meio psicótico, como se tivesse assassinado a chuva de ontem com muito prazer.

— Tio, você vai tá aqui pra mim também? — me pergunta Gabriel.

— Com certeza! — respondo. Ai de quem fizer mal ao meu toquinho de gente.

— Nunca vou ficar sozinho?

Faço uma pausa para refletir.

— Olha, dado seu histórico, você não vai estar sozinho nem quando quiser — concluo.

Há mais coisas entre o céu e a Terra do que explica nossa vã filosofia, e uma delas é meu sobrinho mais novo. Seu amigo imaginário é um pouco... criativo demais. Na idade dele eu tinha um amiguinho chamado Bil, um sabugo de milho inofensivo. Confesso que não quero pensar muito nisso, mas *alguém* me tirou da chuva. As crianças juram de pé junto que não foram elas, que foi João Augusto com seus... tentáculos enormes. Será que cambaleei até eles e não me lembro? Eu poderia agredir Silvério novamente para olhar as câmeras, mas já assisti *Atividade Paranormal* e fiquei sem dormir por três semanas.

Meu celular toca, e sei que a *Operação Babá* acabou.

— Minhas crianças estão vivas? — pergunta Diogo quando atendo.

Por muito pouco, na verdade.

— Tá todo mundo bem — respondo, meio seco. — Os dois estão ótimos.

— E o terceiro?

— Eram três?

— Muito engraçado, Diego. Posso subir?

Penso em deixar, o que para mim já conta como evolução espiritual, mas digo que não. Não quero apressar as coisas. Cuidar dos meus sobrinhos foi emoção demais para essa gay aqui.

— O Jorge não vai muito com a sua cara, quem sabe um dia.

Diogo apenas ri.

Não sei por que estou metralhando piadinhas, se o que eu realmente quero é encher o rabo dele de tiro. Passei a noite em claro com medo de piscar e as crianças evaporarem, o que me deu todo o tempo necessário para remoer cada palavra que Diogo me disse.

"Por que você sempre tem que ser tão difícil?"

"Diego, acorda, você não tem a menor noção."

"Você... por favor, volta pra sua vida."

Ah, meu querido, mas agora eu não volto mesmo. Tenho um discurso de meia hora na ponta da língua para socar no ouvido dele. Ele nem vai saber o que o atingiu.

Mando cada uma das crianças pegar suas mochilas, e agora elas carregam mais peso do que na chegada. Por conta própria decidiram deixar alguns dos brinquedos por aqui, já que seria muita coisa para levar. Sinto que é uma promessa implícita de que vão voltar um dia. Elas acham que vão, pelo menos. Abro a caixa de Suzie e, felizmente, ela caminha para dentro. De verdade, não sei o que eu faria se a gata teimasse. Arrisco um carinho em sua cabeça antes de fechar a portinha, e ela permite. Ou essa gata me ama ou está doida para ir embora. Por mim, ambas as opções são satisfatórias.

Escolto as crianças até o elevador e peço para Ester chamá-lo para mim. Antes que ela possa apertar o botão, Miguel vai com a mão, mas ela o segura.

— Ele pediu pra *mim* — diz ela.

Miguel mostra a língua para a irmã, mas dou minha famosa piscadela secreta para ela.

Quando o elevador chega ao nosso andar, dou de cara com Ulisses. Seguro Gabriel no colo com um braço, na outra mão levo Miguel. Ester enroscou o braço dela no meu. Sou um cabideiro de crianças. Ulisses não diz nada, apenas franze as sobrancelhas, mas vejo que fica sem graça. E vejo mesmo, porque o encaro até que desvie o olhar. Dou licença para que ele passe, sem arrependimento nenhum. *Em outra vida talvez, né, Ulisses*. Enquanto ele caminha, dou uma última olhada em sua bunda, porque não sou de ferro.

— PAAAAAAAI!!! — gritam os três ao verem meu irmão sair do carro, do outro lado da rua.

Honestamente fico meio decepcionado com essa animação. Esperava pelo menos um pouco mais de resistência, um choro sentido, Miguel agarrado nas barras do condomínio enquanto Diogo o puxa pelas pernas. Mas não. O pai é mesmo o herói deles. Acho que tudo bem eu ser a Maraisa dessa Maiara.

De uma coisa eu tenho certeza: sexo faz bem pra caramba. Meu irmão desce do carro com a pele *lustrosa*. As olheiras se foram, a coluna dele parece muito mais ereta, o cabelo está bonito, os dentes mais claros. Transar sempre foi o melhor tratamento estético. Pela janela do motorista,

245

vejo que Karmen não fica para trás. Os dois estão serenos e deslumbrantes. Diogo atravessa a rua e caminha na nossa direção enquanto aguardamos ainda do lado de dentro do condomínio.

— Aproveitaram bastante o fim de semana, hein?! — comento quando ele chega mais perto.

— Você nem imagina — responde.

Pior que imagino: frango assado nos primeiros três minutos da manhã, depois cada um virou para o lado e dormiu o dia todo.

Abro o portão e as crianças disparam para o pai. Gabriel agarra sua perna, Miguel agarra a outra, Ester o abraça bem forte com os dois braços. Meu Deus, parece que bati nelas esse tempo inteiro.

— Ei! Calma, gente, calma! — diz meu irmão, com um sorriso. — Nossa, quanta saudade! Se divertiram? O tio cuidou bem de vocês?

— Sim! Meu tio disse que você lava dinheiro — comenta Gabriel sorrindo. Na cabeça dele lavar um dinheiro que está sujo é uma boa ação.

— E que a mamãe é burra porque casou com você — completa Ester.

— E que quando eu crescer posso ser igual a Pabllo Vittar!

— Ele disse o *quê*?

Chamar a esposa de burra, tudo bem. O filho virar uma drag talentosa, jamais.

— Eu também disse outras coisas — me defendo.

As crianças continuam:

— A gente viu filme!

— E ganhou um monte de brinquedo!

— Meu tio deixou a gente montar em bichinho morto!

Diogo está muito confuso, mas eu é que não vou explicar.

— Acho que... deu tudo certo, então? — pergunta ele para mim, tentando não cair com os filhos agarrados em si.

— Pode contar, tá todo mundo com os dois braços e as duas pernas.

Meu irmão parece de fato contar todos os membros das crianças.

— A Suzie também está inteira — comento.

Mas não podemos dizer o mesmo de Silvério, penso, estendendo a caixinha da gata.

— Crianças, vão lá pro carro abraçar a mãe de vocês, ela tá morrendo de saudade.

Tanto que nem se deu ao trabalho de sair do volante. Amo a concepção de Késia de que ser gay é contagioso. Diogo passa Suzie para Ester, e Miguel e Gabriel saem correndo na frente. Torço para que João Augusto esteja indo com eles também.

— Cuidado com a rua! — alerto os Dioguinhos quando eles atravessam sem nenhum cuidado. Antes de a alcançarem, Kelly os recebe com as portas e os braços abertos. Acho que um dia vou entender qual é a dela. Contra ela de verdade só tenho o fato de que escolheu se casar por livre e espontânea vontade com meu irmão boçal.

— Eu tenho uma coisa pra te dizer — Diogo comenta, enfiando as mãos no bolso.

— Jura? Porque eu também tenho — respondo. Mas a minha uma coisa é aquela uma que, se eu me empolgar, vira mil.

— Hum... Então pode dizer.

— De jeito nenhum. Desembucha.

— Vai você — insiste ele.

— Não, pode começar.

— Você parece ter mais o que dizer.

— Você falou primeiro, são as regras — rebato.

Diogo suspira e deixa os ombros caírem, como se só agora percebesse que essa não será uma conversa fácil.

— Ok, eu começo — diz ele. — Diego, o lance é que, tipo, eu não quero que você...

— É lógico que você não quer, Diogo — interrompo, furioso. — Mas adivinha só? Eu não vou a lugar nenhum! Você queira ou não as crianças são *minha* família, e não é você nem qualquer outro velho desdentado que vai me afastar delas.

— Não era pra *eu* falar? — rebate ele, cruzando os braços.

— Você já falou demais.

— Mas eu nem...

— É verdade que eu não sou perfeito, que eu tenho muito a aprender sobre ser babá, mas não é ficando distante das crianças que vou me tornar um tio melhor.

— Diego.

— Eu tô pouco me lixando para o que você pensa de mim, sabe? Você, meus pais, quero que todo mundo se exploda e não vou esconder isso.

— Eu ia dizer que não quero que você... se afaste da gente. Eu vim pedir desculpas.

Ah.

— Desculpas?

— É, pelas coisas que te falei — responde ele, olhando para baixo. — Eu esfriei a cabeça, conversei com a Keila e acho que fui muito duro com você. A gente realmente tem ideias um pouco diferentes sobre nossos pais, você é uma pessoa difícil, mas eu também sou. Não quero que suma da vida das crianças... Até porque elas... gostaram de você. O resto a gente resolve. O que você acha?

Dá para ver que essas não são as palavras mais fáceis para Diogo. Seus ombros estão retesados, há um vinco em sua testa que não estava ali segundos atrás. Até seus punhos estão fechados. Mas pelo menos ele *disse*. O que eu acho? Ainda não sei dizer.

— Eu não quis te chamar de velho desdentado — respondo.

Diogo me encara, à espera de que eu diga algo mais, mas logo se cansa quando vê que desse mato não sai cachorro.

— Esse é o melhor que você consegue fazer? — pergunta ele.

— Convenhamos que nem faz sentido, você tem todos os dentes.

Meu irmão solta uma gargalhada cansada, talvez para deixar seus dentes à mostra e provar meu ponto.

— Sabe... — continuo, devagar. Não sei se devo mergulhar nesse assunto, mas quando vejo já estou lá dentro.
— O que você quis dizer naquela hora com eu não saber o quanto foi difícil pra você me ver saindo de casa?

Eu realmente preciso saber. De todas as farpas que trocamos naquela ligação, essa foi a que mais me causou incômodo. Destruiu toda a minha narrativa de "eu odeio minha família porque eles me odeiam". Diogo muda o peso de um pé para o outro, e logo vejo de onde as crianças puxaram esse tique nervoso.

— Você... fez falta — responde ele.

Tinha desviado o olhar com receio da resposta, mas levanto a cabeça na hora em que ouço a palavra "falta". Diogo não diz mais nada. Simplesmente jogou essa bomba em mim, sem mais nada para me amparar.

— Esse é o melhor que você consegue fazer? — implico com ele.

Diogo sorri para mim, e acho que nunca o vi sorrir tanto. Quase sinto como se estivéssemos fazendo alguma coisa certa, embora parte de mim ainda queira berrar com todo mundo. *O resto a gente resolve.* Vamos mesmo precisar de mais tempo.

— Obrigado por ter tomado conta das crianças. Nem sei como te agradecer — diz ele.

— Bom, eu sei como.

— Já está na sua conta, pode conferir.

Não fez mais que a obrigação, porém, sei lá por quê, acho fofo que ele não esteja me aplicando um golpe. Sinceramente, há anos que espero tudo de ruim deles. Que meu pai tenha uma segunda família. Que minha mãe seja dona de um esquema de tráfico humano. Que meu irmão lave dinheiro (tem que ser isso, não é possível). Embora ainda esteja armado até os dentes nessa conversa, sinto que fui atingido pela única coisa que não previ: uma parte da família que ainda me quer. Alguém que precisa de mim.

De repente, me torno uma freira.

— Olha, não preciso desse dinheiro. Pode... ficar com ele.

— Nossa! De jeito nenhum — insiste meu irmão, enfático. — É seu. Não vou aceitar que...

— Tá bom, obrigado — digo o mais ligeiro que posso.

— Foi rápido, hein? Só falei por educação. Ia querer de volta se você rejeitasse mais uma vez.

— Deu mole, então.

— Você não mudou nem um pouquinho... — diz ele, e sorri.

— Já você ficou careca.

Diogo passa a mão na cabeça como se estivesse descobrindo isso agora. Entrego as malas que vieram com as crianças e outros penduricalhos. Com muita dor no coração, devolvo também o cartão de crédito mágico.

— Fez bom uso do cartão? — pergunta Diogo.

— Acredita que quase me esqueci dele? Comprei só umas coisinhas... essenciais.

Do nada, somos surpreendidos por Gabriel, que atravessou a rua sozinho e veio até nós, esbaforido.

— Tio, você vai na nossa casa também?

Antes que eu tenha tempo de responder que não curto ser maltratado, meu irmão me interrompe.

— Ele vai. Um dia, ele vai. As portas estão abertas — diz Diogo, e faz isso me olhando bem nos olhos.

— Tem certeza de que estão? Da última vez que eu vi, estavam fechadas — rebato.

— Pode deixar, tio, a gente vai abrir pra você! — responde meu sobrinho mais novo. Ele tenta atravessar a rua de volta, mas o pai o segura pela mão dessa vez.

— As portas *estão* abertas — repete Diogo, para mim.

Acho que ele tenta me dar um abraço, mas, por reflexo, dou um passo para trás. Talvez demore um pouco mais do que eles estão pensando para eu aparecer por lá. Mas bom saber que não terei de pular o muro e arrombar a janela dos meus sobrinhos.

Faço um último carinho na cabeça de Gabriel. Vejo os dois se afastarem e entrarem no carro. No último segundo, Kelly buzina e acena para mim. Acho que, no fim das contas, é o máximo que ela consegue fazer. Acabo ficando grato por ela não ter tentado passar o carro por cima de mim. Iam colocar no jornal uma foto horrorosa minha em preto e branco com a manchete: FAMÍLIA DE BEM ATROPELA HOMOSSEXUAL. Acompanho o carro saindo, e as três crianças com a cara grudada no vidro dando tchau para mim. Aceno de volta, mais empolgado do que imaginei que faria.

Esse final de semana foi como morrer e ser substituído. Não me sinto melhor, ou pior, nada disso. Me sinto *outra pessoa*. Eu quase abracei o Diogo, pelo amor de Deus. Do que mais sou capaz? Gastar dinheiro com livro? Transar com gente feia? Volto para dentro, pego o elevador, mas um sentimento me acompanha desde lá de fora. Aparentemente, não me considero mais tão órfão. Eu *vim* de algum lugar, para o bem ou para o mal.

Acho que, a partir de hoje, sou um gay de família.

19. No meio da família, feito uma bomba

Sempre que ouço uma gritaria fora de casa, fico tentando descobrir se é uma mulher que acabou de descobrir que foi traída, uma briga de bar, um pedido de socorro depois de um assalto ou apenas Agnes sendo ela mesma. Ouço minha amiga bem antes de vê-la. Juro para vocês, lá do elevador eu já sabia que meus amigos estavam de volta. Quando atravesso o portão do condomínio, Agnes, Gustavo e Nádia estão saindo do carro estacionado. Fico surpreso de o carro estar intacto: nenhum amassado, os vidros em perfeito estado, os dois retrovisores no lugar. Até onde eu posso ver, meus três amigos venceram a morte.

— Mentira que vocês não capotaram nenhuma vez! — digo, realmente surpreso.

— JÁ VAI COMEÇAR? — grita Agnes quando me vê.

— Nenhum acidente, mas temi pela minha vida a cada segundo — responde Gustavo, levando um tapão de Agnes. — Ai!

— Como qualquer pessoa normal — comento.

— NENHUM DE VOCÊS VAI COMIGO MAIS. IMPLOREM PRA IR NAQUELE CARRO LERDO DA BARBIE NA PRÓXIMA.

— Deus nos livre! — exclama Gustavo. — Eu prefiro correr o risco de ir pro inferno com você, amiga.

A risada deles recupera toda a energia que meu corpo perdeu nesse final de semana. Estou com um calombo na cabeça, um roxo no dedo e arranhões por todo meu corpo, o que geralmente é uma coisa boa quando são feitos pelas unhas de um homem gostoso, não por uma Suzie impiedosa. Minha aparência está o próprio paninho da cachorra. Gustavo e Agnes, diferente de mim, exibem um bronzeado incrível e emanam juventude. Perto deles, pareço um papelão molhado que acharam no lixo. Abraço os dois bem forte para ver se beleza pega. Que saudade dos meus! Quando ouço Nádia abrir o porta-malas do carro, meu coração bate mais forte.

— Amiga! — grito. Eu realmente *grito*.

— Diego! — Nádia larga tudo o que está fazendo e corre para mim.

Não me importo de fazer cena, mesmo com essa pessoa tendo ficado ausente por menos de três dias. Abraço a *minha* Nádia apertado, do jeito que ela merece ser abraçada pelo Diego dela, a giro no ar e tudo. Que ódio que eu tô dessa vaca, de ela ter ido embora no momento que eu mais precisei dela ao meu lado! Que amor por ela ter ido e resolvido todo meu drama à distância!

— Eu senti *tanto* a sua falta — digo, com ela ainda em meus braços.

— Ai, que mentira. Tava aí gastando o dinheiro do seu irmão, nem deve ter se lembrado de mim.

— E você que deve ter dado feito uma coelha? Aposto que até esqueceu meu rosto.

— Imagina, pensei em você em cada orgasmo.

— Nojenta — respondo. — Tô vendo mesmo que vocês foram muito felizes lá em Arraial.

Reconheço de longe quando o *skincare* é putaria. O cabelo de Nádia está mais brilhoso, o sorriso dela mais aberto, como se todos os males do mundo tivessem desaparecido. Uma aura espiritual que só uma pessoa que teve noites de amor maravilhosas consegue manter. Até Gustavo está com o peeling à base de porra em dia, mas Agnes, meu Deus, a pele de Agnes está GLORIOSA. Minha amiga foi bonita e voltou *diva*.

— Mulher, com quantos paus tu fez canoa? — pergunto a ela com a inveja me corroendo.

— AH, MEU QUERIDO, FOI MESMO UM ARRAIAL DE CABO.

Misericórdia essa garota *imunda*. Que sorte a minha contar com a amizade dela.

Esse final de semana foi um horror para minha fachada de durão, não sobrou pedra sobre pedra. Não recomendo para ninguém essa palhaçada de mexer com nossas emoções, encarar de frente os sentimentos e, eca, *se autoconhecer*. O que eu ganho descobrindo que sou um banana? Sinto meus olhos marejarem de gratidão ao mesmo tempo que quero mandar todos tomarem no cu por causarem isso em mim sem minha permissão.

— Gente, obrigado — digo, olhando bem para os três. — Por tudo.

— Ô, amigo! — exclama Nádia.

— Ih, para de bobeira, bicha. Vem cá! — Gustavo me puxa para mais um abraço em grupo.

— TU TÁ CHORANDO, DIEGO?

— Cala a boca e me abraça, puta.

Agarro meus amigos por mais tempo que o necessário, como se eles fossem sair voando feito balões de gás hélio caso eu os solte. Não é em qualquer esquina que se arranja amigos desses. Posso ter redescoberto uma família nesse final de semana, mas essa aqui eu sempre tive.

Todos começam a falar ao mesmo tempo sobre coisas das quais não participei, enquanto Nádia se despede de Gustavo e Agnes e pega as coisas no carro. Falam de Arraial, dos bares, das festas, "depois tu me devolve, acha que ficou na tua mala, à noite a gente conversa melhor, eu perdi o número do cara, mas minha boceta lembra dele, que horror, Agnes". Aproveito o momento para mandar uma mensagem agradecendo Barbie e sua mulher por também fazerem parte desse grupo de malucos. Devo a elas muito mais do que dinheiro, e olha que devo dinheiro pra caramba.

Eu e Nádia ficamos vendo o carro partir na calçada. Agnes ultrapassa um sinal vermelho e quase atropela um idoso. Tudo normal. Ajudo minha amiga com as malas dela e, por mim, a gente passaria reto pela portaria, mas Nádia não sabe metade da história ainda.

— Silvério! Meu Deus, o que houve com você? — pergunta ela, colocando a mão na boca.

Silvério está esteticamente desagradável como sempre. Não sei por que o choque. Um olho roxo aqui, uns hematomas ali, o cabelo parecendo uma peruca velha toda esgarçada. Achei foi pouco.

— Ô, dona Nádia, seja bem-vinda de volta. Coisas da vida... — responde ele, dando de ombros, sem olhar para mim nem por um segundo.

— Te assaltaram? — pergunta Nádia. — Você se meteu numa briga?

— Você tinha que ver como ficou o outro cara. — Silvério sorri e, olha só, ainda tem todos os dentes.

— Caramba... Um perigo isso. Foi por causa de mulher, não foi? — insiste Nádia. Meu Deus, mulher, *sinta* o ambiente. Mas a curiosidade fala mais alto.

— Sabe como é, né, dona Nádia, a carne é fraca.

— Aposto que era uma verdadeira gata — comento. Deus que me perdoe, não me aguentei.

— Era... Era, sim...

Nádia diz para o porteiro se cuidar e deseja melhoras. Silvério agradece, finalmente jogando sobre mim seu olhar gélido de "vou me cuidar sim. Podem ter certeza de que eu vou voltar com tudo". Ora, ora, uma ameaça. Pois volte, Silvério, não me importo. Não é a primeira vez que preciso enfrentá-lo enquanto ele inferniza minha vida. Estarei pronto, com ou sem Suzie por perto. Talvez eu deva adotar um bichinho que também tenha o demônio no corpo, só para garantir.

Estava sedento para ouvir fofocas de Arraial, e Nádia vem derramando informações crocantes desde que entramos no elevador. Foram tantas aventuras de gente que sabe viver, mas *tantas*, que quando chegamos ao seu quarto e ela começa a desfazer a mala ainda tem história. Em dado momento, fico com inveja demais por ter perdido tudo aquilo e quero que ela cale a boca. Graças a Deus, ela pergunta sobre mim.

— Eu quero *todos* os detalhes do seu final de semana. Não me esconda mais nada!

— Ai, amiga, nem te conto.

— Me conta *tudo*!

Parece que vivi uma vida inteira enquanto as crianças estiveram aqui. De fato, acho que envelheci uns dez anos — minhas costas doem e meus dedos estão inchados —, meus sobrinhos me jogaram direto para a terceira idade. Dou uma pincelada em momentos aleatórios, os que me vêm à cabeça, enquanto ela desfaz as malas. Como na ida, não movo um dedo para ajudá-la, estou aqui só pelo apoio moral e entretenimento. Eu mudei, mas parece que não *tanto*.

Nádia me faz perguntas pertinentes. O nosso vaso está entupido? Você deixou a menina bater em outra criança? O pau do Ulisses é mesmo pequeno ou você só tá sendo maldoso? Você foi arrastado da chuva pelo *amigo imaginário*?

Só fico sem resposta quando ela pergunta se dessa vez eu finalmente me entendi com meu irmão.

— Não sei... o negócio ali é bem complicado — digo sendo 100% sincero. — Me estressa muito saber que ele cresceu na mesma casa que eu, presenciou as mesmas atrocidades, mas finge que não foi nada. Que foi normal.

— As pessoas são diferentes, amigo — comenta Nádia, pendurando algumas roupas em cabides.

— Pois é... Não sei se quero me entender com uma pessoa tão diferente assim.

Não me resta dúvida de que, numa situação em que eu e Diogo fôssemos completos desconhecidos um para o outro, não seríamos amigos. E essa falta de vontade de nos relacionarmos partiria de ambos os lados.

— A gente falou um monte um pro outro ontem à noite — conto, relembrando a briga. — Chamei ele de pai bunda-mole, ele praticamente me expulsou da vida deles...

— Mentira! — diz Nádia, parada no meio de um movimento.

— Ele veio pedir desculpas hoje de manhã. Disse que foi duro comigo, que eu sou difícil, mas que ele também é.

— Não mentiu, né?

— No quê? Você acha que eu sou difícil?

— Imagina, Diego, você é uma pessoa superdescomplicada e fácil de lidar.

— Eu não tô gostando do seu tom.

Nádia dá uma gargalhada, e sei que eu deveria sair desse quarto agora mesmo, pois tudo indica que vem aí mais uma de suas verdades inconvenientes.

— Amigo, ele é o *pai* das crianças — começa ela. — Você não pode chegar do nada e querer que ele crie os filhos do *seu* jeito. Eu entendo ele ficar puto com você.

— Você não era minha amiga, desgraçada?

— Eu *sou* sua amiga. E só uma amiga excelente como eu pra te dizer essas coisas. Você não falou que a criança mais velha tem nove anos? Seu irmão já está há quase dez anos tentando descobrir como lidar com os filhos.

— Bom, parece que ele ainda não descobriu — rebato. — Ele não sabe o que está fazendo, Nádia!

— Mas ninguém sabe! Pais e mães só fazem o que têm que fazer e torcem pelo melhor. Lembra de quando a gente tentou criar plantinhas de verdade aqui no apartamento? A gente *matou um cacto*, Diego. Imagina uma criança.

Todos os meus sobrinhos sofreram tentativas de homicídio culposo ao longo do final de semana, mas sinto que esse não é o melhor momento para informar isso para ela. Droga. Eu nunca conheci uma mulher tão *imprópria*.

— Você pode por favor parar de humanizar meu irmão? — reclamo. — Quero odiá-lo sem peso na consciência.

E não sei por que agora ficou mais difícil. Resolvo desabafar.

— É como se a melhor parte da minha família estivesse nas mãos da pior. Eles *vão* estragar tudo.

— Olha, de pais horríveis eu também entendo.

Ai, lá vem o ódio desproporcional contra a mãe rica.

— Eu queria tanto poder trocar com você! — digo, e nem é piada. — Em um mês, você estaria tramando seu próprio suicídio.

— Você estaria vendendo todos os dentes da boca pra se sustentar sem o dinheiro da minha mãe — rebate Nádia.

— E daí? Ia arrasar no oral.

Nádia me lança um olhar fulminante, mas logo em seguida começa a rir. Sou atingido por uma calcinha atirada com muita mira e precisão.

— Quando você volta a ver as crianças? — pergunta ela, depois de um momento em silêncio. — Diego, eu *pagaria* pra ver você cuidando delas. A Netflix tá perdendo dinheiro por ainda não ter encomendado esse reality show.

— Cancelamento na primeira temporada, né?!

— Ué, mas você não se deu bem com elas?

A pergunta cuja resposta me deixa com mais perguntas.

— Me dei... eu acho — respondo. Cruzo os braços e olho para a cama, tentando desviar da atenção que minha amiga me dá. — Sei lá, Nádia, eu tentei ser um bom tio, sabe? Não sei se consegui. Agora mesmo a gente tá aqui falando que eu estou de mãos atadas nessa relação deles com meus pais.

— Não acho que você esteja de mãos atadas. Só acho que você não precisa cair no meio da família feito uma bomba.

— Eu só sei ser uma bomba, é o que eu faço.

— Hora de aprender novas abordagens, então.

Ai, jura? Uma vez caí por acaso num vídeo de Comunicação Não Violenta, mas não cheguei ao final porque fechei a aba violentamente. Mas talvez... Nádia esteja com a razão. Só talvez.

— Desde quando você ficou tão boa em dar conselhos familiares? — pergunto.

— Peguei muito pai de família em Arraial. Eles falam sem parar quando a gente dá abertura.

Quando a mala de Nádia fica vazia e as roupas limpas voltam para os cabides, fecho o zíper para ninguém dizer que eu nunca ajudo. Queria poder trancar meus pensamentos também, estou cansado de pensar. Mas eles continuam jorrando livremente pela minha cabeça e saindo pela minha boca sem eu nem perceber.

— As crianças nem vão mais querer saber de mim... — digo, e cada palavra me dói porque sei que são verdadeiras.

Ester, Miguel e Gabriel têm um pai e uma mãe que eles amam, amam até demais. Aposto que vivem numa casa incrível, que faz meu apartamento parecer uma casinha de cachorro. Os brinquedos que comprei nem foi com meu próprio dinheiro. Não devem ter causado nenhum efeito nas crianças, porque estão acostumadas a ter tudo do bom e do melhor. Por que iriam se apegar a um tio que não é nenhuma das duas coisas?

— Você não disse que te chamaram pra ir lá? — pergunta Nádia.

— Chamaram, mas... Ai, amiga, criança esquece. Elas falam que te amam, que te odeiam, mas no dia seguinte isso tudo já passou. Eles viveram a vida toda longe de mim, sabe? Isso aqui — ergo os braços querendo dizer todo o nosso apartamento — foi só um final de semana. Nem vão lembrar da minha cara na semana que vem.

— Claro que vão, Diego! — insiste ela.

— Criança esquece, eu tô te falando.

— Bom... Você não parece ter esquecido nada do que seus pais te fizeram. Muito pelo contrário.

Ok, essa foi certeira. Os gritos, os xingamentos, as surras, os insultos... estão todos como que cicatrizados sobre minha pele. São minha beleza e minha feiura. Não se esquece uma cicatriz que ainda dói. Longe de mim querer ser um trauma para os meus sobrinhos. Talvez uma tatuagem, que é uma marca bonita quando bem-feita.

— Amiga, você deu *muita* abertura pra esses homens com filhos — implico com Nádia.

— Nem fala, eu tô até assada.

Dou uma gargalhada que vem com a intensidade e a duração de que eu estava precisando.

— Agora me dá licença que eu vou colocar essas roupas para lavar e secar, aproveitar esse sol inesperado — diz ela.

— Ih, gata, nem tenta. Vem chuva por aí, vi na previsão do tempo.

— Tem certeza?

— O corredor de umidade tá indo de encontro com o sistema de baixa pressão, né, amiga? — respondo, confiante e conformado.

— Existe alguém no mundo que entende o que você acabou de me dizer?

— Pior que existe.

À noite, depois do trabalho, mostro para Nádia todos os mimos que recebi do meu irmão. Sem ele saber, claro. Gosto de enxergar como um *patrocínio*. Renovei todas as minhas cuecas, investi numa jaqueta incrível para me ajudar a enfrentar esse tempo maluco e comprei também óculos de sol chiquérrimos, para arrasar tanto no verão como no inverno. Abro a caixa da cafeteira e da batedeira cromada que vão ficar lindas na nossa cozinha. Tem também a bicicleta ergométrica que ainda vai chegar, para os dias que eu não estiver disposto a descer para a academia. Entrego uma coleção de biquínis perfeitos para ela, torcendo para que queime os que tem imediatamente. Também abro a porta da geladeira com uma cerimônia pomposa, e minha amiga quase chora vendo como está abarrotada como jamais esteve e, provavelmente, jamais estará.

A felicidade de Nádia é a primeira fagulha de empolgação que me alcança desde o final da manhã. O dia passou feito um borrão. Não rendi nada no trabalho, o que é completamente normal, mas também nem o que eu faço de melhor, que é matar hora, deu certo hoje. Além daquele peso que toda segunda-feira traz para quem não é herdeiro, as fofocas que me contaram não tinham nenhuma crocância, era só papo de gente chata. Até o café estava com um gosto horrível. Não adoçou minha vida, apenas me deu dor de barriga. Fiquei com uma coisa martelando na cabeça o dia inteiro.

"Você não parece ter esquecido nada do que seus pais te fizeram."

Mas talvez eu devesse, sabe? Tirar isso de mim de uma vez, essa mágoa que dorme e acorda comigo. Não estou falando sobre perdoar meus pais, até porque eles com certeza vão morrer sem me pedir perdão. Eles não precisam de mim, não ligam para o que eu faço ou deixo de fazer. Por que eu deveria ficar pensando neles, carregando essa bagagem emocional para todo lugar que vou? Aonde isso vai me levar? Até o túmulo? Queria de fato poder esquecer. Da mesma forma que meus sobrinhos me esquecerão. Hoje não consegui trabalhar porque, primeiro, sou um vagabundo, e, segundo, fiquei me perdendo o tempo todo, distraído sobre o que estariam fazendo Gabriel, Ester e Miguel. O que será que falaram de mim para os pais? Será que chegaram a falar? Há algo para ser falado? A bem da verdade, até hoje eles fingem para os avós que estão adorando aquela companhia hostil. Por que seriam sinceros comigo?

Meu celular toca pela primeira vez no dia, e olho com total desinteresse para a tela: DIOGO. Me armo na hora.

— Amiga, esconde o que você mais gostou porque a qualquer momento essa casa vai ser invadida por ninjas — digo para Nádia, que franze o rosto inteiro, mas abraça os biquínis novos que ganhou.

Penso em não atender. Deixar tocando, tocando, tocando, infinitamente. O que Diogo teria para me falar? Ele já me disse tudo. Eu também já gritei, já fiz e aconteci, perdoei, já meio que pedi perdão... Isso tem que ser uma página virada. A última página dessa história, de preferência.

Eu não quero ser uma bomba na vida de ninguém.

Não sei qual é a emoção que me guia e me faz atender ao celular. Ultimamente ando sendo inundado por sentimentos sem nome, todos constrangedores.

— Alô — digo, dessa vez sem nenhuma piadinha.

— Oi, tio! Você já tá vindo?

Um *pouco mais sobre* Gay de família

Uma coisa com a qual eu e meu marido sempre podemos contar é com o fato de que nunca vamos calar a boca enquanto estivermos um perto do outro. A gente não para. Temos mil assuntos a tratar, mas, mesmo quando eles se esgotam, damos nosso jeito de não deixar a peteca cair. Fico desolado quando ele tem que sair de casa, mas não é por isso que me dou por vencido: começo a falar sozinho.

Já tenho o discurso pronto para quando eu ganhar meu primeiro prêmio Jabuti. Declamei dia desses lavando o banheiro. Também já sei como eu me defenderia perante um tribunal se questionassem se eu por acaso estou promovendo a ditadura gay com meus livros (são cinco parágrafos muito eloquentes, mas, resumindo, a resposta seria sim). Enquanto secava a louça ontem, ensaiei todos os depoimentos que eu daria para a câmera durante minha participação no *Survivor*, meu reality show favorito. Minha performance campeã é quando estou tomando banho ao mesmo tempo que respondo perguntas durante uma entrevista sobre *Gay de família*. O entrevistador faz exatamente as perguntas que eu gostaria de responder se um dia fosse entrevistado. Não sei dizer como começa, mas o meio é mais ou menos assim:

Você chegou a pensar que colocar GAY no título, assim bem grande, poderia afastar possíveis leitores?

É justamente o intuito. Brincadeira. Mas também, se uma pessoa desistir de ler meu livro porque tem GAY na capa, acho que não é mesmo para ela. Fiquei, sim, com receio de prosseguir com esse título, mas por causa de problemas com algoritmos de busca que acham que qualquer palavra relacionada à comunidade LGBTQIA+ deve ser classificada como CONTEÚDO PROIBIDÃO. Vídeos deixam de ser monetizados no YouTube, livros somem da Amazon, sites não aparecem na busca do Google... Até a Pabllo Vittar sofre com isso, imagina eu.

Prosseguiu por qual motivo, então?

Porque eu quero deixar claro que é uma história sobre um personagem gay. Se afasta alguns leitores, atrai outros, e eu quero que meu livro encontre quem queira encontrá-lo. Outra coisa é que eu meio que sei que estou brincando com fogo escrevendo uma história com crianças, *sobre* crianças, mas que, de forma alguma, é uma história infantil. Não é minha intenção que este livro caia nas mãos de menores de idade, então acho que o título faz seu trabalho na hora de alertar pais desavisados.

Sobre estar brincando com fogo, acha que o livro ainda pode te trazer problemas?

Olha, nunca se sabe. Ainda existe um tabu enorme sobre a convivência entre gays e crianças. Fico para morrer com esse discurso de que a única relação que uma pessoa da comunidade LGBTQIA+ pode ter com uma criança é a da pedofilia. Crianças mal podem saber que gays existem. "Como eu vou explicar para o meu filho dois homens se beijando?" etc. E não tem nada a ver. Já fomos crianças um dia, temos nossos próprios filhos, nossos sobrinhos, irmãos menores. Alguns de nós *trabalhamos* com crianças, as possibilidades são muitas. Pode ser que alguém chie com meu livro, mas eu espero que as vozes das pessoas que se sentirão representadas superem esse chiado.

Então foi contra esse tipo de discurso que você teve a ideia de criar essa história?

Não exatamente. Eu adoro a ideia de pegar clichês positivamente estabelecidos na sociedade e revertê-los de alguma forma. No meu caso, transformá-los em clichês gays. Se eu tivesse tempo e dinheiro suficientes para isso, criaria uma versão LGBTQIA+ para todos os clássicos da *Sessão da Tarde*. Amo a narrativa do homem grandão, geralmente gostoso e perigoso, que, por uma reviravolta do destino, é obrigado a cuidar de uma ou mais crianças fofas e muito pentelhas. Pensem em *Operação Babá*, *Um Tira no Jardim de Infância*, *Treinando o Papai*. É disso que estou falando. A ideia de ver um homem gay nesse lugar que sempre foi ocupado por um hétero fez todo sentido para mim, que adoro uma boa gargalhada. Então, antes de tudo, *Gay de família* é uma história que eu criei para entreter. Se serve como um ato político, é um bônus.

É verdade que você também é tio e tem três sobrinhos?

Sim! Mas nenhum deles vê seres invisíveis, eu garanto. Aliás, foi outra falácia que eu quis combater: a de que gays vieram para destruir famílias. Como se gay fosse um ser avulso no mundo, sem pai nem mãe, sem parentesco nenhum. De onde acham que eu vim? Como a grande maioria das pessoas, gays nascem numa família e às vezes partem para criar a própria. Amo minha mãe, minhas irmãs, meus sobrinhos, e, assim que eu sair dessa entrevista imaginária no banho, vou ligar para o meu marido para dizer que o amo também.

Eu tinha esquecido que você está dando uma entrevista completamente pelado.

Pare de encarar, eu sou um homem casado.

Alguma curiosidade que você gostaria de comentar sobre o livro?

Eu tive que entrar num site de nomes femininos para encontrar onze ou doze formas de errar o nome da Kelly.

Tenho quase certeza de que o nome dela é Keila.

Talvez seja.

Agradecimentos?

Aos meus amigos e leitores beta incríveis, Taiany Araújo e Felipe Vieira, que leem minhas histórias quando elas estão na pior fase. Ao pessoal que me lê no Wattpad, que me dão o feedback necessário para eu seguir em frente. À Increasy, agência literária que acreditou em mim, mas principalmente à Grazi Reis, que acompanha de pertinho cada passo meu, jogando uma luz no caminho à frente. Ao Alfredo Neto, a pessoa mais empolgada que já subiu no meu barco. Se eu quiser levar um livro até a Lua, Alfredo certamente terá um plano! A todo mundo que leu *Gay de família* quando ele ainda era uma novela curtinha e independente, vocês fizeram *tanto* barulho! Indicaram para *tanta* gente! Até hoje me alimento do carinho que recebi das resenhas e avaliações daquela época. Este livro foi escrito pensando em vocês o tempo todo. Agradeço também à editora Paralela, que apostou no meu trabalho e transformou minha vida numa história que parece roteirizada por mim mesmo. E ao meu marido, claro, Arthur Ferreira, que não entende nada do mercado editorial, mas mesmo assim aparece nas horas certas me oferecendo o copo d'água, o bombom ou o carinho de que preciso para finalizar mais um capítulo. Vocês todos fizeram este livro ir um pouco mais longe.

Por carinho você quis dizer sexo?

Também. Essa pergunta foi muito invasiva.

Foi mal. Que mensagem final você gostaria de deixar para os seus leitores?

Aquilo que o Diego já disse: Família é uma palavra vazia se não tem alguém para dar uma raquetada por você. Isso e avisar que meu sabonete caiu. Não quero ouvir nenhuma gracinha.

E o que gostaria de ouvir deles?

O que eles estiverem dispostos a me dizer no e-mail felipefagundes.livros@gmail.com.

TIPOLOGIA Adriane por Marconi Lima
DIAGRAMAÇÃO Vanessa Lima
PAPEL Pólen Soft, Suzano S.A.
IMPRESSÃO Gráfica Bartira, setembro de 2022

A marca FSC® é a garantia de que a madeira utilizada na fabricação do papel deste livro provém de florestas que foram gerenciadas de maneira ambientalmente correta, socialmente justa e economicamente viável, além de outras fontes de origem controlada.